沈从文散文 人与自然

shen cong wen

沈从文

文汇出版社

图书在版编目(CIP)数据

沈从文人与自然散文/沈从文著. —上海：文汇出版社，2018.9
(文汇. 金散文)
ISBN 978-7-5496-2641-0

Ⅰ. ①沈… Ⅱ. ①沈… Ⅲ. ①散文集-中国-现代 Ⅳ. ①I266

中国版本图书馆 CIP 数据核字(2018)第 147068 号

- 主　　编：陈先法　杨海蒂
- 本册选编：覃新菊

"文汇·金散文"(第二辑)

沈从文人与自然散文

出 版 人：桂国强
作　　者：沈从文
责任编辑：张　涛
装帧设计：Q_Design

出版发行：文汇出版社
　　　　　上海市威海路 755 号　邮政编码：200041
经　　销：全国新华书店
印刷装订：启东市人民印刷有限公司

版　　次：2018 年 9 月第 1 版
印　　次：2018 年 9 月第 1 次印刷
开　　本：890×1240　1/32
字　　数：190 千
印　　张：10.375

ISBN：978-7-5496-2641-0
定　　价：38.00 元

·版权所有　侵权必究·

沈从文人与自然散文

目 录
Contents

第一辑　湘西记忆

小船上的信·003

第三张……·007

过梢子铺长潭·009

滩上挣扎·013

历史是一条河·020

再到柳林岔·023

过新田湾·026

鸭窠围的夜·030

一九三四年一月十八（节选）·039

箱子岩·041

老伴·048

常德的船·056

沅陵的人·067

白河流域几个码头·081

泸溪·浦市·箱子岩·087

辰溪的煤·097

沅水上游几个县分·103

新湘行记
　　——张八寨二十分钟·114

凤凰观景山·123

第二辑　生命菩提

生命·129

时间·133

美与爱·136

生之记录·140

烛虚(二)·154

水云(一、五、六)·159

潜渊(二、三)·182

长庚(二)·184

绿魇(节选)·186

青色魇・213

我的写作与水的关系・226

《边城》题记・230

情绪的体操・233

《断虹》引言・238

第三辑　南北行旅

昆明冬景・249

怀昆明・255

云南看云・261

到北海去・267

北平的印象和感想・273

天安门前・281

春游颐和园・285

过节和观灯・293

游二闸・308

跋　一颗为现实光影而跳跃的心 / 覃新菊・316

第一辑
湘西记忆

小船上的信

　　船在慢慢的上滩,我背船坐在被盖里,用自来水笔来给你写封长信。这样坐下写信并不吃力,你放心。这时已经三点钟,还可以走两个钟头,应停泊在什么地方,照俗谚说:"行船莫算,打架莫看",我不过问。大约可再走廿里,应歇下时,船就泊到小村边去,可保平安无事。船泊定后我必可上岸去画张画。你不知见到了我常德长堤那张画不? 那张窄的长的。这里小河两岸全是如此美丽动人,我画得出它的轮廓,但声音、颜色、光,可永远无本领画出了。你实在应来这小河里看看,你看过一次,所得的也许比我还多,就因为你梦里也不会想到的光景,一到这船上,便无不朗然入目了。这种时节两边岸上还是绿树青山,水则透明如无物,小船用两个人拉着,便在这种清水里向上滑行,水底全是各色各样的石子。舵手抿起个嘴唇微笑,我问他,"姓什么?""姓刘。""在这条河里划了几年船?""我今年五十三,十六岁就划船。"来,三三,请你为我算算这个数目。这人厉害得很,四百里的河道,涨水干涸河道的变迁,他无不明明白白。他知道这河里有多少滩，多少潭。看那样子，若许我来形容形容，他还可以说知道这河中有多少石头！是的，凡是较大的，知名的石头，他无一不知！水手一共是三个，除了舵手在后面管舵管蓬管纤索的伸缩，前面舱板有两个人。其中一个是小孩子，一个是大人。两个人的职务是船在滩上时，就撑急水篙，左边右边下篙，把钢钻打得水中石头作出好听的声音。到长潭时则荡桨，躬起个腰推扳长桨，把水弄得哗哗的，声音也很幽静温柔。到急水滩时，则两人背了纤索，把船拉去，水急了些，吃力时就伏在石滩上，手足并用的爬行上去。船是只新船，油得黄黄的，干净得可以作为教堂的神龛。我卧的地方较低一些，可听得出水在船底流过的细碎声音。前舱用板隔断，故我可以不被风吹。我坐的是后面，凡为船后的天、地、水，我全可以看到。我就这样一面看水一面想你。我快乐，就想应当同你快乐，我闷，就想要你在我必可以不闷。我同船老板吃饭，我盼望你也在一角吃饭。我至少还得在船上过七个日子，还不把下行的计算在内。你说，这七个日子我怎么办？天气又不很好，并无太阳，天是灰灰的，一切较远的边岸小山同树木，皆裹在一层轻雾里，我又不能照相，也不宜画画。看看船走动时的情形，我还可以在上面写文章，感谢天，我的文章既然提到的是水上的事，在船上实在太方便了。倘若写文章得选择一个地方，我如今所在的地方是太好了一点的。不过我离得你那么远，文章如何写得下去。"我不能写文章，就写信。"我这么打算，我一定做到。我每天可以写四张，若写完四张事情还不说完，我再写。

这只手既然离开了你,也只有那么来折磨它了。

我来再说点船上事情吧。船现在正在上滩,有白浪在船旁奔驰,我不怕,船上除了寂寞,别的是无可怕的。我只怕寂寞。但这也正可训练一下我自己。我知道对我这人不宜太好,到你身边,我有时真会使你皱眉,我疏忽了你,使我疏忽的原因便只是你待我太好,纵容了我。但你一生气,我即刻就不同了。现在则用一件人事把两人分开,用别离来训练我,我明白你如何在支配我管领我!为了只想同你说话,我便钻进被盖中去,闭着眼睛。你瞧,这小船多好!你听,水声多幽雅!你听,船那么轧轧响着,它在说话!它说:"两个人尽管说笑,不必担心那掌舵人。他的职务在看水,他忙着。"船真轧轧的响着。可是我如今同谁去说?我不高兴!

梦里来赶我吧,我的船是黄的,船主名字叫做"童松柏",桃源县人。尽管从梦里赶来,沿了我所画的小堤一直向西走,沿河的船虽万万千千,我的船你自然会认识的。这里地方狗并不咬人,不必在梦里为狗吓醒!

你们为我预备的铺盖,下面太薄了点,上面太硬了点,故我很不暖和,在旅馆已嫌不够,到了船上可更糟了。盖的那床被大而不暖,不知为什么独选着它陪我旅行。我在常德买了一斤腊肝,半斤腊肉,在船上吃饭很合适……莫说吃的吧,因为摇船歌又在我耳边响着了,多美丽的声音!

我们的船在煮饭了,烟味儿不讨人嫌。我们吃的饭是粗米饭,很香很好吃。可惜我们忘了带点豆腐乳,忘了带点北京酱菜。想不到的是路上那么方便,早知道那么方便,我们还可带许多北京宝贝来上面,当"真宝贝"去送人!

你这时节应当在桌边做事的。

山水美得很,我想你一同来坐在舱里,从窗口望那点紫色的小山。我想让一个木筏使你惊讶,因为那木筏上面还种菜!我想要你来使我的手暖和一些……

十三日下午五时

第三张……

十六日十一点

我不是说今天只预备写两页信吗,这不成的。两岸雀鸟叫得动人得很,我学它们叫,文章也写不下去了。现在我已学会了一种曲子,我只想在你面前来装成一只小鸟,请你听我叫一会子。南边与北方不同的地方也就在此,南方冬天也有莺,画眉,百舌。水边大石上,只要天气好,每早就有这些快乐的鸟,据在上面晒太阳,很自得的啭着喉咙。人来了,船来了,它便飞入岸边竹林里去。过一会,又在竹林里叫起来了。从河中还常常可以看到岸上有黄山羊跑着,向林木深处窜去。这些东西同上海法国公园养的小獐一个样子,同样的色泽,同样的美而静,不过黄羊胖一点点罢了。

你还记得在劳山时看人死亡报庙时情形没有?一定还好好记得。我为那些印象总弄得心软软的。那真使人动心,那些吹唢呐的,打旗帜的,带孝的,看热闹的,以至于那个小庙,使人皆不容易忘掉。但你若到我们这里来,则无事不使你发生这种动人的印象。小地方的光、色、习惯、观念,人的好处同坏处,凡接触到它时,无一不使你十分感动。便是那点愚蠢,狡猾,也仿佛使你城市中人非原谅他们不可。不是有人常常问到我们如何就会写小说吗?倘若许我真真实实的来答复,我真想说:"你到湘西去旅行一年就好了。"但这句话除了你恐怕无人相信得过。

你这人好像是天生就要我写信似的。见及你,在你面前时,我不知为什么就总得逗你面壁使你走开,非得写信赔礼赔罪不可。同你一离开,那就更非时时刻刻写信不可了。倘若我们就是那么分开了三年两年,我们的信一定可以有一箱子了。我总好像要同你说话,又永远说不完事。在你身边时,我明白口并不完全是说话的东西,故还有时默默的。但一离开,这只手除了为你写信,别的事便无论如何也做不好了。可是你呢?我还不曾得到你一个把心上挖出来的信。我猜想你寄到家中的信,也一定因为怕家中人见到,话说得不真。若当真为了这样小心,我见到那些信也看得出你信上不说,另外要说的话。三三,想起我们那么好,我真得轻轻的叹息,我幸福得很,有了你,我什么都不缺少了。

二哥
十六午前十一点廿分

过梢子铺长潭

十六下二点零五分

船已上了第一个大滩,你见了那滩会不敢睁眼睛。我在急流中画了三幅画,照了三个相。光线不好,恐怕照不出什么。至于画的画,不过得其仿佛罢了。现在船已到长潭中了,地方名"梢子铺"。泊了许多不敢下行的大船,吊脚楼整齐得稀有少见,全同飞阁一样,去水全在三十丈以上,但夏天发水时,这些吊脚楼一定就可以泊船了。你见到这些地方时,你真缺少赞美的言语。还有木筏,上面种青菜的东西,多美!

一到下午我就有点寂寞,做什么事皆不得法,我做了阵文章,没有意思,又不再继续了。我只是欢喜为你写信,我真是这样一个没出息的人……

我前面有木筏下来了,八个人扳桡,还有个小孩子。上面一些还有四个筏,皆慢慢的在下行,每个筏上四围皆有人扳桡。你想明白桡是什么,问问九妹,她说的必比我形容的还清楚。这些木筏古怪得有趣,上面有菜,有猪羊,还有特别弄来在筏上供老板取乐的。你若不见过,你不能想象它们如何好看,好玩!

我们的船既上了滩,在潭中把风篷扯满,现在正走得飞快,不要划它。水手们皆蹲在火边去了,我却推开了前舱门看景致,一面看一面伏在箱上为你写信。现在船虽在潭中走,四面却全是高山,同湖泊一样。这小船一直上去皆那么样,远山包了近山,水在山弯里找出路,一个陌生人见到,也许还以为在湖里玩的。可以说像湖里,水却不是玩的。山的倾斜度过大,面积过窄,水流太速,虽是在潭中,你见了也会头晕的。

....

我的船又在上小滩了,滩不大,浪也不会到船上来,我还依然能够为你写信……路上并无收信处,我已积存了七封信,到辰州时一定共有十封信发出。我预备一大堆放在一个封套中当快信发出。

我的小船不是在小滩上吗,差一点出了事了。船掉头向下溜去,倒并无什么危险,只是多费水手些力罢了。便因为这样,前后的水手就互相骂了六七十句野话。船上骂野话不作兴生气,这很有意思。并且他们那么天真烂漫的骂,也无什么猥亵处,真是古怪的事。

这船上主要的水手有三块四毛钱一趟的薪水,每月可划船两趟。另一学习水手八十吊钱一年,也可以说一块钱一个月,事还做得很好。掌舵的从别处租船来划,每年出钱两百吊,或百二十吊,约合卅块钱到二十四块钱。每次他可得十五元运费,带米一两石又可赚两元,每次他大约除开销外剩五元,每月可余十来块钱。但这人每天得吃三百钱烟,因此驾船几十年,讨个老婆无办法,买条值洋三十元的小船也无办法。想想他们那种生活,真近于一种奇迹!

  我这信写了将近一点钟了,我想歇歇,又不愿歇歇。我的小船正靠近一只柴船,我看到一个人穿青羽绫马褂在后梢砍柴,我看准了他是个船主。我且想象得出他如何过日子,因为这人一看(从船的形体也可看出)是麻阳人,麻阳人的家庭组织生活观念,我说起来似乎比他们自己还熟习一点。麻阳人不讨嫌,勇敢直爽耐劳皆像个人也配说是个人。这河里划船的麻阳人顶多,弄大船,装油几千篓,尤其非他们不可。可是船多货少,因此这些船全泊在大码头上放空,每年不过一回把生意,谁想要有那么一只船,随时皆可以买到的。许多船主前几年弄船发了财的,近几年皆赔了本。想支持下去,自己就得兼带做点生意,但一切生意皆有机会赔本,近些日子连做鸦片烟生意的也无利可图,因此多数水面上人生活皆很悲惨,并无多少兴致。这种现象只有一天比一天坏,故地方经济真很使人担心。若照这样下去,这些人过一阵便会得到一个更悲惨的境遇的。我还记得十年前这河里的情形,比现在似乎是热闹不少的。

  今天也许因为冷些,河中上行的船好像就只我的小船,一只小到不过三丈的船,在那么一条河中走动,船也真有点寂寞之感!我们先计划四天到辰州,失败了,又计划五天到辰州,又失败了。现在看情形也许六天,或七八天方可到辰州了……我想起真难受。

二哥
十六三点廿五

滩上挣扎

我不说除了掉笔以外还掉了一支……吗？我知道你算得出那是一支牙骨筷子的。我真不快乐，因为这东西总不能单独一支到北平的。我很抱歉。可是，你放心，我早就疑心这筷子即或有机会掉到河中去，它若有小小知觉，就一定不愿意独自落水。事不出我所料，在舱底下我又发现它了。

今天我小船上的滩可特别多，河中幸好有风，但每到一个滩上，总仍然很费事。我伏卧在前舱口看他们下篙，听他们骂野话。现在已十二点四十分，从八点开始只走了卅多里，还欠七十里，这七十里中还有两个大滩，一个长滩，看情形又不会到地的。这条河水坐船真折磨人，最好用它来作性急人犯罪以后的处罚。我希望这五点钟内可以到白溶下面泊船，那么明天上午就可到辰州了。这时船又在上一个滩，船身全是侧的，浪头大有从前舱进自后舱出的神气，水流太急，船到了上面又复溜下，你若到了这些地方，你只好把眼睛紧紧闭着。这还不算大滩，大滩更吓人！海水又大又深，但并不吓人,仿佛很温和。这里河水可同一股火样子,太热情了一点。好像只想把人攫走,且好像完全凭自己意见做去。但古怪,却是这些弄船人。他们逃避急流同漩水的方法可太妙了,不管什么情形他们总有办法避去危险。到不得已时得往浪里钻,今天已钻三回,可是又必有方法从浪里找出路。他们逃避水的方法,比你当年避我似乎还高明。他们明白水,且得靠水为生,却不让水把他们攫去。他们比我们平常人更懂得水的可怕处,却从不疏忽对于水的注意。你实在还应当跟水手学两年,你到之江避暑,也就一定有更多情书可看了。

············

我离开北平时,还计划到,每天用半个日子写信,用半个日子写文章。谁知到了这小船上,却只想为你写信,别的事全不能做。从这里看来我就明白没有你,一切文章是不会产生的。先前不同你在一块儿时,因为想起你,文章也可以写得很缠绵,很动人。到了你过青岛后,却因为有了你,文章也更好了。但一离开你,可不成了。倘若要我一个人去生活,作什么皆无趣味,无意思。我简直已不像个能够独立生活下去的人。你已变成我的一部分,属于血肉、精神一部分。我人并不聪明,一切事情得经过一度长长的思索,写文章如此,爱人也如此,理解人的好处也如此。

你不是要我写信告爸爸吗?我在常德写了个信,还不完事,又因为给你写信把那信搁下不写了。我预备到辰州写,辰州忙不过来,我预备到本乡写。我还希望在本乡为他找得出点礼物送他。

不管是什么小玩意儿,只要可能,还应当送大姐点。大姐对我们好处我明白,二姐的好处被你一说也明白了。我希望在家中还可以为她们两人写个信去。

三三,又上了个滩。不幸得很……差点儿淹坏了一个小孩子,经验太少,力量不够,下篙不稳,结果一下子为篙子弹到水中去了。幸好一个年长水手把他从水中拉起,船也侧着进了不少的水。小孩子被人从水中拉起来后,抱着桅子荷荷的哭,看到他那样子真有使人说不出的同情。这小孩就是我上次提到一毛钱一天的候补水手。

这时已两点四十五分,我的小船在一个滩上挣扎,一连上了五次皆被急流冲下,船头全是水,只好过河从另一方拉上去。船过河时,从白浪里钻过,篷上也沾了浪。但不要为我着急,船到这时业已安全过了河。最危险时是我用~~~~号时,纸上也全是水,皮袍也全弄糟了。这时船已泊在滩下等待力量的恢复,再向白浪里弄去。

这滩太费事了,现在我小船还不能上去。另外一只大船上了将近一点钟,还在急流中努力,毫无办法。风篷、纤手、篙子,全无用处。拉船的在石滩上皆伏爬着,手足并用的一寸一寸向前。但仍无办法。滩水太急,我的小船还不知如何方能上去。这时水手正在烤火说笑话,轮到他们出力时,他们不会吝惜气力的。

三三,看到吊脚楼时,我觉得你不同我在一块儿上行很可惜,但一到上滩,我却以为你幸好不同来,因为你若看到这种滩水,如何发吼,如何奔驰,你恐怕在小船上真受不了。我现在方明白住在湘西上游的人,出门回家家中人敬神的理由。从那么一大堆滩里上行,所依赖的固然是船夫,船夫的一切,可真靠天了。

我写到这里时,滩声正在我耳边吼着,耳朵也发木。时间已到三点,这船还只有两个钟头可走,照这样延长下去,明天也许必须晚上方可到地。若真得晚上到辰州,我的事情又误了一天,你说,这怎么成。

小船已上滩了,平安无事,费时间约廿五分。上了滩问问那落水小水手,方知道这滩名"骂娘滩"(说野话的滩),难怪船上去得那么费事。再过廿分钟我的小船又得上个名为"白溶"的滩,全是白浪,吉人天相,一定不会有什么难处。今天的小船全是上滩,上了白溶也许天就夜了,则明天还得上九溪同横石。横石滩任何船只皆得进点儿水,劣得真有个样子。我小船有四妹的相片,也许不至于进水。说到四妹的相片,本来我想让它凡事见识见识,故总把它放在外边……可是刚才差点儿它也落水了,故现在已把它收到箱子里了。

小船这时虽上了最困难的一段,还有长长的急流得拉上去。眼看到那个能干水手一个人爬在河边石滩上一步一步的走,心里很觉得悲哀。这人在船上弄船时,便时时刻刻骂野话,动了风,用不着他做事时,就摹仿麻阳人唱橹歌,风大了些,又摹仿麻阳人打呵贺,大声的说:

"要来就快来,莫在后面捱,呵贺~~"

"风快发,风快发,吹得满江起白花,呵贺~~"

他一切得摹仿，就因为桃源人弄小船的连唱歌喊口号也不会！这人也有不高兴时节，且可以说时时刻刻皆不高兴，除了骂野话以外，就唱：

　　"过了一天又一天，心中好似滚油煎。"

　　心中煎熬些什么不得而知，但工作折磨到他，实在是很可怜的。这人曾当过兵，今年①还在沅州②方面打过四回仗，不久逃回来的。据他自己说，则为人也有些胡来乱为。赌博输了不少的钱，还很爱同女人胡闹，花三块钱到一块钱，胡闹一次。他说："姑娘可不是人，你有钱，她同你好，过了一夜钱不完，她仍然同你好，可是钱完了，她不认识你了。"他大约还胡闹过许多次数的。他还当过两年兵，明白一切作兵士的规矩。身体结实如二小的哥哥，性情则天真朴质。每次看到他，总很高兴的笑着。即或在骂野话，问他为什么得骂野话，就说："船上人作兴这样子！"便是那小水手从水中爬起以后，一面哭一面也依然在骂野话的。看到他们我总感动得要命。我们在大城里住，遇到的人即或有学问，有知识，有礼貌，有地位，不知怎的，总好像这人缺少了点成为一个人的东西。真正缺少了些什么又说不出。但看看这些人，就明白城里人实实在在缺少了点人的味儿了。我现在正想起应当如何来写个较长的作品，对于他们的做人可敬可爱处，也许让人多知道些，对于他们悲惨处，也许在另一时多有些人来注意。但这里一般的生活皆差不

---

① 指1933年。
② 即芷江。

多是这样子,便反而使我们哑口了。

你不是很想读些动人作品吗?其实中国目前有什么作品值得一读?作家从上海培养,实在是一种毫无希望的努力。你不怕山险水险,将来总得来内地看看,你所看到的也许比一生所读过的书还好。同时你想写小说,从任何书本去学习,也许还不如你从旅行生活中那么看一次,所得的益处还多得多!

我总那么想,一条河对于人太有用处了。人笨,在创作上是毫无希望可言的。海虽俨然很大,给人的幻想也宽,但那种无变化的庞大,对于一个作家灵魂的陶冶无多益处可言。黄河则沿河都市人口不相称,地宽人少,也不能教训我们什么。长江还好,但到了下游,对于人的兴感也仿佛无什么特殊处。我赞美我这故乡的河,正因为它同都市相隔绝,一切极朴野,一切不普遍化,生活形式生活态度皆有点原人意味,对于一个作者的教训太好了。我倘若还有什么成就,我常想,教给我思索人生,教给我体念人生,教给我智慧同品德,不是某一个人,却实实在在是这一条河。

我希望到了明年,我们还可以得到一种机会,一同坐一次船,证实我这句话。

....

我这时耳朵热着,也许你们在说我什么的。我看看时间,正下午四点五十分。你一个人在家中已够苦的了,你还得当家,还得照料其他两个人,又还得款待一个客人,又还得为我做事。你可以玩时应得玩玩。我知道你不放心……我还知道你不愿意我上岸时太不好看，还知道你愿意我到家时显得年轻点，我的刮脸刀总摆在箱子里最当眼处。一万个放心……若成天只想着我，让两个小妮子得到许多取笑你的机会，这可不成的。

我今天已经写了一整天了，我还想写下去。这样一大堆信寄到你身边时，你怎么办。你事忙，看信的时间恐怕也不多，我明天的信也许得先写点提要……

这次坐船时间太久，也是信多的原因。我到了家中时，也就是你收到这一大批信件时。你收到这信后，似乎还可发出三两个快信，写明"寄常德杰云旅馆曾芹轩代收存转沈从文亲启"。我到了常德无论如何必到那旅馆看看。

我这时有点发愁，就是到了家中，家中不许我住得太短。我也愿意多住些日子，但事情在身上，我总不好意思把一月期限超过三天以上。一面是那么非走不可，一面又非留不可，就轮到我为难时节了。我倒想不出个什么办法，使家中人催促我早走些。也许同大哥故意吵一架，你说好不好？地方人事杂，也不宜久住！

小船又上滩了，时间已五点廿分。这滩不很长，但也得湿湿衣服被盖。我只用你保护到我的心，身体在任何危险情形中，原本是不足惧的。你真使我在许多方面勇敢多了。

二哥

历史是一条河

十八日下午二时卅分

我小船已把主要滩水全上完了,这时已到了一个如同一面镜子的潭里,山水秀丽如西湖,日头已出,两岸小山皆浅绿色。到辰州只差十里,故今天到地必很早。我照了个相,为一群拉纤人照的。现在太阳正照到我的小船舱中,光景明媚,正同你有些相似处,我因为在外边站久了一点,手已发了木,故写字也不成了。我一定得戴那双手套的,可是这同写信恰好是鱼同熊掌,不能同时得到。我不要熊掌,还是做近于吃鱼的写信吧。这信再过三四点钟就可发出,我高兴得很。记得从前为你寄快信时,那时心情真有说不出的紧处,可怜的事,这已成为过去了。现在我不怕你从我这种信中挑眼儿了,我需要你从这些无头无绪的信上,找出些我不必说的话……

我已快到地了,假若这时节是我们两个人,一同上岸去,一同进街且一同去找人,那多有趣味!我一到地见到了有点亲戚关系的人,他们第一句话,必问及你!我真想凡是有人问到你,就答复他们"在口袋里!"

三三,我因为天气太好了一点,故站在船后舱看了许久水,我心中忽然好像彻悟了一些,同时又好像从这条河中得到了许多智慧。三三,的的确确,得到了许多智慧,不是知识。我轻轻的叹息了好些次。山头夕阳极感动我,水底各色圆石也极感动我,我心中似乎毫无什么渣滓,透明烛照,对河水,对夕阳,对拉船人同船,皆那么爱着,十分温暖的爱着!我们平时不是读历史吗?一本历史书除了告我们些另一时代最笨的人相斫相杀以外有些什么?但真的历史却是一条河。从那日夜长流千古不变的水里,石头和砂子,腐了的草木,破烂的船板,使我触着平时我们所疏忽了若干年代若干人类的哀乐!我看到小小渔船,载了它的黑色鸬鹚向下流缓缓划去,看到石滩上拉船人的姿势,我皆异常感动且异常爱他们。我先前一时不还提到过这些人可怜的生,无所为的生吗?不,三三,我错了。这些人不需我们来可怜,我们应当来尊敬来爱。他们那么庄严忠实的生,却在自然上各担负自己那分命运,为自己,为儿女而活下去。不管怎么样活,却从不逃避为了活而应有的一切努力。他们在他们那分习惯生活里、命运里,也依然是哭、笑、吃、喝,对于寒暑的来临,更感觉到这四时交递的严重。三三,我不知为什么,我感动得很!我希望活得长一点,同时把生活完全发展到我自己这份工作上来。我会用我自己的力量,为所谓人生,解释得比任何人皆庄严些与透入些！三三，我看久了水，从水里的石头得到一点平时好像不能得到的东西，对于人生，对于爱憎，仿佛全然与人不同了。我觉得惆怅得很，我总像看得太深太远，对于我自己，便成为受难者了。这时节我软弱得很，因为我爱了世界，爱了人类。三三，倘若我们这时正是两人同在一处，你瞧我眼睛湿到什么样子！

　　三三，船已到关上了，我半点钟就会上岸的。今晚上我恐怕无时间写信了，我们当说声再见！三三，请把这信用你那体面温和眼睛多吻几次！我明天若上行，会把信留到浦市发出的。

二哥

一月十八下午四点半

这里全是船了！

再到柳林岔

二号上午九点

这个时节我的小船已行走了五十里路,快要到美丽的柳林岔了。今天还未天亮时,船上人乘着濛濛月就下了最大最长的一个青浪滩,船在浪里过去时,只听到吼声同怒浪拍打船舷声,各处全是水,但毫不使人担心。照规矩,下行船在潭口上游有红嘴老鸦来就食,这船就不会发生任何危险。老鸦业已来过,故船上人就不在乎了。说到这老鸦时也真怪,下行船它来讨饭,把饭向空中抛去,它接着,便飞去了。它却不向上行船打麻烦。今天无风,水又极稳,故预备一夜赶到桃源。但车子不凑巧,我也许不能不在常德停一天,必得后天方能过长沙。天气阴阴的,也不很冷,也无雨无雪,坐船得这样天气,可以说是十分幸福的。我觉得一天比一天接近你了,我快乐得很!

我今天又得吃鱼,水手的鱼真不可不吃,不忍不吃。鱼卖一毛钱一斤,不买它来吃,不说打鱼人,便是鱼也会多心的。我带来了不少腊肉、腊肠,还有十筒茶叶,一百橘子。还有个牛角,从苗巫师处得到,预备送一个人的。还有圈子,应作送四丫头等的钏子。还有梨子,味道并不怎样高明,但已是"五千里外远客"的梨子。还有印花布,可以作客厅垫单用的宝物!到长沙时,我或许为你们带了些酱油来,或许还可带两对鸭绒枕心作为垫子。我在长沙应蹲个半天,还应见四五个人,希望天晴,在街上可以多见识见识。长沙一切皆不恶,市面尤其好看。

……前天晚上我在辰州戴家吃消夜,差不多把每一样菜皆来上一把辣子,上到鱼翅时,我以为这东西大约不会辣了,谁知还是有一钱以上的胡椒末在汤中。可是到后上莲子,可归我独享了。回家时已十二点钟,先回家的大哥早已睡觉了。

我小船又在下滩了,好大的水!这水又窄又急,滩下还停顿得有卅来只大船等待——上滩。那滩下转折处的远山,多神奇的设计!我只想把你一下捉到这里来,让你一惊,我真这么想。我希奇那些住在对岸的人,对着这种山还毫不在乎。

我这时已吃过了一顿模范早餐,我吃完了饭,水手也吃完了饭,各人在吸丝烟,船在一个梢公桨下顺流而下,这长潭,又是多么神奇的境界!我吃的是一大碗糙米饭,一碗用河水煮就的河鱼,一碗紫菜苔,一点香肠。三斤半的鲤鱼我大约吃了十二两,一个大尾巴,用茶油煎成黄色的家伙,我差不多完全吃光了。假若这样在船上半年,不必读一本书,我一定也聪明多了。河鱼味道我还缺少力量来描写它。

在岸上吃过饭后的人总懒些呆些,在船上可两样了。我在船上每次把饭吃过以后,人总非常舒服。只想讲话,只想动,只想写。六月里假若我们还可以有一个月离开北平,我以为纵不是过辰州避暑,也不妨来湖南坐坐我所坐的小船,因为单是船上这种生活,只要一天,你就会觉得其他任何麻烦皆抵消了。这河上的一切,你只需看一眼,你就会终生不忘的。等着六月再看吧,若果六月时短期离开北平不是件大事,我们就来到这河上证实一下我所说的一切吧。

今天一点儿风也不起,我的小船一个整天会在这条河上走两百里路的。今天所走的路,抵前次上行四天所走的路。你只想想这个比数,也就可以想象得出这段河流的速度了。

二哥
十二点或者还欠些
(我表已不在手边了)

过新田湾

二号十二点过些

假若你见到纸背后那个地方,那点树,石头,房子,一切的配置,那点颜色的柔和,你会大喊大叫。不瞒你,我喊了三声!可惜我身边的相匣子不能用,颜色笔又送人了,对这一切简直毫无办法。我的小船算来已走了九十里,再过相等时间,我可以到桃源了。我希望黄昏中到桃源,则可看看灯,看看这小城在灯光中的光景。还同时希望赶得及在黄昏前看桃源洞。这时一点儿风没有,天气且放了晴,薄薄的日头正照在我头上。我坐的地方是梢公脚边,他的桨把每次一推仿佛就要磕到我的头上,却永远不至于当真碰着我。河水已平,水流渐缓,两岸小山皆接连如佛珠,触目苍翠如江南的五月。竹子、松、杉,以及其他常绿树皆因一雨洗得异常干净。山谷中不知何处有鸡叫,有牛犊叫,河边有人家处,屋前后必有成畦的白菜,作浅绿色。小埠头停船处,且常有这种白菜堆积成 A 字形，或相间以红萝卜。三三，我纵有笔有照相器，这里的一切颜色，一切声音，以至于由于水面的静穆所显出的调子，如何能够一下子全部捉来让你望到这一切，听到这一切，且计算着一切，我叹息了。我感到生存或生命了。三三，我这时正像上行时在辰州较下游一点点和尚洲附近，看着水流所感到的一样。我好像智慧了许多，温柔了许多。

三三，更不得了，我又到了一个新地方，梢公说这是"新田湾"。有人唤渡，渔船上则有晒帆晾网的。码头上的房子已从吊脚楼改而为砖墙式长列，再加上后面远山近山的翠绿颜色，我不知道怎么来告你了。三三，这地方同你一样，太温柔了。看到这些地方，我方明白我在一切作品上用各种赞美言语装饰到这条河流时，所说的话如何蠢笨。

我这时真有点难过，因为我已弄明白了在自然安排下我的蠢处。人类的言语太贫乏了。单是这河面修船人把麻头塞进船缝敲打的声音，在鸡声人声中如何静，你没有在场，你从任何文字上也永远体会不到的！我不原谅我的笨处，因为你得在我这枝笔下多明白些，也分享些这里这时的一切！三三，正因为我无法原谅自己，我这时好像很忧愁。在先一时我以为人类是个万能的东西，看到的一切，并各种官能感到的一切，总有办法用点什么东西保留下来，我且有这种自信，我的笔是可以作到这件事情的。现在我方明白我的力量差得远。毫无疑问，我对于这条河中的一切，经过这次旅行可以多认识了一些，此后写到它时也必更动人一些，在别人看来，我必可得到"更成功"的谀语，但在我自己，却成为一个永远不能用骄傲心情来作自己工作的补剂那么一个人了。我明白我们的能力，比自然如何渺小，我低首了。这种心境若能长久支配我，则这次旅行，将使我在人事上更好一些……

这时节我的小船到了一个挂宝山前村，各处皆无宝贝可见。梢公却说了话：

"这山起不得火，一起火辰州也就得起火。"

我说："那一个山？"原来这里有无数小山。

梢公用手一挥："这一串山！"

我笑了。他为我解释：

"因为这条山迎辰州，故起不得火。"

真是有趣的传说，我不想明白这个理由，故不再问他什么。我只想你，因为这山名为挂宝山，假若我是个梢公，前面坐了一个别的人，我告他的一定是关于你的事情！假若我不是梢公，但你这时却坐在我身旁，我凭空来凑个故事，也一定比"失火"有趣味些！

我因为这梢公只会告我这山同辰州失火有关，似乎生了点气，故钻进舱中去了。我进舱时听岸边有黄鸟叫，这鸟在青岛地方，六月里方会存在。

这次在上面所见到的情形，除了风景以外，人事却使我增加无量智慧。这里的人同城市中人相去太远，城市中人同下面都市中人又相去太远了，这种人事上的距离，使我明白了些说不分明的东西，此后关于说到军人，说到劳动者，在文章上我的观念或与往日完全不同了。

我那乡下有一样东西最值钱,又有一样东西最不值钱,我不告给你,你尽可同四丫头、九九,三人去猜,谁猜着了我回来时把她一样礼物。

我在家中时除泻以外头总有点晕,脚也有点疼,上了船,我已不泻不疼,只是还有些些儿头晕。也许我刚才风吹得太久了点,我想睡睡会好些。如果睡到晚上还不见好,便是长途行旅,车船颠簸把头脑弄坏了的缘故。这不算大事,到了北平只要有你用手摸摸也就好了。

…………

我头晕得很,我想歇歇,可是船又在下滩了。

二哥
大约二点左右

鸭窠围的夜

天快黄昏时落了一阵雪子,不久就停了。天气真冷,在寒气中一切皆仿佛结了冰,便是空气,也像快要冻结的样子。我包定的那一只小船,在天空大把撒着雪子时已泊了岸。从桃源县沿河而上这已是第五个夜晚。看情形晚上还会有风有雪,故船泊岸边时便从各处挑选好地方。沿岸除了某一处有片沙岨宜于泊船以外,其余地方皆黛色如屋的大石头。石头既然那么大,船又那么小,我们皆希望寻觅得到一个能作小船风雪屏障,同时要上岸又还方便的处所。凡可以泊船的地方早已被当地渔船占去了。小船上的水手,把船上下各处撑去,钢钻头敲打着沿岸大石头,发出好听的声音,结果这只小船,还是不能不同许多大小船只一样,在正当泊船处插了篙子,把当作锚头用的石碇抛到沙上去,尽那行将来到的风雪,摊派到这只船上。

这地方是个长潭的转折处,两岸皆高大壁立的山,山头上长着小小竹子,长年翠色逼人。这时节两山只剩余一抹深黑,赖天空微明为画出一个轮廓。但在黄昏里看来如一种奇迹的,却是两岸高处去水已三十丈上下的吊脚楼。这些房子莫不俨然悬挂在半空中,借着黄昏的余光,还可以把这些希奇的楼房形体,看得出个大略。这些房子同沿河一切房子有共通相似处,便是从结构上说来,处处显出对于木材的浪费。房屋既在半山上,不用那么多木料,便不能成为房子吗?半山上也有用吊脚楼形式,这形式是必需的吗?然而这条河水的大宗出口是木料,木材比石块还不值价。因此即或是河水永远涨不到处,吊脚楼房子依然存在,似乎也不应当有何惹眼惊奇了。但沿河因为有了这些楼房,长年与流水斗争的水手,寄身船中枯闷成疾的旅行者,以及其他过路人,却有了落脚处了。这些人的疲劳与寂寞是从这些房子中可以一律解除的。地方既好看,也好玩。

　　河面大小船只泊定后,莫不点了小小的油灯,拉了篷。各个船上皆在后舱烧了火,用铁顶罐①煮饭,饭焖熟后,又换锅子熬油,哗的把菜蔬倒进热锅里去。一切齐全了,各人蹲在舱板上三碗五碗把腹中填满后,天已夜了。水手们怕冷怕动的,收拾碗盏后,就莫不在舱板上摊开了被盖,把身体钻进那个预先卷成一筒又冷又湿的硬棉被里去休息。至于那些想喝一杯的,发了烟瘾得靠靠灯,船上烟灰又翻尽了的,或一无所为,只是不甘寂寞,好事好玩想到岸上去烤烤火谈谈天的,则莫不提了桅灯,或燃一段

---

① 应为"铁鼎罐",一种炊具。罐底呈球面状,用时置于三足圆形铁架上,状似商鼎,故名。

废缆子,摇着晃着从船头跳上了岸,从一堆石头间的小路径,爬到半山上吊脚楼房子那边去,找寻自己的熟人,找寻自己的熟地。陌生人自然也有来到这条河中来到这种吊脚楼房子里的时节,但一到地,在火堆旁小板凳上一坐,便是陌生人,即刻也就可以称为熟人了。

这河边两岸除了停泊有上下行的大小船只三十左右以外,还有无数在日前趁融雪涨水放下形体大小不一的木筏。较小的上面供给人住宿过夜的棚子也不见,一到了码头,便各自上岸找住处去了。大一些的木筏呢,则有房屋,有船只,有小小菜园与养猪养鸡栅栏,有女眷,有孩子。

黑夜占领了全个河面时,还可以看到木筏上的火光,吊脚楼窗口的灯光,以及上岸下船在河岸大石间飘忽动人的火炬红光。这时节岸上船上皆有人说话,吊脚楼上且有妇人在黯淡的灯光下唱小曲的声音,每次唱完一支小曲时,就有人笑嚷。什么人家吊脚楼下有匹小羊叫,固执而且柔和的声音,使人听来觉得忧郁,我心中想着,"这一定是从别一处牵来的,另外一个地方,那小畜生的母亲,一定也那么固执的鸣着吧。"算算日子,再过十一天便过年了。"小畜生明不明白只能在这个世界上活过十天八天?"明白也罢,不明白也罢,这小畜生是为了过年而赶来应在这个地方死去的。此后固执而又柔和的声音,将在我耳边永远不会消失。我觉得忧郁起来了。我仿佛触着了这世界上一点东西。看明白了这世界上一点东西,心里软和得很。

但我不能这样子打发这个长夜,我把我的想象,追随了一个唱曲时清中夹沙的妇女声音到她的身边去。于是仿佛看到了一个床铺,下面是草荐,上面摊了一床用旧帆布或别的旧货做成脏而又硬的棉被,搁在被盖上面的是一个木托盘,盘中有一把小茶壶,一个小烟匣,一块石头,一盏灯。盘边躺着一个人。唱曲子的妇人,或是袖了手捏着自己的膀子站在吃烟者的面前,或是靠在男子对面的床头,为客人烧烟。房子分两进,前面临街,地是土地,后面临河,便是所谓吊脚楼了。这些人房子窗口既一面临河,可以凭了窗口呼喊河下船中人,当船上人过了瘾,胡闹已够,下船时,或者尚有些事情嘱托,或有其他原因,一个晃着火炬停顿在大石间,一个便凭立在窗口,"大老你记着,船下行时又来!""好,我来的,我记着的。""你见了顺顺就说:会呢,完了;孩子大牛呢,脚膝骨好了;细粉捎三斤,冰糖捎三斤。""记得到,记得到,大娘你放心,我见了就说:会呢,完了,大牛呢,好了,细粉来三斤,冰糖来三斤。""杨氏,杨氏,一共四吊七,莫错账!""是的,放心呵,你说四吊七就四吊七,年三十夜莫会要你多的!你自己记着就是了!"这样那样的说着,我一一皆可听到,而且一面还可以听着在黑暗中某一处咩咩的羊鸣。我明白这些回船的人是上岸吃过"荤烟"了的。

我还估计得出,这些人不吃"荤烟",上岸时只去烤烤火的,到了那些屋子里时,便多数只在临街那一面铺子里。这时节天气太冷,大门必已上好了,屋里一隅或点了小小油灯,屋中土地上必就地掘了浅凹,烧了些树根柴块。火光煜煜,且时时刻刻爆炸着一种难于形容的声音。火旁矮板凳上坐有船上人，木筏上人，有对河住家的熟人。且有虽为天所厌弃还不自弃的老妇人，闭着眼睛蜷成一团蹲在火边，悄悄的从大袖筒里取出一片薯干，一枚红枣，塞到嘴里去咀嚼。有穿着肮脏身体瘦弱的孩子，手擦着眼睛傍着火旁的母亲打盹。屋主人有为退伍的老军人，有翻船背运的老水手，有单身寡妇，借着火光灯光，可以看得出这屋中的大略情形，三堵木板壁上，一面必有个供奉祖宗的神龛，神龛下空处或另一面，必贴了一些大小不一的红白名片。这些名片倘若有那些好事者加以注意，用小油灯照着，去仔细检查，便可以发现许多动人的名衔，军队上的连附，上士，一等兵，商号中的管事，当地的团总，保正，催租吏，以及照例姓滕的船主，洪江的木簰商人，与其他人物，无所不有。这是近十年来经过此地若干人中一小部分的题名录。这些人各用一种不同的生活，来到这个地方，且同样的来到这些屋子里，坐在火边或靠近床上，逗留过若干时间。这些人离开了此地后，在另一个世界里还是继续活下去，但除了同自己的生活圈子中人发生关系以外，与一同在这个世界上其他的人，却仿佛便毫无关系可言了。他们如今也许死掉了，水淹死的，枪打死的，被外妻用砒霜谋杀的，然而这些名片却依然将好好的保留下去。也许有些人已成了富人名人，成了当地的小军阀，这些名片却仍然写着催租人，上士等等的衔头。……除了这些名片，那屋子里是不是还有比它更引人注意的东西呢？锯子，小捞兜，香烟大画片，装干栗子的口袋……

提起这些问题时使人心中很激动。我到船头上去眺望了一阵。河面静静的,木筏上火光小了,船上的灯光已很少了,远近一切只能借着水面微光看出个大略情形。另外一处的吊脚楼上,又有了妇人唱小曲的声音,灯光摇摇不定,且有猜拳声音。我估计那些灯光同声音所在处,不是木筏上的簰头在取乐,就是水手们小商人在喝酒。妇人手指上说不定还戴了从常德府为水手特别捎来的镀金戒指,一面唱曲一面把那只手理着鬓角,多动人的一幅画图!我认识他们的哀乐,这一切我也有分。看他们在那里把每个日子打发下去,也是眼泪也是笑,离我虽那么远,同时又与我那么相近。这正同读一篇描写西伯利亚方面的农人生活动人作品一样,使人掩卷引起无言的哀戚。我如今只用想象去领味这些人生活的表面姿态,却用过去一分经验,接触着了这种人的灵魂。

羊还固执的鸣着。远处不知什么地方有锣鼓声音,那是禳土酬神巫师的锣鼓。声音所在处必有火燎与九品蜡①,照耀争辉,眩目火光下有头包红布的老巫独立作旋风舞,门上架上有黄钱,平地有装满了谷米的平斗。有新宰的猪羊伏在木架上,头上插着小小纸旗。有行将为巫师用口把头咬下的活生公鸡,缚了双脚与翼翅,在土坛边无可奈何的躺卧。主人锅灶边则热了猪血稀粥,灶中火光熊熊。

邻近一只大船上,水手们已静静的睡下了,只剩余一个人吸着

---

① 供祭神用蜡烛,九品即九支。用时按一定方式组合排列,或一字式,或品字式等。

烟,且时时刻刻把烟管敲着船舷。也像听着吊脚楼的声音,为那点声音所激动,忽然按捺自己不住了,只听到他轻轻的骂着野话,擦了支自来火,点上一段废缆,跳上岸往吊脚楼那里去了。他在岸上大石间走动时,火光便从船篷空处漏进我的船中。也是同样的情形吧,在一只装载棉军服向上行驶的船上,泊到同样的岸边,躺在成束成捆的军服上面,夜既太长,水手们爱玩牌的皆蹲坐在舱板上小油灯光下玩天九,睡既不成,便胡乱穿了两套棉军服,空手上岸,借着石块间还未融尽残雪返照的微光,一直向高岸上有灯光处走去。到了街上,除了从人家门罅里露出的灯光成一条长线横卧着,此外一无所有。在计算中以为应可见到的小摊上成堆的花生,用哈德门长烟匣装着干瘪瘪的小橘子,切成小方块的片糖,以及在灯光下看守摊子把眉毛扯得极细的妇人(这些妇人无事可作时还会在灯光下做点针线的),如今什么也没有。既不敢冒昧闯进一个人家里面去,便只好又回转河边船上了。但上山时向灯光凝聚处走去,方向不会错误。下河时可弄糟了。糊糊涂涂在大石小石间走了许久,且大声喊着才走近自己所坐的一只船。上船时,两脚全是泥,刚攀上船舷还不及脱鞋落舱,就有人在棉被中大喊:"伙计哥子们,脱鞋呀!"把鞋脱了还不即睡,便镶到水手身旁去看牌,一直看到半夜。——十五年前自己的事,在这样地方温习起来,使人对于命运感到惊异。我懂得那个忽然独自跑上岸去的人,为什么上去的理由!

等了一会,邻船上那人还不回到他自己的船上来,我明白他所得的比我多了一些。我想听听他回来时,是不是也像别的船上人,有一个妇人在吊脚楼窗口喊叫他。许多人都陆续回到船上了,这人却没有下船。我记起"柏子"。但是,同样是水上人,一个那么快乐的赶到岸上去,一个却是那么寂寞的跟着别人后面走上岸去,到了那些地方,情形不会同柏子一样,也是很显然的事了。

为了我想听听那个人上船时那点推篷声音,我打算着,在一切声音皆已安静时,我仍然不能睡觉。我等待那点声音,大约到午夜十二点,水面上却起了另外一种声音。仿佛鼓声,也仿佛汽油船马达转动声,声音慢慢的近了,可是慢慢的又远了。这是一个有魔力的歌唱,单纯到不可比方,也便是那种固执的单调,以及单调的延长,使一个身临其境的人,想用一组文字去捕捉那点声音,以及捕捉在那长潭深夜一个人为那声音所迷惑时节的心情,实近于一种徒劳无功的努力。那点声音使我不得不再从那个业已用被单塞好空罅的舱门,到船头去搜索它的来源。河面一片红光,古怪声音也就从红光一面掠水而来。日里隐藏在大岩下的一些小渔船,原来在半夜前早已静悄悄的下了拦江网。到了半夜,把一个从船头伸在水面的铁篮,盛上燃着熊熊烈火的油柴,一面敲着船舷各处走去。身在水中见了火光而来与受了柝声惊走四窜的鱼类,便在这种情形中触了网,成为渔人的俘虏。

一切光,一切声音,到这时节已为黑夜所抚慰而安静了,只有水面上那一份红火与那一派声音。那种声音与光明,正为着水中的鱼和水面的渔人生存的搏战,已在这河面上存在了若干年,且将在接连而来的每个夜晚依然继续存在。我弄明白了,回到舱中以后,依然默听着那个单调的声音。我所看到的仿佛是一种原始人与自然战争的情景。那声音,那火光,皆近于原始人类的武器!

不知在什么时候开始落了很大的雪,听船上人嘟哝着,我心想,第二天我一定可以看到邻船上那个人上船时节,在岸边雪地上留下的那一行足迹。那寂寞的足迹,事实上我却不曾见到,因为第二天到我醒来时,小船已离开那个泊船处很远了。

一九三四年一月十八（节选）

望着汤汤的流水，我心中好像忽然彻悟了一点人生，同时又好像从这条河上，新得到了一点智慧。的的确确，这河水过去给我的是"知识"，如今给我的却是"智慧"。山头一抹淡淡的午后阳光感动我，水底各色圆如棋子的石头也感动我。我心中似乎毫无渣滓，透明烛照，对万汇百物，对拉船人与小小船只，皆那么爱着，十分温暖的爱着！我的感情早已融入这第二故乡一切光景声色里了。我仿佛很渺小很谦卑，对一切似乎皆在伸手，且微笑的轻轻的说：

"我来了，是的，我仍然同从前一样的来了。我们全是原来的样子，真令人高兴。你，充满了牛粪桐油气味的小小河街，虽稍稍不同了一点，我这张脸，大约也不同了一点。可是，很可喜的是我们还互相认识，只因为我们过去实在太熟习了！"

看到日夜不断千古长流的河水里石头和砂子，以及水面腐烂的草木，破碎的船板，使我触着了一个使人感觉惆怅的名词，我想起"历史"。一套用文字写成的历史，除了告给我们一些另一时代另一群人在这地面上相斫相杀的故事以外,我们决不会再多知道一些要知道的事情。但这条河流,却告给了我若干年来若干人类的哀乐!小小灰色的渔船,船舷船顶站满了黑色沉默的鹭鸶,向下游缓缓划去了。石滩上走着脊梁略弯的拉船人。这些东西于历史似乎毫无关系,百年前或百年后皆仿佛同目前一样。他们那么忠实庄严的生活,担负了自己那分命运,为自己,为儿女,继续在这世界中活下去。不问所过的是如何贫贱艰难的日子,却从不逃避为了求生而应有的一切努力。在他们生活爱憎得失里,也依然摊派了哭,笑,吃,喝。对于寒暑的来临,他们便更比其他世界上人感到四时交替的严肃。历史对于他们俨然毫无意义,然而提到他们这点千年不变无可记载的历史,却使人引起无言的哀戚。

箱子岩

十四年以前,我有机会独坐一只小篷船,沿辰河上行,停船在箱子岩脚下。一列青黛崭削的石壁,夹江高矗,被夕阳烘炙成为一个五彩屏障。石壁半腰中,有古代巢居者的遗迹,石罅间悬撑起无数横梁,暗红色大木柜尚依然好好的搁在木梁上。岩壁断折缺口处,看得见人家茅棚同水码头,上岸喝酒下船过渡人皆得从这缺口通过。那一天正是五月十五,河中人过大端阳节①。箱子岩洞窟中最美丽的三只龙船,皆被乡下人拖出浮在水面上。船只狭而长,船舷描绘有朱红线条,全船坐满了青年桡手,头腰各缠红布。鼓声起处,船便如一枝没羽箭,在平静无波的长潭中来去如飞。河身大约一里路宽,两岸皆有人看船,大声呐喊助兴。且有好事者,从后山爬到悬岩顶上去,把百子鞭炮从高岩上抛下,尽鞭炮在半空中爆裂,嘭嘭嘭嘭的鞭炮声与水面船中锣鼓声相应和。引起人对于历

---

① 即农历五月十五日。

史发生了一点幻想,一点感慨。

当时我心想:多古怪的一切!两千年前那个楚国逐臣屈原,若本身不被放逐,疯疯癫癫来到这种充满了奇异光彩的地方,目击身经这些惊心动魄的景物,两千年来的读书人,或许就没有福分读《九歌》那类文章,中国文学史也就不会如现在的样子了。在这一段长长岁月中,世界上多少民族皆堕落了,衰老了,灭亡了。即如号称东亚大国的一片土地,也已经有过多少次被沙漠中的蛮族,骑了膘壮的马匹,手持强弓硬弩,长枪大戟,到处践踏蹂躏!(辛亥革命前夕,在这苗蛮杂处的一个边镇上,向土民最后一次大规模施行杀戮的统治者,就是一个北方清朝的宗室!)然而这地方的一切,虽在历史中也照样发生不断的杀戮,争夺,以及一到改朝换代时,派人民担负种种不幸命运,死的因此死去,活的被逼迫留发,剪发,在生活上受新朝代种种限制与支配。然而细细一想,这些人根本上又似乎与历史毫无关系。从他们应付生存的方法与排泄感情的娱乐上看来,竟好像古今相同,不分彼此。这时节我所眼见的光景,或许就与两千年前屈原所见的完全一样。

那次我的小船停泊在箱子岩石壁下,附近还有十来只小渔船,大致打鱼人也有弄龙船竞渡的,所以渔船上妇女小孩们,精神皆十分兴奋,各站在尾梢上锐声呼喊。其中有几个小孩子,我只担心他们太快乐了些,会把住家的小船跳沉。

日头落尽云影无光时,两岸渐渐消失在温柔暮色里,两岸看船人呼喝声越来越少,河面被一片紫雾笼罩,除了从锣鼓声中尚能辨别那些龙船方向,此外已别无所见。然而岩壁缺口处却人声嘈杂,且闻有小孩子哭声,有妇女们尖锐叫唤声,综合给人一种悠然不尽的感觉。天气已经夜了,吃饭是正经事。我原先尚以为再等一会儿,那龙船一定就会傍近岩边来休息,被人拖进石窟里,在快乐呼喊中结束这个节日了。谁知过了许久,那种锣鼓声尚在河面飘着,表示一班人还不愿意离开小船,回转家中。待到我把晚饭吃过后,爬出舱外一望,呀,天上好一轮圆月。月光下石壁同河面,一切皆镀了银,已完全变换了一种调子。岩壁缺口处水码头边,正有人用废竹缆或油柴燃着火燎,火光下只见许多穿白衣人的影子移动。问问船上水手,方知道那些人正把酒食搬移上船,预备分派给龙船上人。原来这些青年人白日里划了一整天船,看船的皆散尽了,划船的还不尽兴,并且谁也不愿意扫兴示弱,先行上岸,因此三只长船还得在月光下玩个上半夜。

提起这件事,使我重新感到人类文字语言的贫俭。那一派声音,那一种情调,真不是用文字语言可以形容的事情。向一个身在城市住下,以读读《楚辞》就神往意移的人,来描绘那月下竞舟的一切,更近于徒然的努力。我可以说的,只是自从我把这次水上所领略的印象保留到心上后,一切书本上的动人记载,皆看得平平常常,不至于发生惊讶了。这正像我另外一时,看过人类许多花样的杀戮,对于其余书上叙述到这件事,同样不能再给我如何感动。

十四年后我又有了机会乘坐小船沿辰河上行,应当经过箱子岩。我想温习温习那地方给我的印象,就要管船的不问迟早,把小船在箱子岩停泊。这一天是十二月七号,快要过年的光景,没有太阳的酿雪天,气候异常寒冷。停船时还只下午三点钟左右,岩壁上藤萝草木叶子多已萎落,显得那一带岩壁十分瘦削。悬岩高处红木柜,只剩下三四具,其余早不知到那儿去了。小船最先泊在岩壁下洞窟边,冬天水落得太多,洞口已离水面两丈以上。我从石壁裂罅爬上洞口,到搁龙船处看了一下,旧船已不知坏了还是被水冲去了,只见有四只新船搁在石梁上,船头还贴有鸡血同鸡毛,一望就明白是今年方下水的。出得洞口时,见岩下左边泊定五只渔船,有几个老渔婆缩颈敛手在船头寒风中修补渔网。上船后觉得这样子太冷落了,可不是个办法,就又要船上水手为我把小船撑到岩壁断折处有人家地方去,就便上岸,看看乡下人过年以前是什么光景。

四点钟左右,黄昏已腐蚀了山峦与树石轮廓,占领了屋角隅。我独自坐在一家小饭铺柴火边烤火。我默默的望着那个火光煜煜的树根,在我脚边很快乐的燃着,爆炸出轻微的声音。铺子里人来来往往,有些说两句话又走了,有些就来镶在我身边长凳上,坐下吸他的旱烟。有些来烘脚,把穿着湿草鞋的脚去热灰里乱搅。看看每一个人的脸子,我都发生一种奇异。这里是一群会寻快乐的乡下人,有捕鱼的,打猎的,有船上水手与编制竹缆工人。若我的估计不错,那个坐在我身旁,伸出两只手向火,中指节有个放光顶针的,一定还是一位乡村成衣人。这些人每到大端阳时节,皆得下河去玩一整天的龙船。平常日子却在这个地方,按照一种分定,很简单的把日子过下去。每日看过往船只摇橹扬帆来去,看落日同水鸟。虽然也有人事上的得失,到恩怨纠纷成一团时,就陆续发生庆贺或仇杀。然而从整个说来,这些人生活却仿佛同"自然"已相融合,很从容的各在那里尽其性命之理,与其他无生命物质一样,惟在日月升降寒暑交替中放射,分解。而且在这种过程中,人是如何渺小的东西,这些人比起世界上任何哲人,也似乎还更知道的多一些。

听他们谈了许久,我心中有点忧郁起来了。这些不辜负自然的人,与自然妥协,对历史毫无担负,活在这无人知道的地方。另外尚有一批人,与自然毫不妥协,想出种种方法来支配自然,违反自然的习惯,同样也那么尽寒暑交替,看日月升降。然而后者却在改变历史,创造历史。一分新的日月,行将消灭旧的一切。我们用什么方法,就可以使这些人心中感觉一种"惶恐",且放弃过去对自然和平的态度,重新来一股劲儿,用划龙船的精神活下去?这些人在娱乐上的狂热,就证明这种狂热使他们还配在世界上占据一片土地,活得更愉快更长久一些。不过有什么办法,可以改造这些人狂热到一件新的竞争方面去?

一个跛脚青年人,手中提了一个老虎牌桅灯,灯罩光光的,洒着摇着从外面走进屋子。许多人皆同声叫唤起来:"什长,你发财回来了!好个灯!"

那跛子年纪虽很轻,脸上却刻划了一种油气与骄气,在乡下人中仿佛身分特高一层。把灯搁在木桌上,坐近火边来,拉开两腿摊出两只手烘火,满不高兴的说:"碰鬼,运气坏,什么都完了。"

箱子岩　　045

"船上老八说你发了财,瞒我们。"

"发了财,哼。瞒你们?本钱去七角,桃源行市一块零,有什么捞头,我问你。"

这个人接着且连骂带唱的说起桃源后江的情形,使得一般人皆活泼兴奋起来。话说得正有兴味时,一个人来找他,说猪蹄膀已炖好,酒已热好,他搓搓手,说声有偏各位,提起那个新桅灯就走了。

原来这个青年汉子,是个打鱼人的独生子。三年前被省城里募兵委员招去,训练了三个月,就开到江西边境去同共产党打仗。打了半年仗,一班兄弟中只剩下他一个人好好的活着,奉令调回后防招新军补充时,他因此升了班长。第二次又训练三个月,再开到前线去打仗。于是碎了一只腿,抬回军医院诊治,照规矩这只腿用锯子锯去。一群同志皆以为从辰州地方出来的人,"辰州符"比截割高明得多了,就把他从医院中抢出,在外边用老办法找人敷水药治疗。说也古怪,那只腿居然不必截割全好了。战争是个什么东西他已明白了。取得了本营证明,领得了些伤兵抚恤费后,于是回到家乡来,用什长名义受同乡恭维,又用伤兵名义作点生意。这生意也就正是有人可以赚钱,有人可以犯法,政府也设局收税,也制定法律禁止,那种从各方面说来皆似乎极有出息的生意。我想弄明白那什长的年龄,从那个当地唯一成衣人口中,方知道这什长今年还只二十一岁。那成衣人尚说:

"这小子看事有眼睛,做事有魄力,蹶了一只腿,还会发财走好运。若两只腿弄坏,那就更好了。"

有个水手插口说:"这是什么话。"

"什么画,壁上挂。穷人打光棍,两只腿全打坏了,他就不会赚了钱,再到桃源县后江玩花姑娘了!"

成衣人末后一句话把大家都弄笑了。

回船时,我一个人坐在灌满冷气的小小船舱中,计算那什长年龄,二十一岁减十四,得到个数目是七。我记起十四年前那个夜里一切光景,那落日返照,那狭长而描绘朱红线条的船只,那锣鼓与呼喊,……尤其是临近几只小渔船上欢乐跳掷的小孩子,其中一定就有一个今晚我所见到的跛脚什长。唉,历史,生硬性痈疽的人,照旧式治疗方法,可用一点点毒药敷上,尽它溃烂,到溃烂净尽时,再用药物使新的肌肉生长,人也就恢复健康了。这跛脚什长,我对他的印象虽异常恶劣,想起他就是个可以溃烂这乡村居民灵魂的人物,不由人不……

二十年前澧州地方一个部队的马夫,姓贺名龙,一菜刀切下了一个兵士的头颅,二十年后就得惊动三省集中十万军队来解决这马夫。谁个人会注意这小小节目,谁个人想象得到人类历史是用什么写成的!

老　伴

　　我平日想到泸溪县时,回忆中就浸透了摇船人催橹歌声,且为印象中一点儿小雨,仿佛把心也弄湿了。这地方在我生活史中占了一个位置,提起来真使我又痛苦又快乐。

　　泸溪县城界于辰州与浦市两地中间,上距浦市六十里,下达辰州也恰好六十里。四面是山,河水在山峡中流去。县城位置在洞河与沅水汇流处,小河泊船贴近城边,大河泊船去城约三分之一里。(洞河通称小河,沅水通称大河。)洞河来源远在苗乡,河口长年停泊了五十只左右小小黑色洞河船。弄船者有短小精悍的花帕苗,头包花帕,腰围裙子。有白面秀气的所里人①,说话时温文尔雅,一张口又善于唱歌。洞河既水急山高,河身转折极多,上行船到此已不适宜于借风使帆。凡入洞河的船只,到了此地,便把风帆约成一束,作上个特别记号,寄存于城中店铺里去,等待载货下行

---

① 即今吉首,旧时属乾城县。

时,再来取用。由辰州开行的沅水商船,六十里为一大站,停靠泸溪为必然的事。浦市下行船若预定当天赶不到辰州,也多在此过夜。然而上下两个大码头把生意全已抢去,每天虽有若干船只到此停泊,小城中商业却清淡异常。沿大河一方面,一个稍稍像样的青石码头也没有。船只停靠皆得在泥滩头与泥堤下,落了小雨,不知要滑倒多少人!

十七年前的七月里,我带了"投笔从戎"的味儿,在一个"龙头大哥"而兼保安司令的领导下,随同八百乡亲,乘了抓封得到的三十来只大小船舶,浮江而下,来到了这个地方。靠岸停泊时正当傍晚,紫绛山头为落日镀上一层金色,乳色薄雾在河面流动。船只拢岸时摇船人皆促橹长歌,那歌声揉合了庄严与瑰丽,在当前景象中,真是一曲不可形容的音乐。

第二天,大队船只全向下游开拔去了,抛下了三只小船不曾移动。两只小船装的是旧棉军服,另一只小船,却装了十三名补充兵,全船中人年龄最大的一个十九岁,极小的一个十三岁。

十三个人在船上实在太挤了点。船既不开动,天气又正热,挤在船上也会中暑发瘟。因此许多人白日尽光身泡在长河清流中,到了夜里,便爬上泥堤去睡觉。一群小子身上皆空无所有,只从城边船户人家讨来一大束稻草,各自扎了一个草枕,在泥堤上仰面躺了五个夜晚。

这件事对于我个人不是一个坏经验。躺在尚有些微余热的泥土上,身贴大地,仰面向天,看尾部闪放宝蓝色光辉的萤火虫匆匆促促飞过头顶。沿河是细碎人语声,蒲扇拍打声,与烟杆儿剥剥的敲着船舷声。半夜后天空有流星曳了长长的光明下坠,滩声长流,如对历史有所埋怨。这一种夜景,实在为我终身不能忘掉的夜景!

到后落雨了,各人竞上了小船。白日太长,无济排遣,各自赤了双脚,冒着小雨,从烂泥里走进县城街上去。大街头江西人经营的布铺,铺柜中坐了白发皤然老妇人,庄严沉默如一尊古佛。大老板无事可作,只腆着肚皮,叉着两手,把脚拉开成为八字,站在门限边对街上檐溜出神。窄巷里石板砌成的行人道上,小孩子扛了大而朴质的雨伞,响着寂寞的钉鞋声。待到回船时,各人身上业已湿透,就各自把衣服从身上脱下,站在船头相互帮忙拧去雨水。天夜了,便满船是呛人的油气与柴烟。

在十三个伙伴中我有两个极要好的朋友:其中一个是我的同宗兄弟,年纪顶大,与那个在常德府开旅馆头戴水獭皮帽子的朋友,原本同在一个衙门里服务当差,终日栽花养鱼,忽然对职务厌烦起来,把管他的头目打了一顿,自己也被打了一顿,因此就与我们作了同伴。其次是那个年纪顶轻的,名字就叫"傩右"。一个成衣人的独生子,为人伶俐勇敢,希有少见。家中虽盼望他能承继先人之业,他却梦想作个上尉副官,头戴金边帽子,斜斜佩上红色值星带,以为十分写意。因此同家中吵闹了一次,负气出了门。这小孩子年纪虽小,心可不小!同我们到县城街上转了三次,就看中了一个绒线铺的女孩子,问我借钱向那女孩子买了三次白棉线草鞋带子。他虽买了不少带子,那时节其实连一双多余的草鞋都没有,把带子买得同我们回转船上时,他且说:"将来若作了副官,当天赌咒,一定要回来讨那女孩子做媳妇。"那女孩子名叫"翠翠",我写《边城》故事时,弄渡船的外孙女,明慧温柔的品性,就从那绒线铺小女孩脱胎而来。我们各人对于这女孩子,印象似乎都极好,不过当时却只有他一个人,特别勇敢天真些,好意思把那一点糊涂希望说出口来。

日子过去了三年,我那十三个同伴,有三个人由驻防地的辰州请假回家去,走到泸溪县境驿路上,出了意外的事情,各被土匪砍了二十余刀,流一摊血倒在大路旁死掉了。死去的三人中,有一个就是我那同宗兄弟。我因此得到了暂时还家的机会。

那时节军队正预备从鄂西开过四川去就食,部队中好些年轻人皆被遣送回籍。那司令官意思就在让各人的父母负点儿责:以为一切是命的,不妨打发小孩子再归营报到,担心小孩子生死的,自然就不必再来了。

我于是与那个伙伴并其他一些年轻人,一同挤在一只小船中,还了家乡。小船上行到泸溪县停泊时,虽已黑夜,两人还进城去拍打那人家的店门,从那个"翠翠"手中买了一次白带子。

到家不久,这小子大约不忘却作副官的好处,借故说假期已满,同成衣人爸爸又大吵了一架,偷了些钱,独自走下辰州了。我因家中无事可作,不辞危险也坐船下了辰州。我到得辰州时,方知道本军部队四千人,业已于四天前全部开拔过四川,所有伙伴也完全走尽了。我们已不能过四川,成为留守部人员了。留守部只剩下一个军需官,一个老年副官长,一个跛脚副官,以及两班老弱兵士。傩右被派作勤务兵,我的职务为司书生,两人皆在留守部继续供职。两人既受那个副官长管辖,老军官见我们终日坐在衙门里梧桐树下唱山歌,以为我们应找点事做做,就派遣两人到城外荷塘里去为他钓蛤蟆。两人一面钓蛤蟆一面谈天,我方知道他下行时居然又到那绒线铺买了一次带子。我们把蛤蟆从水荡中钓来,用麻线捆着那东西小脚,成串提转衙门时,老军官把一半熏了下酒,剩下一半还托同乡捎回家中去给太太吃。我们这种工作一直延长到秋天,方换了另外一种。

过了一年,有一天,川边来了个电报:部队集中驻扎在一个小县城里,正预备拉夫派捐回湘,忽然当地切齿发狂的平民,发生了民变,各自拿了菜刀,镰刀,撇麻刀,来同军队作战。四千军队在措手不及情形中,一早上放翻了三千左右。部中除司令官同一个副官侥幸脱逃外,其余所有高级官佐职员全被民兵砍倒了。(事后闻平民死去约七千,半年内小城中随处还可发现白骨。)这通电报在我命运上有了个转机,过不久,我就领了遣散费,离开辰州,走到出产香草香花的芷江县,每天拿了紫色木戳,过各处屠桌边验猪羊税去了。所有八个伙伴皆已在川边死去,至于那个同买带子同钓蛤蟆朋友呢,消息当然从此也就断绝了。

整整过去十七年后,我的小船又在落日黄昏中,到了这个地方停靠下来。冬天水落了些,河水去堤岸已显得很远,裸露出一大片干枯泥滩。长堤上有枯苇刷刷作响,阴背地方还可看到些白色残雪。

　　石头城恰当日落一方,雉堞与城楼皆为夕阳落处的黄天,衬出明明朗朗的轮廓。每一个山头仍然镀上了金,满河是橹歌浮动,(就是那使我灵魂轻举永远赞美不尽的歌声!)我站在船头,思索到一件旧事,追忆及几个旧人。黄昏来临,开始占领了这个空间。远近船只全只剩下一些模糊轮廓,长堤上有一堆一堆人影子移动,邻近船上炒菜落锅声音与小孩哭声杂然并陈。忽然间,城门边响了一声小锣,铛……

　　一双发光乌黑的眼珠,一条直直的鼻子,一张小口,从那一槌小锣响声中重现出来。我忘了这分长长岁月在人事上所生的变化,恰同小说书本上角色一样,怀了不可形容的童心,上了堤岸进了城。城中接瓦连椽的小小房子,以及住在这小房子里的人民,我似乎与他们皆十分相熟。时间虽已过了十七年,我还能认识城中的道路,辨别城中的气味。

　　我居然没有错误,不久就走到了那绒线铺门前了。恰好有个船上人来买棉线,当他推门进去时,我紧跟着进了那个铺子。有这样希奇的事情吗?我见到的不正是那个"翠翠"吗?我真惊讶得说不出话来。十七年前那小女孩就成天站在铺柜里一堵棉纱边,两手反复交换动作挽她的棉线,目前我所见到的,还是那么一个样子。难道我如浮士德一样,当真回到了那个"过去"了吗?我认识那眼睛,鼻子,和薄薄小嘴。我毫不含糊,敢肯定现在的这一个就是当年的那一个。

"要什么呀?"就是那声音,也似乎与我极其熟习。

我指定悬在钩上一束白色东西:"我要那个!"

如今真轮到我这老军务来购买系草鞋的白棉纱带子了!当那女孩子站在一个小凳子上,去为我取钩上货物时,铺柜里火盆中有沸水声音,某一处有人吸烟声音。女孩子辫发上缠得是一绺白绒线,我心想:"死了爸爸还是死了妈妈?"火盆边茶水沸了起来,一堆棉纱后面有个男子哑声说话:

"小翠,小翠,水开了,你怎么的?"女孩子虽已即刻跳下凳子,把水罐挪开,那男子却仍然走出来了。

真没有再使我惊讶的事了,在黄晕晕的灯光下,我原来又见到了那成衣人的独生子!这人简直可说是一个老人,很显然的,时间同鸦片烟已毁了他。但不管时间同鸦片烟在这男子脸上刻下了什么记号,我还是一眼就认定这人便是那一再来到这铺子里购买带子的傩右。从他那点神气看来,却决猜不出面前的主顾,正是同他钓蛤蟆的老伴。这人虽作不成副官,另一糊涂希望可被他达到了。我憬然觉悟他与这一家人的关系,且明白那个似乎永远年青的女孩子是谁的儿女了。我被"时间"意识猛烈的捆了一巴掌,摩摩我的面颊,一句话不说,静静的站在那儿看两父女度量带子,验看点数我给他的钱。完事时我想多停顿一会,又买了点白糖,他们虽不卖白糖,老伴却出门为我向别一铺子把糖买来。他们那分安于现状的神气,使我觉得若用我身分惊动了他,就真是我的罪过。

我拿了那个小小包儿出城时,天已断黑,在泥堤上乱走。天上有一粒极大星子,闪耀着柔和悦目的光明。我瞅定这一粒星子,目不旁瞬。

"这星光从空间到地球据说就得三千年,阅历多些,它那么镇静有它的道理。我能那么镇静吗?……"

我心中似乎极其骚动,我想我的骚动是不合理的。我的脚正踏到十七年前所躺卧的泥堤上,一颗心跳跃着,勉强按捺也不能约束自己。可是,过去的,有谁能拦住不让它过去,又有谁能制止不许它再来?时间使我的心在各种变动人事上感受了点分量不同的压力,我得沉默,得忍受。再过十七年,安知道我不再到这小城中来?

为了这再来的春天,我有点忧郁,有点寂寞。黑暗河面起了快乐的橹歌。河中心一只商船正想靠码头停泊,歌声在黑暗中流动,从歌声里我俨然彻悟了什么。我明白"我不应当翻阅历史,温习历史。"在历史前面,谁人能够不感惆怅?

但我这次回来为的是什么?自己询问自己,我笑了。我还愿意再活十七年,重来看看我能看到的一切。

常德的船

常德就是武陵,陶潜的《搜神后记》上《桃花源记》说的渔人老家,应当摆在这个地方。德山在对河下游,离城市二十余里,可说是当地唯一的山。汽车也许停德山站,也许停县城对河另一站。汽车不必过河,车上人却不妨过河,看看这个城市的一切。地理书上告给人说这里是湘西一个大码头,是交换出口货与入口货的地方。桐油、木料、牛皮、猪肠子和猪鬃毛,烟草和水银,五倍子和鸦片烟,由川东、黔东、湘西各地用各色各样的船只装载到来,这些东西是全得由这里转口,再运往长沙武汉的。子盐、花纱、布匹、洋货、煤油、药品、面粉、白糖,以及各种轻工业日用消耗品和必需品,又由下江轮驳运到,也得从这里改装,再用那些大小不一的船只,分别运往沅水各支流上游大小码头去卸货的。市上多的是各种庄号。各种庄号上的坐庄人,便在这种情形下成天如一个磨盘,一种机械,为职务来回忙。邮政局的包裹处,这种人进出最多。长途电话的营业处,这种坐庄人是最大主顾。酒席馆和妓女的生意,靠这种坐庄人来维持。

除了这种繁荣市面的商人,此外便是一些寄生于湖田的小地主,作过知县的小绅士,各县来的男女中学生,以及外省来的参加这个市面繁荣的掌柜,伙计,乌龟,王八。全市人口过十万,街道延长近十里,一个过路人到了这个城市中时,便会明白这个湘西的咽喉,真如所传闻,地方并不小。可是却想不到这咽喉除吐纳货物和原料以外,还有些什么东西。作这种吐纳工作,责任大,工作忙,性质杂,又是些什么人。假若一旦没有了他们,这城市会不会忽然成为河边一个废墟?这种人照例触目可见,水上城里无一不可以碰头,却又最容易为旅行者所疏忽。我想说的是真正在控制这个咽喉,支配沅水流域的几万船户。

这个码头真正值得注意令人惊奇处,实在也无过于船户和他所操纵的水上工具了。要认识湘西,不能不对他们先有一种认识。要欣赏湘西地方民族特殊性,船户是最有价值材料之一种。

一个旅行者理想中的武陵,渔船应当极多。到了这里一看,才知道水面各处是船只,可是却很不容易发现一只渔船。长河两岸浮泊的大小船只,外行人一眼看去,只觉得大同小异,事实上形制复杂不一,各有个性,代表了各个地方的个性。让我们从这方面来多知道一点点,对于我们也许有些便利处。

船只最触目的三桅大方头船,这是个外来客,由长江越湖来的,运盐是它主要的职务。它大多数只到此为止,不会向沅水上游走去。普通人叫它做"盐船",名实相符。船家叫它做"大鳅鱼头",

《金陀粹编》上载岳飞在洞庭湖水擒杨幺故事，这名字就见于记载了，名字虽俗，来源却很古。这种船只大多数是用乌油漆过，所以颜色多是黑的。这种船按季候行驶，因为要大水大风方能行动。杜甫诗上描绘的"洋洋万斛船，影若扬白虹"，也许指的就是这种水上东西。

比这种盐船略小，有两桅或单桅，船身异常秀气，头尾突然收敛，令人入目起尖锐印象，全身是黑的，名叫"乌江子"。它的特长是不怕风浪，运粮食越湖。它是洞庭湖上的竞走选手。形体结构上的特点是桅高、帆大、深舱、锐头。盖舱篷比船身小，因为船舷外还有护舱板。弄船人同船只本身一样，一看很干净，秀气斯文。行船既靠风，上下行都使帆，所以帆多整齐，船上用的水手不多，仅有的水手会拉篷、摇橹、撑篙，不会荡桨——这种船上便不常用桨。放空船时妇女还可代劳掌舵。这种船间或也沿河上溯，数目极少，船身材料薄，似不宜于冒险。这种船在沅水流域也算是外来客。

在沅水流域行驶，表现得富丽堂皇、气象不凡，可称为巨无霸的船只，应当数"洪江油船"。这种船多方头高尾，颜色鲜明，间或且有一点金漆装饰。尾梢有舵楼，可以安置家眷。大船下行可载三四千桶桐油，上行可载两千件棉花，或一票食盐。用橹手二十六人到四十人，用纤手三十人到六七十人。必待春水发后方上下行驶，路线系往返常德和洪江。每年水大至多上下三五回，其余大多时节都在休息中，成排结队停泊河面，俨然是河上的主人，船主照例是麻阳人，且照例姓滕，善交际，礼数清楚。常与大商号中人拜把子,攀亲家。行船时站在船后檀木舵把边,庄严中带点从容不迫神气,口中含了个竹马鞭短烟管,一面看水,一面吸烟。遇有身分的客人搭船,喝了一杯酒后,便向客人一五一十叙述这只油船的历史,载过多少有势力的军人、阔老,或名驰沅水流域的妓女。换言之,就是这只船与当地"历史"发生多少关系!这种船只上的一切东西,无一不巨大坚实。船主的装束在船上时看不出什么特别处,上岸时却穿长袍(下脚过膝三四寸),罩青羽绫马褂,戴呢帽或小缎帽,佩小牛皮抱肚,用粗大银练系定,内中塞满了银元。穿生牛皮靴子,走路时踏得很重。个子高高的,瘦瘦的。有一双大手,手上满是黄毛和青筋。会喝酒,打牌,且豪爽大方,吃花酒应酬时,大把银元钞票从抱肚掏出,毫不吝啬。水手多强壮勇敢,眉目精悍,善唱歌、泅水、打架、骂野话。下水时如一尾鱼,上岸接近妇人时像一只小公猪。白天弄船,晚上玩牌,同样做得极有兴致。船上人虽多,却各有所事,从不紊乱。舱面永远整洁如新。拔锚开头时,必摇鼓敲锣,在船头烧纸烧香,煮白肉祭神,燃放千子头鞭炮,表示人神和乐,共同帮忙,一路福星。在开船仪式与行船歌声中,使人想起两千年前《楚辞》发生的原因,现在还好好的保留下来,今古如一。

比洪江油船小些,形式仿佛比较笨拙些(一般船只用木板作成,这种船竟像用木柱作成),平头大尾,一望而知船身十分坚实,有斗拳师的神气,名叫"白河船"。白河即酉水的别名。这种船只即行驶于沅水由常德到沅陵一段,酉水由沅陵到保靖一段。酉水滩流极险,船只必经得起磕撞。船只必载重方能压浪,因此尾部如臀,大而圆。下行时在船头缚大木桡两把,木桡的用处是船只下滩,转头时比舵切于实际。照水上人俗谚说"三桨不如一篙,三橹不如一桡。"桡读作招。酉水浅而急,不常用橹,篙桨用处多,因此篙多特别长大,桨较粗硕,肥而短。船篷用棕子叶编成,不涂油。船主多永顺保靖人,姓向姓王姓彭占多数。酉水河床窄,滩流多,为应付自然,弄船人所需要的勇敢能耐也较多。行船时常用相互诅骂代替共同唱歌,为的是受自然限制较多,脾气比较坏一点。酉水是传说中古代藏书洞穴所在地,多的是高大宏敞,充满神秘的洞穴。由沅陵起到酉阳止,沿酉水流域的每个县分总有几个洞穴。可是如沅陵的大酉洞,保靖的狮子洞,酉阳的龙洞,这些洞穴纵有书籍也早已腐烂了。到如今这条河流最多的书应当是宝庆纸客贩卖的石印本历书,每一条船上照例都有一本皇历。船家禁忌多,历书是他们行动的宝贝。河水既容易出事情,个人想减轻责任,因此凡事都俨然有天作主,由天处理,照书行事,比较心安,也少纠纷。酉水流域每个县分的船只,在形式上又各不相同,不过这些小船不出白河,在常德能看到的白河油船,形体差不多全是一样。

沅水中部的辰溪县,出白石灰和黑煤,运载这两种东西的本地船叫做"辰溪船",又名"广舶子"。它的特点和上述两种船只比较起来,显得材料脆薄而缺少个性。船身多是浅黑色,形状如土布机上的梭子,款式都不怎么高明。下行多满载这些不值钱的货物，上行因无回头货便时常放空。船身脏，所运货物又少时间性，满载下驶，危险性多，搭客不欢迎，因之弄船人对于清洁时间就不甚关心。这种船上的席篷照例是不大完整的，布帆是破破碎碎的，给人印象如一个破落户。弄船人因闲而懒，精神多显得萎靡不振。

洞河（即泸溪）发源于乾城苗乡大小龙洞，和凤凰苗乡乌巢河。两条小河在乾城县的所里市相汇。向东流，到泸溪县，方和沅水同流。在这条河里的船就叫"洞河船"。河源由苗乡梨林地方两个洞穴中流出，河床是乱石底子，所以水质特别清，水性特别猛。船身必需从撞磕中挣扎，河身既小，船身也较轻巧。船舷低而平，船头窄窄的。在这种船上水手中，我们可以发现苗人。不过见着他时我们不会对他有何惊奇，他也不会对我们有何惊奇。这种人一切和别的水上人都差不多，所不同处，不过是他那点老实、忠厚、纯朴、戆直性情——原人的性情，因为住在山中，比城市人保存得多点罢了。乾城人极聪明文雅，小手小脚小身材，唱山歌时嗓子非常好听，到码头边时可特别沉默安静。船只太小了，不常有机会到这大码头边靠船。这种船停泊在河面时似乎很羞怯，正如水手们上街时一样羞怯。

乾城用所里作本县吐纳货物的水码头。地方虽不大，小小石头城却很整齐干净，且出了几个近三十年来历史上有名姓的人物。段祺瑞时代的陆军总长傅良佐将军，是生长在这个小县城里的。东北军宿将，国内当前军人中称战术权威的杨安铭将军，也是这地方人。

在河上显得极活动,极有生气,而且数量极多的,是普通的中型"麻阳船"。这种船头尾高举,秀拔而灵便。这种船只的出处是麻阳河(即辰溪)。每只船上都可见到妇人,孩子,童养媳,弄船人一面担负商人委托的事务,一面还担负上帝派定的工作,两方面都异常称职。沅水流域的转运事业,大多数由这地方人支配,人口繁荣的结果,且因此在常德城外多了一条麻阳街。"一切成功都必需争斗",这原则也可用作麻阳街的说明。据传说,这条街是个姓滕的水手双拳打出来的。我们若有兴趣特意到那条街上走走,可知道开小铺子的、做理发店生意的、卖船上家伙的、经营皮肉生涯的,全是麻阳人,我们就会明白,原来参加这种争斗,每人都有一份。麻阳人的精力绝伦处,或者与地方出产有点关系。麻阳出各种橘子,糯米亦极好,作甜酒特别相宜。人口加多,船只也越来越多,因此沅水水面的世界,一大半是麻阳人的。大凡船只停靠处,都有叫乡亲的麻阳人。乡亲所得的便利极多,平常外乡人,坐船时于是都叫麻阳人作"乡亲"。乡亲的特点是面目精悍而性情快乐,作水手的都能吃,能做,能喝,能打架。船主上岸时必装扮成为一个小乡绅,如驾洪江油船的大老板一样穿袍穿褂,着生牛皮盘云长筒钉靴,戴有皮封耳的毡帽或博士帽,手指套上分量沉重的金戒指,皮抱肚里装上许多大洋钱,短烟管上悬个老虎爪子,一端还镶包一片镂花银皮。见人就请教仙乡何处,贵府贵姓。本人大多数姓滕,名字"代富""宜贵"。对三十年来的本省政治,比起任何地方船主都熟习，都关心。欢喜讲礼教、臧否人物，且善于称引经典格言和当地俗谚，作为谈天时章本。恭维客人时必从恭维上增多一点收入，被客人恭维时便称客人为"知己"，笑嘻嘻的请客人喝酒。妇女在船上不特对于行船毫无妨碍，且常常是一个好帮手。妇女多壮实能干，大脚大手，善于生男育女。

麻阳人中另外还有一双值得称赞的手，在湘西近百年实无匹敌，在国内也是一个少见的艺术家，是塑像师张秋潭那双手。

在常德水码头船只极小，飘浮水面如一片叶子，数量之多如淡干鱼，是专载客人用的"桃源划子"。木商与烟贩，上下办货的庄客，过路的公务员，放假的男女学生，同是这种小船的主顾。船身既轻小，上下行的速度较之其他船只快过一倍，下滩时可从边上小急流走，决不会出事。在平潭中且可日夜赶程，不会受关卡留难。因此在有公路以前，这种小小船只实为沅水流域交通利器。弄船人工作不需如何紧张，开销又少，收入却较多。装载客人且多阔老，同时桃源县人的性格又特别随和（沅水一到桃源后就变成一片平潭，再无恶滩急流，自然影响到水上人性情很大），所以弄船人脾气就马虎得多。很多是瘾君子，白天弄船，晚上便靠灯。有些家中人说不定还留在县里，经营一种不必要本钱的职业，分工合作，都不闲散。且能作客人向导，带访桃源洞的客人到所要到的新奇地方去。

在沅水流域上下行驶，停泊到常德码头应当称为"客人"的船只，共有好几种，有从芷江上游黔东玉屏来的，有从麻阳河上游黔东铜仁来的,有从白河上游川东龙潭来的。玉屏船多就洪江转口,下行不多。龙潭船多从沅陵换货,下行不多。"铜仁船"装油碱下行的,有些庄号在常德,所以常直放常德。船只最引人注意处是颜色黄明照眼,式样轻巧,如竞赛用船。船头船尾细狭而向上翘举,舱底平浅,材料脆薄,给人视觉上感到灵便与愉快,在形式上可谓秀雅绝伦。弄船人语言清婉,装束素朴,有些水手还穿齐膝的长衣,裹白头巾,风度整洁和船身极相称。船小而载重,故下行时船舷必缚茅束挡水。这种船停泊河中,仿佛极其谦虚,一种作客应有的谦虚。然而比同样大小的船只都整齐,一种作客不能不注意的整齐。

此外常德河面还有一种船只,数量极多,有的时常移动,有的又长久停泊。这些船的形式一律是方头、方尾、无桅、无舵。用木板作舱壁,开小小窗子,木板作顶。有些当作船主的金屋,有些又作逋逃者的窟穴。船上有招纳水手客人的本地土娼,有卖烟和糖食、小吃、猪蹄子、粉面的生意人。此外算命卖卜的,圆光关亡的,无不可以从这种船上发现。船家做寿成亲,也多就方便借这种水上公馆举行。因此,一遇黄道吉日,总是些张灯结彩,响器声,弦索声,大小炮仗声,划拳歌呼声,点缀水面热闹。

常德县城本身也就类乎一只旱船,女作家丁玲,法律家戴修瓒,国学家余嘉锡,是这只旱船上长大的。较上游的河堤比城中高得多。涨水时水就到了城边,决堤时城四围便是水了。常德沿河的长街,街市上大小各种商铺,不下数千家,都与水手有直接关系。

杂货店铺专卖船上用件及零用物，可说是它们全为水手而预备的。至如油盐、花纱、牛皮、烟草等等庄号，也可说水手是为它们而有的。此外如茶馆，酒馆和那经营最素朴职业的户口，水手没有它不成，它没水手更不成。

常德城内一条长街，铺子门面都很高大（与长沙铺子大同小异近于夸张），木料不值钱，与当地建筑大有关系。地方滨湖，河堤另一面多平田泽地，产鱼虾、莲藕，因此鱼栈莲子栈延长了长街数里。多清真教门，因此牛肉特别肥鲜。

常德沿沅水上行九十里，才到桃源县，再上行二十五里，方到桃源洞。千年前武陵渔人如何沿溪走到桃花源，这路线尚无好事的考古学家说起。现在想到桃源访古的风雅人，大多数只好坐公共汽车去，到过了桃源，兴趣也许在彼而不在此，留下印象较深刻的东西，不是那个传说的洞穴，倒是另外一些传说所不载的较新洞穴。在桃源县想看到老幼黄发垂髫，怡然自乐的光景，并不容易。不过或者因为历史的传统，地方人倒很和气，保存一点古风。也知道欢迎客人，杀鸡作黍，留客住宿。虽然多少得花点钱，数目并不多。可是一个旅行者应当知道，这些人赠送游客的礼物，有时不知不觉太重了点，最好倒是别大意，莫好奇，更不要因为记起宋玉所赋的高唐神女，刘晨阮肇天台所遇的仙女，想从经验中去证实故事。换言之，不妨学个"老江湖"，少生事！当地纵多神女仙女，可并不是为外来读书人游客预备的，沅水流域的木竹簰商人是唯一受欢迎者。好些极大的木竹簰，到桃源后不久就无影无踪不见了，照俚话所说,是"进了桃源的洞穴"的。

政治家宋教仁,老革命党覃振,同是桃源县人。桃源县有个省立第二女子师范学校,五四运动谈男女解放平等,最先要求男女同校,且实现它,就是这个学校的女学生。

沅陵的人

由常德到沅陵,一个旅行者在车上的感触,可以想象得到,第一是公路上并无苗人,第二是公路上很少听说发现土匪。

公路在山上与山谷中盘旋转折虽多,路面却修理得异常良好,不问晴雨都无妨车行。公路上的行车安全的设计,可看出负责者的最大努力。旅行的很容易忘了车行的危险,乐于赞叹自然风物的美秀。在自然景致中见出宋院画的神采奕奕处,是太平铺过河时入目的光景。溪流萦回,水清而浅,在大石细沙间漱流。群峰竞秀,积翠凝蓝,在细雨中或阳光下看来,颜色真无可形容。山脚下一带树林,一些俨如有意为之布局恰到好处的小小房子,绕河洲树林边一湾溪水,一道长桥,一片烟。香草山花,随手可以掇拾。《楚辞》中的山鬼、云中君,仿佛如在眼前。上官庄的长山头时,一个山接一个山,转折频繁处,神经质的妇女与懦弱无能的男子,会不免觉得头目晕眩。一个常态的男子,便必然对于自然的雄伟表示赞叹,对于数年前裹粮负水来在这高山峻岭修路的壮丁,更表示敬仰和感谢。这是一群没灭无闻沉默不语真正的战士！每一寸路都是他们流汗作成的。他们有的从百里以外小乡村赶来，沉沉默默的在派定地方担土，打石头，三五十人躬着腰肩共同拉着个大石滚子碾压路面，淋雨，挨饿，忍受各式各样虐待，完成了分派到头上的工作。把路修好了，眼看许多许多的各色各样希奇古怪的物件吼着叫着走过了，这些可爱的乡下人，知道事情业已办完，笑笑的，各自又回转到那个想象不到的小乡村里过日子去了。中国几年来一点点建设基础，就是这种无名英雄作成的。他们什么都不知道，可是所完成的工作却十分伟大。

单从这条公路的坚实和危险工程看来，就可知道湘西的民众，是可以为国家完成任何伟大理想的。只要领导有人，交付他们更困难的工做，也可望办得很好。

看看沿路山坡桐茶树木那么多，桐茶山整理那么完美，我们且会明白这个地方的人民，即或无人领导，关于求生技术，各凭经验在不断努力中，也可望把地面征服，使生产增加。

只要在上的不过分苛索他们，鱼肉他们，这种勤俭耐劳的人民，就不至于铤而走险发生问题。可是若到任何一个停车处，试同附近乡民谈谈，我们就知道那个"过去"是种什么情形了。任何捐税，乡下人都有一份，保甲在糟蹋乡下人这方面的努力，成绩真极可观！然而促成他们努力的动机，却是照习惯把所得缴一半，留一半。然而负责的注意到这个问题时，就说"这是保甲的罪过，"从不认为是当政的耻辱。负责者既不知如何负责，因此使地方进步永远成为一种空洞的理想。

然而这一切都不妨说已经成为过去了。

车到了官庄交车处,一列等候过山的车辆,静静的停在那路旁空阔处,说明这公路行车秩序上的不苟。虽在军事状态中,军用车依然受公路规程辖制,不能占先通过,此来彼往,秩序井然。这条公路的修造与管理统由一个姓周的工程师负责。

车到了沅陵,引起我们注意处,是车站边挑的,抬的,负荷的,推挽的,全是女子。凡其他地方男子所能做的劳役,在这地方统由女子来做。公民劳动服务也还是这种女人。公路车站的修成,就有不少女子参加。工作既敏捷,又能干。女权运动者在中国二十年来的运动,到如今在社会上露面时,还是得用"夫人"名义来号召,并不以为可羞。而且大家都集中在大都市,过着一种腐败生活。比较起这种女劳动者把流汗和吃饭打成一片的情形,不由得我们不对这种人充满尊敬与同情。

这种人并不因为终日劳作就忘记自己是个妇女,女子爱美的天性依然还好好保存。胸口前的扣花装饰,裤脚边的扣花装饰,是劳动得闲在茶油灯光下做成的。(围裙扣花工作之精和设计之巧,外路人一见无有不交口称赞。)这种妇女日常工作虽不轻松,衣衫却整齐清洁。有的年纪已过了四十岁,还与同伴竞争兜揽生意。两角钱就为客人把行李背到河边渡船上,跟随过渡,到达彼岸,再为背到落脚处。外来人到河码头渡船边时,不免十分惊讶,好一片水!好一座小小山城!尤其是那一排渡船,船上的水手,一眼看去，几乎又全是女子。过了河，进得城门，向长街走走，就可见到卖菜的，卖米的，开铺子的，做银匠的，无一不是女子。再没有另一个地方女子对于参加各种事业，各种生活，做得那么普遍，那么自然了。看到这种情形时，真不免令人发生疑问：一切事几几乎都由女子来办，如《镜花缘》一书上的女儿国现象了。本地方的男子，是出去打仗，还是在家纳福看孩子？

不过一个旅行者自觉已经来到辰州时，兴味或不在这些平常问题上。辰州地方是以辰州符驰名的，辰州符的传说奇迹中又以赶尸著闻。公路在沅水南岸，过北岸城里去，自然盼望有机会弄明白一下这种老玩意儿。

可是旅行者这点好奇心会受打击，多数当地人对于辰州符都莫名其妙，且毫无兴趣，也不怎么相信。或许无意中会碰着一个"大"人物，体魄大，声音大，气派也好像很大。他不是姓张，就是姓李，（他应当姓李！）会告你辰州符的灵迹，就是用刀把一只鸡颈脖扎断，把它重新接上，噗一口符水，向地下抛去，这只鸡即刻就会跑去，撒一把米到地上，这只鸡还居然赶回来吃米！你问他："这事曾亲眼见过吗？"他一定说："当真是眼见的事。"或许慢慢的想一想，你便也会觉得同样是在什么地方亲眼见过这件事了。原来五十年前的什么书上，就这么说过的。这个大人物是当地著名会说大话的。世界上事什么都好像知道得清清楚楚，只不大知道自己说话是假的还是真的？是书上有的，还是自己造作的？多数本地人对于"辰州符"是个什么东西，照例都不大明白的。

对于赶尸传说呢？说来实在动人。凡受了点新教育,血里骨里还浸透原人迷信的新绅士,想满足自己的荒唐幻想,到这个地方来时,总有机会温习一下这种传说。绅士,学生,旅馆中人,俨然因为生在当地,便负了一种不可避免的义务,又如为一种天赋幽默同情心所激发,总要把它的神奇处重述一番。或说朋友亲戚曾亲眼见过这种事情,或说曾有谁被赶回来。其实他依然和客人一样,并不明白,也不相信,客人不提起,他是从不注意这个问题的。客人想"研究"它（我们想得出有许多人是乐于研究它的）,最好还是看《奇门遁甲》,这部书或者对他有一点帮助,本地人可不会给他多少帮助。本地人虽乐于答复这一类傻不可言的问题,却不能说明这事情的真实性。就中有个"有道之士",姓阙,当地人通称之为阙五老,年纪将近六十岁,谈天时精神犹如一个小孩子。据说十五岁时就远走云贵,跟名师学习过这门法术。作法时口诀并不希奇,不过是念文天祥的《正气歌》罢了。死人能走动便受这种歌词的影响。辰州符主要的工具是一碗水；这个有道之士家中神主前便陈列了那么一碗水,据说已经有了三十五年,碗里水减少时就加添一点。一切病痛统由这一碗水解决。一个死尸的行动,也得用水迎面的噗,这水且能由浑浊与沸腾表示预兆,有人需要帮忙或家事吉凶的预兆。登门造访者若是一个读书人,一个教授,他把这一碗水的妙用形容得将更惊心动魄。使他舌底翻莲的原因,或者是他自己十分寂寞,或者是对于客人具有天赋同情,所以常常把书上没有的也说到了。客人要老老实实发问："五老,那你看过这种事了？"他必装作很认真神气说:"当然的。我还亲自赶过!那是我一个亲戚,在云南做官,死在任上,赶回湖南,每天为死者换新草鞋三双。到得湖南时,死人脚趾头全走脱了。只是功夫不练就不灵,早丢下了。"至于为什么把它丢下,可不说明。客人目的在表演,主人用意在故神其说,末后自然不免使客人失望。不过知道了这玩意儿是读《正气歌》作口诀,同儒家居然有关系时,也不无所得。关于赶尸的传说,这位有道之士可谓集其大成,所以值得找方便去拜访一次,他的住处在上西关,一问即可知道。可是一个读书人也许从那有道之士服尔泰①风格的微笑,服尔泰风格的言谈,会看出另外一种无声音的调笑,"你外来的书呆子,世界上事你知道许多,可是书本不说,另外还有许多就不知道了。用《正气歌》赶走了死尸,你充满好奇的关心,你这个活人,是被什么邪气歌赶到我这里来?"那时他也许正坐在他的杂货铺里面(他是隐于医与商的),忽然用手指着街上一个长头发的男子说:"看,疯子!"那真是个疯子,沅陵地方唯一的疯子。可是他的语气也许指的是你拜访者。你自己试想想看,为了一种流行多年的荒唐传说,充满了好奇心来拜访一个透熟人生的人,问他死了的人用什么方法赶上路,你用意说不定还想拜老师,学来好去外国赚钱出名,至少也弄得哲学博士回国,在他饱经世故的眼中,你和疯子的行径有多少不同!

这个人的言谈,倒真是一种杰作,三十年来当地的历史,在他

---

① 即伏尔泰。法国启蒙思想家、作家、哲学家。

记忆中保存得完完全全,说来时庄谐杂陈,实在值得一听。尤其是对于当地人事所下批评,尖锐透入,令人不由得不想起法国那个服尔泰。

至于辰砂的出处,出产地离辰州地还远得很,远在凤凰县的苗乡猴子坪。

凡到过沅陵的人,在好奇心失望后,依然可从自然风物的秀美上得到补偿。由沅陵南岸看北岸山城,房屋接瓦连橼,较高处露出雉堞,沿山围绕;丛树点缀其间,风光入眼,实不俗气。由北岸向南望,则河边小山间,竹园,树木,庙宇,居民,仿佛各个都位置在最适当处。山后较远处群峰罗列,如屏如障,烟云变幻,颜色积翠堆蓝。早晚相对,令人想象其中必有帝子天神,驾螭乘蜺,驰骤其间。绕城长河,每年三四月春水发后,洪江油船颜色鲜明,在摇橹歌呼中连翩下驶。长方形大木筏,数十精壮汉子,各据筏上一角,举桡激水,乘流而下。就中最令人感动处,是小船半渡,游目四瞩,俨然四围是山,山外重山,一切如画。水深流速,弄船女子,腰腿劲健,胆大心平,危立船头,视若无事。同一渡船,大多数都是妇人,划船的是妇女,过渡的也妇女较多,有些卖柴卖炭的,来回跑五六十里路,上城卖一担柴,换两斤盐,或带回一点红绿纸张同竹篾作成的简陋船只,小小香烛。问她时,就会笑笑的回答:"拿回家去做土地会。"你或许不明白土地会的意义,事实上就是酬谢《楚辞》中提到的那种云中君——山鬼。这些女子一看都那么和善,那么朴素,年纪四十以下的,无一不在胸前土蓝布或葱绿布围裙上绣上一片花,且差不多每个人都是别出心裁,把它处置得十分美观,不拘写实或抽象的花朵,总那么妥帖而雅相。在轻烟细雨里,一个外来人眼见到这种情形,必不免在赞美中轻轻叹息。天时常常是那么把山和水和人都笼罩在一种似雨似雾使人微感凄凉的情调里,然而却无处不可以见出"生命"在这个地方有光辉的那一面。

外来客自然会有个疑问发生:这地方一切事业女人都有份,而且像只有"两截穿衣"的女子有份,男子到那里去了呢?

在长街上我们固然时常可以见到一对少年夫妻,女的眉毛俊秀,鼻准完美,穿浅蓝布衣,用手指粗银链系扣花围裙,背小竹笼。男的身长而瘦,英武爽朗,肩上扛了各种野兽皮向商人兜卖。令人一见十分感动。可是这种男子是特殊的。

男子大部分都当兵去了。因兵役法的缺憾,和执行兵役法的中间层保甲制度人选不完善,逃避兵役的也多,这些壮丁抛下他的耕牛,向山中走,就去当匪。匪多的原因,外来官吏苛索实为主因。乡下人照例都愿意好好活下去,官吏的老式方法居多是不让他们那么好好活下去。乡下人照例一入兵营就成为一个好战士,可是办兵役的却觉得如果人人都乐于应兵役,就毫无利益可图。土匪多时,当局另外派大部队伍来"维持治安",守在几个城区,别的不再过问。土匪得了相当武器后,在报复情绪下就是对公务员特别不客气,凡搜刮过多的外来人,一落到他们手里时,必然是先将所有的得到,再来取那个"命"。许多人对于湘西民或匪都留下一个特别蛮悍嗜杀的印象,就由这种教训而来。许多人说湘西有匪,许多人在湘西虽遇匪,却从不曾遭遇过一次抢劫,就是这个原因。

一个旅行者若想起公路就是这种蛮悍不驯的山民或土匪,在烈日和风雪中努力作成的,乘了新式公共汽车由这条公路经过,既感觉公路工程的伟大结实,到得沅陵时,更随处可见妇人如何认真称职,用劳力讨生活,而对于自然所给的印象,又如此秀美,不免感慨系之。这地方神秘处原来在此而不在彼。人民如此可用,景物如此美好,三十年来牧民者来来去去,新陈代谢,不知多少,除认为"蛮悍"外,竟别无发现。外来为官作宦的,回籍时至多也只有把当地久已消灭无余的各种画符捉鬼荒唐不经的传说,在茶余酒后向陌生者一谈。地方真正好处不会欣赏,坏处不能明白。这岂不是湘西的另外一种神秘?

沅陵算是个湘西受外来影响较久较大的地方,城区教会的势力,造成一批吃教饭的人物,蛮悍性情因之消失无余,代替而来的或许是一点青年会办事人的习气。沅陵又是沅水几个支流货物转口处,商人势力较大,以利为归的习惯,也自然很影响到一些人的打算行为。沅陵位置在沅水流域中部,就地形言,自为内战时代必争之地,因此麻阳县的水手,一部分登陆以后,便成为当地有势力的小贩,凤凰县屯垦子弟兵官佐,留下住家的,便成为当地有产业的客居者。慷慨好义,负气任侠,楚人中这类古典的热诚,若从当地人寻觅无着时,还可从这两个地方的男子中发现。一个外来人,在那山城中石板作成的一道长街上,会为一个矮小,瘦弱,眼睛又不明,听觉又不聪,走路时匆匆忙忙,说话时结结巴巴,那么一个平常人引起好奇心。说不定他那时正在大街头为人排难解纷,说不定他的行为正需要旁人排难解纷!他那样子就古怪,神气也古怪。一切像个乡下人,像个官能为嗜好与毒物所毁坏,心灵又十分平凡的人。可是应当找机会去同他熟一点,谈谈天。应当想办法更熟一点,跟他向家里走。(他的家在一个山上。那房子是沅陵住房地位最好,花木最多的。)如此一来,结果你会接触一点很新奇的东西,一种混合古典热诚与近代理性在一个特殊环境特殊生活里培养成的心灵。你自然会"同情"他,可是最好倒是"赞美"他。他需要的不是同情,因为他成天在同情他人,为他人设想帮忙尽义务,来不及接收他人的同情。他需要人"赞美",因为他那种古典的作人的态度,值得赞美。同时他的性情充满了一种天真的爱好,他需要信托,为的是他值得信托。他的视觉同听觉都毁坏了,心和脑可极健全。凤凰屯垦兵子弟中出壮士,体力胆气两方面都不弱于人。这个矮小瘦弱的人物,虽出身世代武人的家庭中,因无力量征服他人,失去了作军人的资格。可是那点有遗传性的军人气概,却征服了他自己,统制自己,改造自己,成为沅陵县一个顶可爱的人。他的名字叫做"大老爷",或"大大"①,一个古怪到家的称呼。商人,妓女,屠户,教会中的牧师和医生,都这样称呼他。到沅陵去的人,应当认识认识这位大老爷。

沅陵县沿河下游四里路远近,河中心有个洲岛,周围高三四

---

① 系作者大哥沈云六。

合,名"合掌洲",名目与情景相称。洲上有座庙宇,名"和尚洲",也还说得去。但本地的传说,却以为是"和涨洲",因为水涨河面宽,淹不着,为的是洲随河水起落!合掌洲有个白塔,由顶到根雷劈了一小片,本地人以为奇,并不足奇。河北岸村名黄草尾,人家多在橘柚林里,橘子树白华朱实,宜有小腰白齿出于其间。一个种菜园的周家,生了四个女儿,最小的一个四妹,人都呼为夭妹,年纪十七岁,许了个成衣店学徒,尚未圆亲。成衣店学徒积蓄了整年工钱,打了一副金耳环给夭妹,女孩子就戴了这副金耳环,每天挑菜进东门城卖菜,因为性格好繁华,人长得风流波俏,一个东门大街的人都知道卖菜的周家夭妹。

因此县里的机关中办事员,保安司令部的小军佐,和商店中小开,下黄草尾玩耍的就多起来了。但不成,肥水不落外人田,有了主子。可是"人怕出名猪怕壮",夭夭的名声传出去了,水上划船人全都知道周家夭夭。去年(二十六年)冬天一个夜里,忽然来了四百武装喽啰攻打沅陵县城,在城边响了一夜枪,到天明以前,无从进城,这一伙人依然退走了。这些人本来目的也许就只是在城外打一夜枪。其中一个带队的称团长,却带了兄弟伙到夭妹家里去拍门。进屋后别的不要,只把这女孩子带走。

女孩子虽又惊又怕,还是从容的说:"你抢我,把我箱子也抢去,我才有衣服换!"

带到山里去时那团长问:"夭夭,你要死,要活?"

女孩子想了想,轻声的说:"要死,你不会让我死。"

团长笑了:"那你意思是要活了!要活就嫁我,跟我走。我把你当官太太,为你杀猪杀羊请客,我不负你。"

女孩子看看团长,人物实在英俊标致,比成衣店学徒强多了,就说:"人到什么地方都是吃饭。我跟你走。"

于是当天就杀了两个猪,十二只羊,一百对鸡鸭,大吃大喝大热闹,团长和夭妹结婚。女孩子问她的衣箱在什么地方,待把衣箱取来打开一看,原来全是预备陪嫁的!英雄美人,可谓美满姻缘。过三天后,那团长就派人送信给黄草尾种菜的周老夫妇,称岳父岳母,报告夭妹安好,不用挂念。信还是用红帖子写的,词句华而典,师爷的手笔。还同时送来一批礼物!老夫妇无话可说,只苦了成衣店那个学徒,坐在东门大街一家铺子里,一面裁布条子做纽绊,一面垂泪。

这也可说是沅陵县人物之一型。

至于住城中的几个年高有德的老绅士,那倒正像湘西许多县城里的正经绅士一样,在当地是很闻名的,庙宇里照例有这种名人写的屏条,名胜地方照例有他们题的诗词。儿女多受过良好教育,在外做事。家中种植花木,蓄养金鱼和雀鸟,门庭规矩也很好。与地方关系,却多如显克微支在他《炭画》那本书里所说的贵族,凡事取"不干涉主义"。因为名气大,许多不相干的捐款,不相干的公事,不相干的麻烦,不会上门。乐得在家纳福,不求闻达,所以也不用有什么表现。对于生活劳苦认真,既不如车站边负重妇女,生命活跃,也不如卖菜的周家夭妹,然而日子还是过得很好,这就够了。

由沅水下行百十里到沅陵属边境地名柳林岔,——就是湘西出产金子,风景又极美丽的柳林岔。那地方过去一时也有个人,很有意思。这个人据说母亲貌美而守寡,住在柳林岔镇上。对河高山上有个庙,庙中住下一个青年和尚,诚心苦修。寡妇因爱慕和尚,每天必借烧香为名去看看和尚,二十年如一日。和尚诚心修苦,不作理会,也同样二十年如一日。儿子长大后,慢慢的知道了这件事。儿子知道后,不敢规劝母亲,也不能责怪和尚,唯恐母亲年老眼花,一不小心,就会堕入深水中淹死。又见庙宇在一个圆形峰顶,攀援实在不容易。因此特意雇定一百石工,在临河悬岩上开辟一条小路,仅可容足,更找一百铁工,制就一条粗而长的铁链索,固定在上面,作为援手工具。又在两山间造一拱石头桥,上山顶庙里时就可省一大半路。这些工作进行时自己还参加,直到完成。各事完成以后,这男子就出远门走了,一去再也不回来了。

这座庙,这个桥,濒河的黛色悬崖上这条人工凿就的古怪道路,路旁的粗大铁链,都好好的保存在那里,可以为过路人见到。凡上行船的纤手,还必需从这条路把船拉上滩。船上人都知道这个故事。故事虽还有另一种说法,以为一切都是寡妇所修的,为的是这寡妇……总之,这是一个平常人为满足他的某种愿心而完成的伟大工程。这个人早已死了,却活在所有水上人的记忆里。传说和当地景色极和谐,美丽而微带忧郁。

沅水由沅陵下行三十里后即滩水连接,白溶、九溪、横石、青浪,……就中以青浪滩最长,石头最多,水流最猛。顺流而下时,四十里水路不过二十分钟可完事，上行船有时得一整天。

青浪滩滩脚有个大庙，名伏波宫，敬奉的是汉老将马援。行船人到此必在庙里烧纸献牲。庙宇无特点，不出奇。庙中屋角树梢栖息的红嘴红脚小小乌鸦，成千累万，遇下行船必飞往接船送船，船上人把饭食糕饼向空中抛去，这些小黑鸟就在空中接着，把它吃了。上行船可照例不光顾。虽上下船只极多，这小东西知道向什么船可发利市，什么船不打抽丰。船夫传说这是马援的神兵，为迎接船只的神兵，照老规矩，凡伤害的必赔一大小相等银乌鸦，因此从不会有人敢伤害它。

几件事都是人的事情。与人生活不可分，却又杂糅神性和魔性。湘西的传说与神话，无不古艳动人。同这样差不多的还很多。湘西的神秘，和民族性的特殊大有关系。历史上楚人的幻想情绪，必然孕育在这种环境中，方能滋长成为动人的诗歌。想保存它，同样需要这种环境。

白河流域几个码头

　　白河便是历史上知名的酉水。白河到沅陵与沅水汇流后,便略显浑浊,有出山泉水的意思。若溯流而上,则三丈五丈的深潭清澈见底。深潭中为白日所映照,河底小小白石子,有花纹的玛瑙石子,全看得明明白白。水中游鱼来去,皆如浮在空气里。两岸多高山,山中多可以造纸的细竹,长年作深翠颜色,逼人眼目。近水人家多在桃杏花里,春天时只需注意,凡有桃花处必可沽酒。夏天则晒晾在日光下耀目的紫花布衣袴,可以作为人家所在的旗帜。秋冬来时,房屋在悬崖上的,滨水的,无不朗然入目,黄泥的墙,乌黑的瓦,位置却永远那么妥贴,且与四围环境极其调和,使人得到的印象非常愉快。(引自《边城》)

　　由沅陵沿白河上行三十里名"乌宿",地方风景清奇秀美,古木丛竹,濑水极多。传说中的大酉洞即在附近。洞中高大宏敞,气象万千。但比起凤凰苗乡中的齐梁洞,内中平坦能容避难的人一万以上,就可知道大酉洞其所以著名,或系邻近开化较早的沅陵所致。白河中山水木石最美丽清奇的码头,应数王村,属永顺县管辖,且为永顺县货物出口地方。夹河高山,壁立拔峰。竹木青翠,岩石黛黑。水深而清,鱼大如人。河岸两旁黛色庞大石头上,在晴朗冬天里,尚有野莺画眉鸟,从山谷中竹篁里飞出来,休息在石头上晒太阳,悠然自得啭唱悦耳的曲子,直到有船近身时,方从从容容一齐向林中飞去。水边还有许多不知名水鸟,身小轻捷,活泼快乐,或颈脖极红,如缚上一条彩色带子,或尾如扇子,花纹奇丽,鸣声都异常清脆。白日无事,平潭静寂,但见小渔船船舷船顶站满了沉默黑色鱼鹰,缓缓向上游划去。傍山作屋,重重叠叠,如堆蒸糕,入目景象清而壮。一派清芬的影响,本县老诗人向伯翔的诗,因之也见得异常清壮。

白河多滩,凤滩、茨滩、绕鸡笼、三门、驼碑五个滩最著名。弄船人有两个口号:"凤滩茨滩不为凶,上面还有绕鸡笼。"上行船到两大滩时,有时得用两条竹纤,在两岸拉挽,船在河中小小溶口破浪逆流上行。绕鸡笼因多曲折石坎,下行船较麻烦,一不小心撞触河床中的大石,即成碎片,船上人必藉船板浮沉到下游三五里方能得救。三门附近山道名白鸡关,石壁插云,树身大如桌面,茅草高至二丈五尺以上。山中出虎豹,大白天可听到虎吼。

由三门水行七十里,到保靖县(过白鸡关陆行只有四十余里)。保靖是酉水流域过去土司之一所在地。酉水流域多洞穴,保靖濒河两个洞为最美丽知名。一在河南,离县城三里左右,名石楼洞。临长河,据悬崖,对河一山山上老松数列,错落布置,十分自然。景物清疏,有渐江和尚①画意。但洞穴内多人工铺排,并无可观。一在河北大山下面,和县城相对,名狮子洞。洞被庙宇掩着,庙宇又被老树大竹古藤掩着。洞口并不十分高大,进到里面去后,用火燎高照,既不见边,也不见顶,才看出这洞穴何等宏敞阔大,令人吃惊。四面石壁白润如玉,地下铺满白色细砂。洞中还另有一小小天然道路,可上升到一个石屋里去。道路踏脚处带朱砂红斑,颜色极鲜艳。石屋中有石床石桌,似为昔日方士修炼住处。蝙蝠展翅约一尺长大,不知从何处求食。洞中既宽阔,又黑暗,必用五三个火燎烛照,由庙中人引导,视火燎燃到三分之二后,即寻路外出,不然恐迷路不易走出。火燎用枯竹枝作成,由守庙道士出卖给游洞者,点燃时枯竹枝在洞中爆炸,声音如枪响,如大雷公鞭炮响。洞中夏天有一小小泉水,水味甘美。水中还有小小鱼虾,到冬天时仅一空穴,鱼虾亦不知去处。

近城大山名杀鸡坡,一眼看去,山并不如何高大,但山下人有人上山时杀一鸡,等待人到山顶,山下人的鸡在锅中已熟了。因此名叫杀鸡坡。对河亦有一大山,名野猪坡,出野猪。坡上土地丛林和洞穴,为烧山种田人同野兽大蛇所割据。一到晚上,虎豹就傍近种田开山人家来吃小猪,从被咬去的小猪锐声叫喊里可以知道虎

---

① 即僧弘仁,字渐江,清初画家,笔墨瘦劲简洁,风格冷峭。

豹走去的方向。这大虫有时在大白天也昂头一吼,山谷响应许久。

种田人因此常常拿了刀矛火器,种种家伙,往树林山洞中去寻觅,用绳网捕捉大蛇,用毒烟设陷阱猎捕野兽。岭上最多的还是集群结伙蹂躏农产物成癖的野猪,喜欢偷吃山田中包谷白薯,为山民真正仇敌。正因为这个损害庄稼的仇敌太多,岭上人打锣击鼓猎野猪的事,也就成为一种常有的仪式,常有的娱乐了。

本地出好梨,皮色淡赭,味道香而甜,名"洋冬梨",皮较厚韧,因此极易保藏。产材质坚密的黄杨木,乡下人常常用绳索系身,悬空下垂到溪谷绝壁间,把黄杨木从高崖上砍下,每段锯成两尺长短,背负入城找求售主,同卖柴一样。碗口大的木料,在本地人眼中看来,十分平常。这种良好木材,照当地人习惯,多用来作筷子和天九牌。需要多,供给少,所以一部分就用柚子木充数。出大头菜,比龙山的略差。湘西大头菜应当数接近鄂西的边县龙山最好,颜色金黄,味道甜而香。出好茶叶,和邻近山城那个古丈县的茶叶比较,味道略淡。然而清醇之中,别有一种芬馥之气。陈家茶园在湘西实得风气之先,出品佳美,可惜数量不多,无从外运。

永绥县①离保靖四十五里。保靖县苗人居住较少。永绥县却大部分是苗人。逢场时交易十分热闹,猪、牛、羊、油、盐、铁器和农具,以至于一段木头,一根竹子,一个石臼,一撮火绒,无不可以买卖。大场坪中百物杂陈,五色缤纷,可谓奇观。石宏规是本县苗民

---

① 即今花垣。

中优秀分子之一,对苗民教育极热心,对苗民问题极熟习。一个大学毕业生,作了几次县长。

三个县分清中叶还由土司统治,土司既由世袭,永顺的姓向,保靖的姓彭,永绥的姓宋,到如今这三姓还为当地巨族。土司的统治已成过去,统治方法也不可考究了,除了许多大土堆通称土司坟,但留下一个传说尚能刺激人心,就是作土司的,除同宗外,对于此外任何人新婚都保有"初夜权",新妇应当送到土司府留下三天,代为除邪气,方能发还。也许就是这种原因,三姓方成为本地巨族。土司坟多,与《三国演义》曹操七十二个疑塚不无关系,与初夜权执行也有关系。

白河上游商业较大,水码头名"里耶"。川盐入湘,在这个地方上税。边地若干处桐油,都在这个码头集中。

站在里耶河边高处,可望川湘鄂三省接壤的八面山,山如一个桶形,周围数百里,四面陡峭悬绝,只一条小路可以上下。上面一坦平阳,且有很好泉水,出产好米和杂粮,住了约一百户人家。若将两条山路塞断即与一切隔绝,俨然别有天地。过去二十年常为落草大王盘踞,不易攻打。惟上面无盐,所以不易久守。

白河上游分支数处,其一到龙山。龙山出好大头菜。山水清寒,鱼味旨美,六月不腐。水源出鄂西。其一河源在川东,湖南境到茶峒为止。因为这是湖南境最后一个水码头,小虽小,还有意思。这地方事实上虽与人十分陌生,可是说起来又好像十分熟习。这是从一个小说上摘引下来的。白河流域像这样的地方,似乎不止一处。

凭水倚山筑城,近山的一面,城墙如一条长蛇,缘山爬去。临水一面则在城外河边留出余地设码头,湾泊小小篷船,船下行时运桐油,青盐,染色用的倍子。上行则运棉花,棉纱,以及布匹杂货同海味。贯串各个码头有一条河街,人家房子多一半着陆,一半在水,因为余地有限,那些房子莫不设吊脚楼。河中涨了春水,到水进街后,河街上人家,便各用长长的梯子,一端搭在房檐口,一端搭在城墙上,人人皆骂着嚷着,带了包袱、铺盖、米缸,从梯子上爬进城里去,水退时方又从城门口出城。水落特别猛一些,沿河吊脚楼,必有一处两处为水冲去,大家只在城头上呆望,受损失的也同样呆望,对于所受损失仿佛无话可说,与在自然安排下眼见其他无可挽救的不幸来时相似。涨水时在城上还可望着骤然展宽的河面,流水浩浩荡荡,随同山水从上流浮沉而来的有房子、牛、羊、大树。于是在水势较缓处税关趸船前面,便常常有人驾了小舢板,一见河心浮沉而来的是一匹牲畜,一段小木,或一只空船,船上有一个妇人或小孩哭喊的声音,便急急的把船桨去。在下游一些迎着那个目的物,把它用长绳系定,再向岸边桨去。这些勇敢的人,也爱利,也好义,同一般当地人相似。不拘救人救物,却同样在一种愉快冒险行为中做得十分敏捷勇敢。(引自《边城》)

三十年一月七日在昆明野外校改

泸溪·浦市·箱子岩

　　由沅陵沿沅水上行，一百四十里到湘西产煤炭著名地方辰溪县。应当经过泸溪县，计程六十里，为当日由沅陵出发上行船一个站头，且同时是洞河（泸溪）和沅水合流处。再上六十里，名叫浦市，属泸溪县管辖，一个全盛时代业已过去四十年的水码头。再上二十里到辰溪县。即辰溪入沅水处。由沅陵到辰溪的公路，多在山中盘旋，不经泸溪，不经浦市。

　　在许多游记上，多载及沅水流域的中段，沿河断崖绝壁古穴居人住处的遗迹，赭红木屋或仓库，说来异常动人。倘若旅行者以为这东西值得一看，就应当坐小船去，这个断崖同沅水流域许多滨河悬崖一样，都是石灰岩作成的。这个特别著名的悬崖，是在泸溪浦市之间，名叫箱子岩。那种赭色木柜一般方形木器，现今还有三五具好好搁在崭削岩石半空石缝石罅间。这是真的原人住居遗迹，还是古代蛮人寄存骨殖的木柜，不得而知。对于它产生存在的意义，应当还有些较古的记载或传说，年代久，便遗失了。

下面称引的一点文字,是从我数年前一本游记上摘下的:

【泸溪】泸溪县城四面是山,河水在山峡中流去。县城位置在洞河与沅水汇流处,小河泊船贴近城边,大河泊船去城约三分之一里。(洞河通称小河,沅水通称大河。)洞河来源远在苗乡,河口长年停泊五十只左右小小黑色洞河船,弄船者有短小精悍的花帕苗,头包花帕,腰围裙子。有白面秀气的所里人,说话时温文尔雅,一张口又善于唱歌。洞河既水急山高,河身转折极多,上行船到此,已不适宜于借风使帆,凡入洞河的船只,到了此地,便把风帆约成一束,作上个特别记号,寄存于城中店铺里去,等待载货下行时,再来取用。由辰州开行的沅水商船,六十里为一大站,停靠泸溪为必然的事。浦市下行船若预定当天赶不到辰州,也多在此过夜。然而上下两个大码头把生意全已抢去,每天虽有若干船只到此停泊,小城中商业却清淡异常。沿大河一方面,一个青石码头也没有,船只停靠皆得在泥滩头与泥堤下。

到落雨天,冒着小雨,从烂泥里走进县城街上去。大街头江西人经营的布铺,铺柜中坐了白发皤然老妇人,庄严沉默如一尊古佛。大老板无事可作,只腆着肚皮,叉着两手,把脚拉开成为八字,站在门限边对街上檐溜出神。窄巷里石板砌成的行人道上,小孩子扛了大而朴质的雨伞,响着很寂寞的钉鞋声。若天气晴明,石头城恰当日落一方,雉堞与城楼都为夕阳落处的黄天,衬出明明朗朗的轮廓。每一个山头都镀上一片金,满河是橹歌浮动。就是这么一个小城中,却出了一个写"日本不足惧"的龙德柏先生。

【浦市】这是一个经过昔日的繁荣而衰败了的码头。三十年前是这个地方繁荣的顶点,原因之一是每月下省请领凤凰厅镇筸道守备兵那十四万两饷银,船只多到此为止,再由旱路将银子运去。请饷官和押运兵在当时是个阔差事,有钱花,会花钱。那时节沿河长街的油坊,尚常有三两千新油篓晒在太阳下。沿河七个用青石作成的码头,有一半皆停泊了结实高大的四橹五舱运油船。此外船只多从下游运来淮盐、布匹、花纱,以及川黔所需的洋广杂货。川黔边境由旱路来的朱砂、水银、苎麻、五倍子,莫不在此交货转载。木材浮江而下时,常常半个河面都是那种木筏。本地市面则出炮仗,出肥人,出肥猪。河面既异常宽平,码头又干净整齐。街市尽头为一长潭,河上游为一小滩,每当黄昏薄暮,落日沉入大地,天上暮云为落日余晖所烘炙,剩余一片深紫时,大帮货船从上而下,摇船人泊船近岸,在充满了薄雾的河面,浮荡在内昏景色中的催橹歌声,正是一种如何壮丽稀有的歌声!

如今一切都成过去了,沿河各码头,已破烂不堪。小船泊定的一个码头,一共有十二只船,除了有一只船载运了方柱形毛铁,一只船载辰溪烟煤,正在那里发签起货外,其他船只似乎已停泊了多日,无货可载。有几只船还在小桅上或竹篙上悬了一个用竹缆编成的圆圈,作为"此船出卖"的标志。

【箱子岩】那天正是五月十五,乡下人过大端阳节。箱子岩洞窟中最美丽的三只龙船,全被乡下人拖出浮在水面上。船只狭而长,船舷描绘有朱红线条,全船坐满了青年桡手,头腰各缠红布,鼓声起处,船便如一枝没羽箭,在平静无波的长潭中来去如飞。河身大约一里路宽,两岸皆有人看船,大声呐喊助兴。且有好事者从后山爬到悬岩顶上去,把百子鞭炮从高岩上抛下,尽鞭炮在半空中爆裂,嘭嘭嘭嘭的鞭炮声与水面船中锣鼓声相应和,引起人对于历史发生一种幻想,一点感慨。

两千年前那个楚国逐臣屈原,若本身不被放逐,疯疯颠颠来到这种充满了奇异光彩的地方,目击身经这些惊心动魄的景物,两千年来的读书人,或许就没有福分读《九歌》那类文章,中国文学史也就不会如现在的样子了。在这一段长长岁月中,世界上多少民族都已堕落了,衰老了,灭亡了。即如号称东亚大国的一片土地,也已经有过多少次被沙漠中的蛮族,骑了膘壮的马匹,手持强弓硬弩,长枪大戟,到处践踏蹂躏!然而这地方的一切,虽在历史中也照样发生不断的杀戮,争夺,以及一到改朝换代时,派人民担负种种不幸命运,死的因此死去,活的被逼迫留发,剪发,在生活上受种种限制与支配。然而细细一想,这些人根本上又似乎与历史毫无关系。从他们应付生存的方法与排泄感情的娱乐上看来,竟好像今古相同，不分彼此。

日头落尽云影无光时，两岸渐渐消失在温柔暮色里。两岸看船人呼喝声越来越少。河面被一片紫雾笼罩，除了从锣鼓声中尚能辨别那些龙船方向，此外已别无所见。然而岩壁缺口处却人声嘈杂，且闻有小孩子哭声，有妇女尖锐叫唤声，综合给人一种悠然不尽的感觉。……

过了许久，那种锣鼓声尚在河面飘着，表示一班人还不愿意离开小船，回转家中。待到把晚饭吃过，爬出舱外一看，呀，好一轮圆月！月光下石壁同河面，一切都镀了银，已完全变换了一种调子。岩壁缺口处水码头边，正有人用废竹缆或油柴燃着火燎，火光下只见许多穿白衣人的影子移动。那些人正把酒食搬移上船，预备分派给龙船上人。原来这些青年人划了一整天船，看船的已散尽了，划船的还不尽兴，三只船还得在月光下玩个上半夜。

提起这件事，使人重新感到人类文字语言的贫俭，那一派声音，那一种情调，真不是用文字语言可以形容的。

这些人每到大端阳时节，都得下河玩一整天的龙船，平常日子却各个按照一种分定，很简单的把日子过下去。每日看过往船只摇橹扬帆来去，看落日同水鸟。虽然也有人事上的得失，到恩怨纠纷成一团时，就陆续发生庆贺或仇杀。然而从整个说来，这些人生活却仿佛同"自然"已相融合，很从容的各在那里尽其性命之理，与其他无生命物质一样，惟在日月升降寒暑交替中放射，分解。而且在这种过程中，人是如何渺小的东西，这些人比起世界上任何哲人，也似乎还更知道的多一点。

这些不辜负自然的人，与自然妥协，对历史毫无担负，活在这无人知道的地方。另外尚有一批人，与自然毫不妥协，想出种种方法来支配自然，违反自然的习惯，同样也那么尽寒暑交替，看日月升降。然而后者却在改变历史，创造历史。一分新的日月，行将消灭旧的一切。我们要用什么方法，就可以使这些人心中感觉一种"惶恐"，且放弃对自然和平的态度，重新来一股劲儿，用划龙船的精神活下去？这些人在娱乐上的狂热，就证明这种狂热使他们还配在世界上占据一片土地，活得更愉快更长久一些。但有谁来改造这些人的狂热到一件新的竞争方面去？（引自《湘行散记》）

这希望于浦市人本身是毫无结论的。

浦市镇的肥人和肥猪，既因时代变迁，已经差不多"失传"，问当地人也不大明白了。保持它的名称，使沅水流域的人民还知道有个"浦市"地方，全靠鞭炮和戏子。沅水流域的人遇事喜用鞭炮，婚丧事用它，开船上梁用它，迎送客人亲戚用它，卖猪买牛也用它。几乎无事不需要它。作鞭炮需要硝磺和纸张，浦市出好硝，又出竹纸。浦市的鞭炮很贱，很响，所以沅水流域鞭炮的供给，大多数就由浦市商店包办。浦市人欢喜戏，且懂戏。二八月农事起始或结束时,乡下人需要酬谢土地,同时也需要公众娱乐。因此常常有头行人出面敛钱集分子,邀大木傀儡戏班子唱歌。这种戏班子角色整齐,行头美好,以浦市地方的最著名。浦市镇河下游有三座塔,本地传说塔里有妖精住,传说实在太旧了,因为戏文中有水淹金山寺,然而正因为传说流行,所以这塔倒似乎很新。市镇对河有一个大庙,名江东寺。庙内古松树要五人连手方能抱住,老梅树有三丈高,开花时如一树绛雪,花落时藉地一寸厚。寺侧院竖立一座转轮藏,木头作的,高三四丈,上下用斗大铁轴相承。三五个人扶着有雕刻的木把手用力转动它时,声音如龙鸣,凄厉而绵长,十分动人。据记载是仿龙声制作的,半夜里转动它时,十里外还可听得清清楚楚。本地传说天下共有三个半转轮藏,浦市占其一。庙宇还是唐朝黑武士尉迟敬德建造的。就建筑款式看来,是明朝的东西,清代重修过。本地人既长于木傀儡戏,戏文中多黑花脸杀进红花脸杀出故事,尉迟敬德在戏文中既是一员骁将,因此附会到这个寺庙上去,也极自然。浦市码头既已衰败,三十年前红极一时的商家迁移的迁移,破产的破产,那座大庙一再驻兵,近年来花树已全毁,庙宇也破成一堆瓦砾了。就只唱戏的高手,还有三五人,在沅水流域当行出名。傀儡戏大多数唱的是高腔,用唢呐伴和,在田野中唱来,情调相当悲壮。每到菜花黄庄稼熟时节,这些人便带了戏箱各处走去,在田野中小小土地庙前举行时,远近十里的妇女老幼,多换上新衣,年青女子戴上粗重银器,有些还自己扛了板凳,携带饭匣,跑来看戏,一面看戏一面吃点东西。戏子中嗓子好,善于用手法使傀儡表情生动的，常得当地年青女子垂青。到冬十腊月，这些唱戏的又带上另外一分家业，赶到凤凰县城里去唱酬傩神的愿戏。这种酬神戏与普通情形完全不同，一切由苗巫作主体，各扮着乡下人，跟随苗籍巫师身后，在神前院落中演唱。或相互问答，或共同合唱，一种古典的方式。戏多夜中在火燎下举行，唱到天明方止。参加的多义务取乐性质，不必需金钱报酬，只大吃大喝几顿了事，这家法事完了又转到另外一家去。一切方式令人想起《仲夏夜之梦》的乡戏场面，木匠、泥水匠、屠户、成衣人，无不参加。戏多就本地风光取材，诙谐与讽刺，多健康而快乐，有希腊《拟曲》趣味。不用弦索，不用唢呐，惟用小锣小鼓，尾声必需大家合唱，观众也可合唱。尾声照例用"些"字，或"禾和些"字，借此可知《楚辞》中《招魂》末字的用处。戏唱到午夜后，天寒上冻，锣鼓凄清，小孩子多已就神坛前盹睡，神巫便令执事人重燃大蜡，添换供物，神巫也换穿朱红绣花缎袍，手拿铜剑锦拂，搥大鼓如雷鸣，吭声高唱，独舞娱神，兴奋观众。末后撤下供物酒食，大家吃喝。俟人人都恢复精神后，新戏重新上场。这些唱戏的到岁暮年末时，方带了所得猪羊肉（羊肉必取后腿，带上那个小小尾巴），大小米糍粑以及快乐和疲劳，各自回家过年。

在浦市镇头上向西望，可以看见远山上一个白塔，尖尖的向透蓝天空矗着。白塔属辰溪县的风水，位置在辰溪县下边一点。塔在河边山上，河下名"斤丝潭"，打鱼人传说要放一斤生丝方能到底。斤丝潭一面是一列悬崖，五色斑驳，如锦如绣。崖下常停泊百十只小渔船,每只船上照例蓄养五七只黑色鱼鹰。这水鸟无事可作时,常蹲在船舷船顶上扇翅膀,或沉默无声打瞌盹。盈千累百一齐在平潭中下水捕鱼时,堪称一种奇观,可见出人类与另一种生物合作,在自然中竞争生存的方式,虽处处必需争斗,却又处处见出谐和。箱子岩也是一列五色斑驳的石壁,长约三四里,同属石灰岩性质。石壁临江一面崭削如割切。河水深而碧,出大鱼,因此渔船也多。岩下多洞穴,可收藏当地人五月节用的狭长龙船。岩壁缺口处有人家,如为造物者增加画意,似经心似不经心点缀上这些大小房子。最引人注意处还是那半空中石壁罅隙处悬空的赭色巨大木柜。上不黏天,下不及泉,传说中古代穴居者的遗迹。端阳竞渡时水面的壮观,平常人不容易得到这种眼福,就不易想象它的动人光景。遇晴明天气,白日西落,天上薄云由银红转成灰紫。停泊崖下的小渔船,烧湿柴煮饭,炊烟受湿,平贴水面,如平摊一块白幕。绿头水凫三只五只,排阵掠水飞去,消失在微茫烟波里。一切光景静美而略带忧郁。随意割切一段勾勒纸上,就可成一绝好宋人画本。满眼是诗,一种纯粹的诗。生命另一形式的表现,即人与自然契合,彼此不分的表现,在这里可以和感官接触。一个人若沉得住气,在这种情境里,会觉得自己即或不能将全人格融化,至少乐于暂时忘了一切浮世的营扰。现实并不使人沉醉,倒令人深思。越过时间,便俨然见到五千年前腰围兽皮手持石斧的壮士,如何经心设意,用红石粉涂染木材搭架到悬崖高空上情景,且想起两千年前的屈原,忠直而不见信,被放逐后驾一叶小舟漂流江上,无望无助的情景。更容易关心到这地方人将来的命运,虽生活与自然相契,若不想法改造,却将不免与自然同一命运,被另一种强悍有训练的外来者征服制驭,终于衰亡消灭。说起它时使人痛苦,因为明白人类在某种方式下生存,受时代陶冶,会发生一种无可奈何的痛苦。悲悯心与责任心必同时油然而生,转觉隐遁之可羞,振作之必要。目睹山川美秀如此,"爱"与"不忍"会使人不敢堕落,不能堕落。因此一个深心的旅行者,不妨放下坐车的便利,由沅陵乘小船沿沅水上行,用两天到达辰溪。所费的时间虽多一点,耳目所得也必然多一点。

三十年一月七日校,时在昆明

辰溪的煤

湘西有名的煤田在辰溪。一个旅行者若由公路坐车走,早上从沅陵动身,必在这个地方吃早饭。公路汽车须由此过河,再沿麻阳河南岸前进。旅行者一瞥的印象,在车站旁所能看到的仅仅是无数煤堆,以及远处煤堆间几个黑色烟筒。过河时看到的是码头上人分子杂,船夫多,矿工多,游闲人也多。半渡之际看到的是山川风物,秀气而不流于纤巧。水清且急,两丈下可见石子如樗蒱在水底滚动。过渡后必想到,地方虽不俗,人好像很呆,地下虽富足,一般人却极穷相。以为古怪,实不古怪。过路人虽关心当地荣枯和居民生活,但一瞥而过,对地方问题照例是无从明白的。

辰河弄船人有两句口号,旅行者无不熟习,那口号是:"走尽天下路,难过辰溪渡。"事实上辰溪渡也并不怎样难过,不过弄船人所见不广,用纵横千里一条辰河与七个支流小河作准,说说罢了。

辰溪县的位置恰在两条河流的交汇处,小小石头城临水倚山,建立在河口滩脚崖壁上。河水清而急,深到三丈还透明见底。河面长年来往湘黔边境各种形体美丽的船只。山头是石灰岩,无论晴雨,都可见到烧石灰的窑上飘扬青烟和白烟。房屋多黑瓦白墙,接瓦连椽紧密如精巧图案。对河与小山城成犄角,上游为一个三角形小阜,小阜上有修船造船的宽坪。位置略下,为一个山岨,濒河拔峰,山脚一面接受了沅水激流的冲刷,一面被麻阳河长流淘洗,近水岩石多玲珑透空。山半有个壮丽辉煌的庙宇,庙宇外岩石间且有成千大小不一的石佛。在那个悬岩半空的庙里,可以眺望上行船的白帆,听下行船摇橹人唱歌。小船泊泊流而渡,艰难处与美丽处实在可以平分。

地方为产煤区,似乎无处无煤,故山前山后都可见到用土法开掘的煤洞煤井。沿河两岸常有百十只运煤船停泊,上下洪江与常德码头间无时不有若干黑脸黑手脚汉子,把大块黑煤运送到船上,向船舱中抛去。若到一个取煤的斜井边去,就可见到无数同样黑脸黑手脚人物,全身光裸,腰前围一片破布,头上戴一盏小灯,向那个俨若地狱的黑井爬进爬出。矿坑随时可以坍陷或被水灌入,坍了,淹了,这些到地狱讨生活的人,自然也就完事了。(引自《湘行散记》)

战事发生后,国内许多地方的煤田都丢送给日本人了,除东三省热河的早已完事，绥远河北山东安徽的全得不着了。可是辰溪县的煤，直到二十七年二月里，在当地交货，两块钱一吨还无买主。运到一百四十里距离的沅陵去，两毛钱一百斤很少人用它。山上沿河两岸遍山是杂木杂草，乡下人无事可作，无生可谋，挑柴担草上城换油盐的太多，上好栎木炭到年底时也不过卖一分钱一斤，除作坊糟坊和较大庄号用得着煤，人人都因习惯便利用柴草和木炭。这种热力大质量纯的燃料，于是同过去一时当地的青年优秀分子一样，在湘西竟成为一种肮脏累赘毫无用处的废物，地方负责的虽知道这两样东西都极有用，可不知怎样来用它。到末了，年青人不是听其飘流四方，就是听他腐化堕落。廉价的燃料，只好用本地民船运往五百里外的常德，每吨一块半钱到二块六毛钱。同时却用二百五十块钱左右一吨的价值，运回美孚行的煤油，作为湘西各县城市点灯用油。

富原虽在本地，到处都是穷人，不特下井挖煤的十分穷困，每天只能靠一点点收入，一家人挤塞在一个破烂逼窄又湿又脏的小房子里住，无望无助的混下去。孩子一到十岁左右，就得来参加这种生活竞争。许多开矿的小主人，也因为无知识，捐项多，耗费大，运输不便利，煤又太不值钱，弄得毫无办法，停业破产。

这应当是谁的责任？瞻望河边的风景，以及那一群肮脏瘦弱的负煤人，两相对照，总令人不免想得很远很远。过去的，已成为过去了。来到这地面上，驾驭钢铁，征服自然，使人人精力不完全浪费到这种简陋可怜生活上,使多数人活得稍像活人一点,这责任应当归谁?是不是到明日就有一群结实精悍的青年,心怀雄心与大愿,来担当这个艰苦伟大的工作?是不是到明日,还不免一切依然如旧?答复这个问题,应在青年本身。

这是一个神圣矿工的家庭故事——

向大成,四十四岁,每天到后坡××公司第三号井里去工作,坐箩筐下降四十三丈,到工作处。每天作工十二小时,收入一毛八分钱。妇人李氏,四十岁,到河码头去给船户补衣裳裤子,每天可得三两百钱。无事作或往相熟处,给人用碎磁放放血,用铜钱蘸清油刮刮痧。男女共生养了七个,死去五个,只剩下两个女儿,大的十六岁,十三岁时就被驻防军排长看中后,出了两块钱引诱破了身,父亲知道这事情时,就痛打女孩一顿,又为这两块钱,两夫妇大吵大闹一阵,妇人揪着自己髻发在泥地里滚哭。可是这事情自然同别的事一样,很快的就成为过去了。到十五岁这女孩子已知道从新生活上取乐,且得点小钱花,买甘蔗糍粑吃。于是常常让水手带到空船上去玩耍,不怕丑也不怕别的。可是母亲从熟人处听到她什么时候得了钱,在码头上花了,不拿回来,就用各种野话痛骂泄气。到十六岁父亲却出主张,把她押给一个"老怪物",押二十六块钱。这女孩子于是换了崭新印花标布衣裳,把头梳得光油油的,脸上擦了脂粉,很高兴的来在河边一个小房子里接待当地军,警,商,政各界,照当地规矩,五毛钱关门一回。不久就学会了唱小曲子,军歌,党歌,爱国歌,摇船人催橹歌。母亲来时就偷偷的塞十个当一百铜子或一些角子票到母亲手中,不让老怪物看见。阅世多,经验多,应酬主顾自然十分周到。且身体给生活蹂躏也给营养,臀部长阔了,奶子也圆大了,生意更好了一点,已成为本地"观音"。船上人无不知道河码头的观音。有一次,县衙门一个传达,同船上人吃醋,便用个捶衣木杵把这个活观音痛殴一顿,末了,且把小妇人裤子也抓脱抛到河水中去。又气又苦,哭了半天,心里结了个大疙瘩,总想不开,抓起烟匣子向口里倒,咽了三钱烟膏,到第二天便死掉了。父母得到消息,来哭了一阵,拿了点"烧埋钱"走了。死了的人过不久也就装在白木匣子里抬走埋了。小女儿十一岁,每天到河滩上修船处去捡劈柴,带回家烧火煮饭,有一天造船匠故意扬起斧头来恐吓她,她不怕。造船匠于是更当着这孩子撒尿,想用另外一个方法来恐吓她。这女孩子受了辱,就坐在河边堆积的木料上,把一切耳朵中听来的丑话骂那个老造船匠。骂厌后方跑回家里去。回到家里,见母亲却在灶边大哭,原来老的在煤井里被煤块砸死了。……到半夜,那个母亲心想公司有十二块钱安埋费。孩子今年十二岁,再过四年,就可挣钱了。命虽苦,还有一点希望。……

这就是我们所称赞的劳工神圣,一个劳工家庭的真实故事。旅行者的好奇心,若需要证实它,在那里实在顶方便不过,正因为这种家庭是很普遍的,故事是随处可以掇拾的。

读书人的同情,专家的调查,对这种人有什么用?若不能在调查和同情以外有一个"办法",这种人总永远用血和泪在同样情形中打发日子。地狱俨然就是为他们而设的。他们的生活,正说明"生命"在无知与穷困包围中必然的种种。读书人面对这种人生时,不配说"同情",实应当"自愧"。正因为这些人生命的庄严,读书人是毫不明白的。

大家都知道辰溪县"有煤",此外还有什么,就毫无所知了。在湘西各县裱画店,常有个署名髯翁米子和的口书字幅,用笔极浓重,引人注意。这个米先生就是辰溪县人。

沅水上游几个县分

由辰溪大河上行,便到洪江,洪江是湘西中心。出口货以木材、桐油、鸦片烟为交易中心。市区在两水汇流一个三角形地带,三面临水,通常有"小重庆"称呼。地方归会同县管辖。湖南人吃的"洪江柚子",就是由会同,黔阳,溆浦各县属乡下集中到洪江来的。洪江商务增加了地方的财富,与市面繁荣,同时也增加了军人的争夺机会。民国三十年来贵州省的政治变局,都是洪江地方直接间接促成的。贵州军人王殿轮、王小珊、周西成、王家烈,全用洪江为发祥地。湖南军人周则范、蔡钜猷、陈汉章,全用洪江为根据地,负隅自固,周陈二人并且同样是在洪江被刺的。可是这些事对本地又似乎竟无多少关系。这些无知识的军人尽管新陈代谢,打来打去,除洪江商人照例吃点亏,与会同却并无关系。地方既不因此而衰败,也不因此而繁荣。溆浦地方在湘西文化水准特别高,读书人特别多,不靠洪江的商务,却靠一片田地,一片果园——蔗糖和橘子园的出产,此外便是几个热心地方教育的人。女子教育的基础,是个姓向女子作成的(即十年前在共产党中作妇女运动被杀的向××①,五四时代写工运文章最有声色的蔡和森的夫人)。史学家向达,经济学家武堉干,出版家舒新城,同是溆浦人。洪江沿沅水上行到黔阳,县城里有一个阳明书院,留下王阳明的一点传说,此外这个地方竟似乎不能引起外人的注意,也引不起本地人的自信或自骄。地方在外面读书作事的人相当多,湘西人的个性强悍处,似乎也因之较少。黔阳毗连芷江,"澧兰沅芷"在历史上成一动人名辞。芷江的香草香花,的确不少。公路由辰溪往芷红,不经过溆浦黔阳,是由麻阳河沿河上行一阵,到后向西走,经芷江属的东乡两个市镇,方到芷江。

　　车由辰溪过渡,沿麻阳河南岸上行时,但见河身平远静穆,嘉树四合,绿竹成林,郁郁葱葱,别有一种境界。沿河多油坊,祠堂,房子多用砖砌成立体方形或长方形,与峻拔不群的枫杉相衬,另是一种格局,有江浙风景的清秀,同时兼北方风景的厚重。河身虽不大,然而曲折平衍,因之引水灌溉两岸,十分便利,土地极其膏腴。急流处本地人多缚大竹作圆形,安置在河边小水堰道间,引水灌高处田地,且联接枧筒长数十丈,将水远引。两岸树木多,因之美丽水鸟也特别多。弄船人除少数铜仁船水手,此外全部是麻阳人,在二百五十里内,这一条河中有多少滩,多少潭,有多少碾房,有多少出名石头,无不清清楚楚。水手们互相谈论争吵的事,也常不离这

---

① 即向警予,中共早期的妇女运动领导人。

条河流所有的故事,和急流石头的情形。有一个地方名"失马湾",四围是山,山下有大小村落无数,都隐在树丛中。河面宽而平,平潭中黄昏时静寂无声,惟见水鸟掠水飞去,消失在烟浦里。一切光景美丽而忧郁,见到时不免令人生"大好河山"之感。公路虽不经从失马湾过,失马湾地方有一个故事,却常常给人带走很远。

公路入芷江境后,较大站口名怀化镇。经过的旅客除了称羡草木田地美好,以及公路宽广平坦,此外将无何等奇异感想。可是事实上这个地方的过去,正是中国三十年来的缩影。地方民性强悍,好械斗。多相互仇杀,强梁好事者既容易生事,老实循良的为生存也就力图自卫。蔡锷护法军兴,云南部队既在这里和北洋军作战,结果遗下枪支不少。本地人有钱的买枪,称为团总,个人有枪,称为练丁。枪支一多,各有所恃,于是由仇怨变成劫掠。杂牌军来,收枪裹匪膨胀势力。军队打散后,于是或入山落草保存实力,或收编成军以图挟制。内战既多,新陈代谢之际,唯一可作的事就是相互杀戮。二十年间的混乱局面,闹得至少有一万良民被把头颅割下来示众(作者个人即眼见到有三千左右农民被割头示众),为本地人留下一笔结不了的血账。然而时间是个古怪东西,这件事到如今,当地人似乎已渐渐忘掉了。遗忘不掉且居然还能够引起旅客一点好奇心,对之注意的,是一座光头山顶上留下一列堡垒形的石头房子,不像庙宇也不像住户人家,与山下简陋小市镇对照时,尤其显得两不调和。一望而知这房子是有个动人故事的。这是一个由地主而成团绅,由团绅而作大王,由大王升充军长,由军长获得巨富,由巨富被人暗杀,一个姓陈的产业。这座房子同中国许多地方堂皇富丽的建筑相似,大部分可说是用人血作成的。这房子结束了当地人对于由土匪而大王作军官成巨富的浪漫情绪。如今业已成为一个古迹,只能供过路人凭吊了。车站旁的当地妇人多显得和平而纯良,用惊奇眼光望着外来车辆和客人。客人若问"那房子是谁的产业?谁在那里住?"一定会听到那些老妇人可怜的回答:"房子是我们这里陈军长的,军长名陈汉章,五年前在洪江被人杀了,房子空空的。"且可怜的微笑。也许这妇人正想起自己被杀死的丈夫,被打死的儿子,也许想起的却是那军长死后三百五十条金子,和几个美丽姨太太的下落。谁知道她想的是什么事。

怀化镇过去二十里有小村市,名"石门",出产好梨,大而酥脆,甜如蜜汁,也和中国别的地方一样,虽有好出产,并不为人注意,专家也从不曾在他著作上提及,县农场和农校更不见栽培过这种果木。再过去二十五里名"榆树湾",地方出好米、好柿饼。与怀化镇历史相同,小小一片地面几乎用血染赤,然而人性善忘,这些事已成为过去了。民性强直,二十年前乡下人上场决斗时,尚有手携着手,用分量同等的刀相砍的公平习惯,若凑巧碰着,很可以增长旅行者一分见识。一个商人的十八岁闺女死了,入土三天后,居然还有一个卖豆腐的青年男子,把这女子从土中刨出,背到山洞中去睡她三夜的热情,这种生命洋溢的性情,到近年来自然早消灭了,成为希有事物了。新来的便是无个性无特性的庸碌人生观,养成这种人生观就是使人去掉那点勇气而代替一点诈气的普通教育。一部分人自然还以为教育成功,因此为多数人所扶持。正因为如此一来,住城市中的地主阶级,方不至于田园荒芜,收租无着。按规矩,芷江的佃户对地主除缴纳正租外,还应当在每一石租谷中认交鸡肉一斤,数量多少照算,所以有千来石净收入的人家,到收租时照例可从各佃户处捉回百十只肥鸡。常日吃鸡,吃到年底,还有富余。单是这一点,东乡的民俗如何宜于改造,便很显然了。可是这些地主一定想象不到,东乡民俗一经改变,芷江的命运也就从此注定成为一个被支配者。

榆树湾离芷江还有九十里,公路上行,一部分即沿沅水西岸拉船人纤路扩大改造而成。公路一面傍山,一面临水。地势到此形成一小盆地,无高山重岭,汽车路因之较宽大,较平直。到芷江时,一个过路人一瞥所得印象必不怎么坏。城南有个明代的塔,名雁塔,形制拙而壮,约略与杭州坍圮的雷峰塔相似。城楼与城中心望楼,从万户人家屋瓦上浮,气象相当博大厚重,像一个府治。河流到了这里忽然展宽许多,约一里三分之二。一个十七墩的长桥,由南城外河边接连南岸,南岸名王家街,住户店铺也不少。三十年前通云贵的大驿道由此通过(传说中的赶尸必由之路),现在又成为公路站头。城内余地有限,将来发展自然还在南岸。表示这繁荣的起点,是小而简陋的木房子无限量的增加。

有个大佛寺,明朝人建筑的;殿中大佛头耳朵可容八个人盘旋,佛顶可摆四桌酒席。好风雅的当地绅士,重阳节便到佛头上登高,吃酒划拳,觉得十分有趣。本地绅士有一"维新派",知去掉迷信不知道保存古迹,民国九年佛殿圮坍后,因此各界商议,决定打倒大佛。当时南区的警察所长是个大胖子,凤凰县人,人大心细,身圆姓方,性情恰恰如吉诃德先生的仆人,以为这是一件极有意义的工作,就亲自用锹头去掘佛头,并督率警士参加这种工作。事后向熟人说:"今天真作了一件平生顶痛快事情(不说顶蠢事情),打倒了一尊五百年的偶像。人说大佛是金肝银肠朱砂心,得到它岂不是可以大发一笔洋财?哪知道打倒了它,什么也得不到。肚子里一堆古里古怪的玩意儿,手写的经书,泥做的小佛,绸子上画花——鬼知道有什么用,五百年宝贝,一钱不值。脑子里装了六十担茶叶,一个茶叶库,一点味道都没有,谁都不要,只好堆在坪里,一把火烧掉。"把话说完时,伸出两只蒲扇手,"狗肏的,一把火烧完了,痛快。"总而言之,除了大殿,当时能放火烧的都被这位开明警察所长烧了。保存得上好的五百卷手抄本经卷,和五彩壁画的版子,若干漆器的佛像,全烧光了。大佛泥土堆积如一座小山。这座山的所在处,现在本地年青人已经不大知道了。当地毁去了那么一座偶像,其实却保存另外一个活偶像。城里东门大街福音堂里,住下一个基督教包牧师,在当时是受本城绅士特别爱护尊敬的。受尊敬的原因,为的是当时土匪不敢惊动洋人。有时城中绅士被当作肥羊吊去时,无从接头,这牧师便放下侍奉上帝神圣的职务,很勇敢慷慨深入匪区去代人说票。离县城三十里的西望山,早已成为匪区,有枪兵一排人还不敢通过,大六月天这位牧师去避暑,却毫不在意,既不引起众人对于这个牧师身分的怀疑,反而增加这个牧师在当地"所向无敌"的威信。这事说来已二十年,上帝大约已把那牧师收回天国,也近于一篇故事了。

二十年来本地绅士半数业已谢世,余下的都渐渐衰老了,子侄辈长大成人,当前问题恐不是毁佛学道,必是如何想法不让子侄辈向西北走。担心的并不是社会革命,倒是家庭革命。家庭一革命,作严父作慈母两不讨好。

芷江的绅士多是地主,正因为有钱,因此历来受两重压迫,土匪和外来驻防剿匪军。两者的苛索都不容易侍候,因此性情特别温和。近年来一切都不同了,最大的压迫,恐怕是自己家里的子女"自由"。子女在外受教育的多,对于本地是一种转机,对于少数人,看来却似乎是一种危机。

广西民政厅厅长邱昌渭先生,是这个地方人。

芷江大桑和蚕种都相当好,白蜡收成也极可观。又出产好米,西旺山下有一种特别玉腰米,作饭时长到五分。此外桃子和冬菌,在湖南应当首屈一指。可是当地农校林场却只能发现些不高不矮的洋槐树、黄金树。稻种改良,蚕桑推广,蜡虫研究和果木栽培,都不曾作,作来也无良好成绩可言。这就要后来者想办法了。后来者可作的事正多。

由芷江往晃县,给人的印象是沿公路山头渐低渐小,山上树木转密蒙。一个初到晃县的人,爱热闹必觉得太不热闹,爱孤僻又必觉得不够孤僻。就地形看来,小小的红色山头一个接连一个,一条河水弯弯曲曲的流去,山水相互环抱,气象格局小而美,读过历史的必以为传说中的古夜郎国,一定是在这里。对湘西人民生活状况有兴味的人,必立刻就可发现当地妇女远不如沅陵妇女之勤苦耐劳而富于艺术爱好。妇女比例数目少一点,重视一点,也就懒惰一点。男子呢,与产烟区域的贵州省太接近,并且是贵州烟转口的地方,许多人血里都似乎有了烟毒。一瞥印象是愚,穷,弱。三种气氛表现在一般市民的身上,服饰上,房屋建筑上。

晃县的市场在龙溪口。公路通车以前,烟贩、油商、木商等客人,收买水银坐庄人,都在龙溪口作生意。地方被称为"小洪江",由于繁荣的原因和洪江大同小异。地方离老县城约三里,有一段短短公路可通行,公路上且居然还有十多辆人力车点缀,一里两毛,还是求过于供。主顾最多的大约是本地土娼,因为奔跑两处,必需以车代步,不然真不免夜行多露,跋涉为劳。

烟土既为本地转口货大宗生意,烟帮客人是到处受欢迎的客人,护送烟帮出差军人为最好的差事,特税查缉员在中国公务员中最称尽职。本地多数人的生存意义或生存事实,都和烟膏烟土不可分。因之令人发生疑问,假若禁烟事对于禁吸禁运办法实行以后,这地方许多人家许多商务如何维持?也许有人真那么想到,结果却默然无言。

四月里一个某某部队过路,在河西车站边借了一个民居驻防,开拔后,屋主人去清察房屋,才发现有个兵士模样的男子,被反缚两手,胸脯上戳了三刀,抛在粪坑边死了。部队还是当天开拔的。谁作的事,不知道。被杀的是谁?传说是查缉处兵士。官方对于这事只好搁下,保留。过不久,大家一定就忘记这件不愉快事情了。

另外有个烟贩,由贵阳乘车到达,行李衣箱内藏了一万块钱法币,七千块钱烟土印花,落店后,半夜里忽然有人来"检查"。翻了一阵,发现了那个衣箱,打开一看,把那个钱拿跑了。这烟贩不声不响,第二天就包赁一辆汽车回转贵阳。好像一抢便已完事。县知事不知道是谁作的事,烟贩倒似乎知道,除老乡外别无他人,只是不说。君子报仇三年,冤有头,债有主,不用官家麻烦。

两件事都发生在车站近旁,所谓边境,从这两件事情上可知道一二。边境的悲剧或喜剧,常常与烟土有密切关系。

边境有边境古风,每夜查铺子共计警务人员四位,高举扁方纸糊灯笼,进门问问姓氏,即刻就走了。查铺子的怕"委员",怕"中央",怕"军人",怕以及许多许多,灯笼高举各家走去为的是尽职。更主要的还是旅客必需将姓名注上循环簿,旅馆用完时好到警局去领,每本缴三毛法币。就市价估计,成本约一毛五分。

小公务员还保留一种特别权利,在小客栈中开一房间,叫两个条子打麻将取乐,消遣此有涯之生。这种公务员自然也有从外路来到此地,享受这种特别权利的。总之多数人都认为这是一种权利,一种娱乐,不觉得可羞,所以在任何地方都可见到。

本地入口货销行最好的是纸烟。许多普通应用药品,到这地方都不容易得到,至于纸烟,无不应有尽有。各种甜咸罐头也买得出。只是无一个书店,可知书籍在这地方并无多大用处。

经营最古职业的娘儿们多数身子小小的,瘦瘦的,露出睡眠不足营养不足的神气,着短衣大脚裤,并在腰边系一粉红绸巾,会唱小曲,也会唱党歌,军歌,抗战歌,因为得应酬当地军警政商各界,必需懂流行的歌曲。世人常说妓女生活很苦,大都会中妓女给人的印象的确很苦,每日与生活挣扎,受自然限制,为人事挫折,事事可以看出这小小边城妓女与其说是在挣扎生活,不如说是在混生活。生存是无目的的,无所谓的,正与若干小公务员小市民极其相同,同样是混日子,迷迷胡胡混下去,听机会分派哀乐得失,在小小生活范围内转。活时,活下去;死了,完事。"野心"在多数人生活中都不存在,"希望"也不会存在。航空奖券和百龄机发卖地方相去太远,对于这类人的刺激也无多大意义。若说这些妇女可悯,公务员和小市民同样可悯。这是传说中的古夜郎国,可是到如今来"自大"两字也似乎早已消灭了。

多数人一眼望去都很老实,这老实另一面即表现"愚"与"惰"。妇人已很少看到胸前有精美扣花围裙,男子雄赳赳担着山兽皮上街找主顾的也不多见,贵州人在这里势力特别大,由于烟土是贵州省运来的。

妇人小孩,都患瘰疬①,营养不良是一般人普遍现象。

木材在这里不大值钱,然而处置木材的方式,亦因无知与懒惰,多不得其法,这事从当地各式建筑都可见出。

---

① 中医学病名,俗称"瘰子颈"。颈项间结核的总称。

湖南境的沅水到此为止,自然景物到此越加美丽,人事无章次处也就到此越加显著。正如造物者为求均衡,有意抑彼扬此,恰到好处。本地见出受战事影响,直接使本地人受拘束,在改造,有变化的,是壮丁训练。每早上六点钟左右,汽车西站旁大坪里就有个老妇人筛锣示众,告大家应当起床,于是来了一个着军服的年青人,精神饱满,挟了三四个薄薄本子(唱歌的抄本),吹唿哨集合,各处人家于是走出二十来个大小不等制服不齐的候补壮士,在坪里集合点名,训话后即上操,唱歌。大约训练工作还不久,因此唱歌得一句一句教。教者十分吃力,学者对于歌中意义也不很懂。而且许多歌都是城里人编的,实在不大好听,调子又古怪难记,对于乡下人真是一种"训练"。若把调子编成沅水流域弄船摇橹人打呼号的声音,一定好听得多,易学得多了。可是这个指导训练工作人员,在本地却是唯一见出有生气有朝气的青年。地方一切会在他们努力下慢慢改变过来的。青年之觉醒是必然的。

　　十五年前在沅水上游称一霸,由教学先生而变为土匪,由大王而变为军人,由司令而变为……外县人来到晃县,提出这个人的名字时,如今尚可以听到许多故事。这人名姚继虞,就是晃县人。十年前又有个北京农科大学毕业生,领导两万武装农民,入城示威,清党时死于芷江南城城门前。这人名唐伯赓,也是晃县人。

新湘行记
——张八寨二十分钟

汽车停到张八寨,约有二十分钟耽搁,来去车辆才渡河完毕。溪水流到这里后,被四围群山约束成个小潭,一眼估去大小直径约半里样子。正当深冬水落时,边沿许多部分都露出一堆堆石头,被阳光雨露漂得白白的,中心满潭绿水,清莹澄澈,反映着一碧群峰倒影,还是异常美丽。特别是山上的松杉竹木,挺秀争绿,在冬日淡淡阳光下,更加形成一种不易形容的清寂。汽车得从一个青石砌成的新渡口用一只方舟渡过,码头如一个畚箕形,显然是后来人设计,因此和自然环境不十分谐和。潭上游一点,还有个老渡口,有只老式小渡船,由一个掌渡船的拉动横贯潭中的水面竹缆索,从容来回渡人。这种摆渡画面,保留在我记忆中不下百十种。如照风景画习惯,必然做成"野渡无人舟自横"的姿势,搁在靠西一边白石滩头,才像符合自然本色。因为不知多少年来,经常都是那么搁下,无事可为,镇日长闲,和万重群山一道在冬日阳光下沉睡!但是这个沉睡时代已经过去了。大渡口终日不断有满载各种物资吼着叫着的各式货车，开上方舟过渡。此外还有载客的班车，车上坐着新闻记者，电影摄影师，音乐、歌舞、文物调查工作者，画师，医生……以及近乎挑牙虫卖膏药飘乡赶场的人物，陆续来去。近来因开放农村副业物资交流，附近二十里乡村赴乡场和到州上做小买卖的人，也日益增多。小渡船就终日在潭中来回，盘载人货，没有个休息时。这个觉醒是全面的。八十二岁的探矿工程师丘老先生，带上一群年轻小伙子，还正在湘西自治州所属各县爬山越岭，预备用锤子把有矿藏的山头一一敲醒。许多在地下沉睡千万年的煤、铁、磷、汞，也已经有了一部分被唤醒转来。

小船渡口东边，是一道长长的青苍崖壁，西边有个裸露着大片石头的平滩，平滩尽头到处点缀一簇簇枯树。其时几个赶乡场的男女农民，肩上背上挑负着箩箩筐筐，正沿着悬崖下脚近水小路走向渡头。渡船上有个梳双辫女孩子，攀动缆索，接送另外一批人由西往南。渡头边水草间，有大群白鸭子在水中自得其乐地游泳。悬崖罅缝间绿茸茸的，崖顶上有一列过百年的大树，大致还是照本地旧风俗当成"风水树"保留下来的。这些树木阅历多，经验足，对于本地近三十年新发生的任何事情似乎全不吃惊，只静静地看着面前一切。初初来到这个溪边的我，环境给我的印象和引起的联想，不免感到十分惊奇！一切陌生一切又那么熟悉。这实在和许多年前笔下涉及的一个地方太相像了，可能对它仿佛相熟的不只我一个人。正犹如千年前唐代的诗人，宋代的画家，彼此虽生不同时,却由于某一时偶然曾经置身到这么一个相似自然环境中,而产生了些动人的诗歌或画幅。一首诗或者不过二十八个字,一幅画大小不过一方尺,留给后人的印象,却永远是清新壮丽,增加人对于祖国大好河山的感情。至于我呢,手中的笔业已荒疏了多年,忽然又来到这么一个地方,记忆习惯中的文字不免过于陈旧,触目景物人事却十分新鲜。在这种情形下,只有承认手中这支拙劣笔,实在无可为力。

我为了温习温习四十年前生活经验,和二十四五年前笔下的经验,因此趁汽车待渡时,就沿了那一列青苍苍崖壁脚下走去,随同那十几个乡下人一道上了小渡船。上船以后,不免有些慌张,心和渡船一样只是晃。临近身边那个船上人,像为安慰我而说话:

"慢慢的,慢慢的,站稳当点。你慌哪样!"

几个乡下人也同声说,"不要忙,不要忙,稳到点!"一齐对我善意望着。显然的事,我在船中未免有点狼狈可笑,已经不像个"家边人"样子。

大渡口路旁空处和圆坎上,都堆得有许多经过加工的竹木,等待外运。老楠竹多锯削成扁担大小长片,二三百缚成一捆,我才明白在北行火车上,经常看到满载的竹材,原来就是从这种山窝窝里运出去,往东北西北支援祖国工矿建设的。木材也多经过加工处理,纵横架成一座座方塔,百十根作一堆,显明是为修建湘川铁路而准备的。令我显得慌张的,并不尽是渡船的摇动,却是那个站在船头、嘱咐我不必慌张、自己却从从容容在那里当家做事的弄船女孩子。我们似乎相熟又十分陌生。世界上就真有这种巧事，原来她比我小说中翠翠虽晚生几十年，所处环境自然背景却仿佛相同，同样，在这么青山绿水中摆渡，青春生命在慢慢长成。不同处是社会变化大，见世面多，虽然对人无机心，而对自己生存却充满信心，一种"从劳动中得到快乐增加幸福成功"的信心。这也正是一种新型的乡村女孩子在语言神气间极容易见到的共同特征。目前一位有一点与众不同，只是所在背景环境。

她大约有十四五岁的样子，除了胸前那个绣有"丹凤朝阳"的挑花围裙，其余装束神气都和一般青年作家笔下描写到的相差不多。有张长年在阳光下曝晒、在寒风中冻得黑中泛红的健康圆脸。双辫子大而短，是用绿胶线缚住的，还有双真诚无邪神光清莹的眼睛。两只手大大的，粗粗的，在寒风中也冻得通红。身上穿一件花布棉袄子，似乎前不多久才从自治州百货公司买来，稍微大了一点。这正是中国许多地方一种常见的新农民形象，内心也必然和外表完全统一。真诚、单纯、素朴，对本人明天和社会未来都充满了快乐的期待及成功信心，而对于在她面前一切变化发展的新事物，更充满亲切好奇热情。文化程度可能只读到普通小学三年级，认得的字还不够看完报纸上的新闻纪事，或许已经做了寨里读报组小组长。新的社会正在起着深刻变化，她也就在新的生活教育中逐渐发育成长。目前最大的野心，是另一时州上评青年劳模，有机会进省里，去北京参观，看看天安门和毛主席。平时一面劳作一面想起这种未来，也会产生一种永远向前的兴奋和力量。生命形式即或如此单纯,可是却永远闪耀着诗歌艺术的光辉,同时也是诗歌艺术的源泉。两手攀援缆索操作的样子,一看就知道是个内行,摆渡船应当是她一家累代的职业。我想起合作化,问她一月收入时,她却笑了笑,告给我:"这是我伯伯的船,不是我的。伯伯上州里去开会。我今天放假,赶场来往人多,帮他忙替半天工。"

"一天可拿多少工资分?"

"嗨,这也算钱吗?你这个人——"她于是抿嘴笑笑,扭过了头,面对汤汤流水和水中白鸭,不再答理我。像是还有话待我自己去体会,意思是:"你们城里人会做生意,一开口就是钱。什么都卖钱。一心只想赚钱,别的可通通不知道!"她或许把我当成省里食品公司的干部了。我不免有一点儿惭愧起自心中深处。因为我还以为农村合作化后"人情"业已去尽,一切劳力交换都必需变成工资分计算。到乡下来,才明白还有许多事事物物,人和人相互帮助关系,既无从用工资分计算,也不必如此计算;社会样样都变了,依旧有些好的风俗人情变不了。我很满意这次过渡的遇合,提起一句俗谚"同船过渡五百年所修",聊以解嘲。同船几个人同时不由笑将起来,因为大家都明白这句话意思是"缘法凑巧"。船开动后,我于是换过口气请教,问她在乡下做什么事情还是在学校读书。

她指着树丛后一所瓦屋说:"我家住在那边!"

"为什么不上学?"

"为什么?区里小学毕了业,这边办高级社,事情要人做,没有人。我就做。你看那些竹块块和木头,都是我们社里的!我们正在和那边村子比赛,看谁本领强,先做到功行圆满。一共是二百捆竹子,一百五十根枕木,赶年下办齐报到州里去。村里还派我办学校,教小娃娃,先办一年级。娃娃欢喜闹,闹翻了天我也不怕。这些小猴子,就只有我这只小猴子管得住。"

我随她手指点望去,第二次注意到堆积两岸竹木材料时,才发现靠村子码头边,正有六七个小顽童在竹捆边游戏,有两个已上了树,都长得团头胖脸。其中四个还穿着新棉袄子。我故意装作不明白问题,"你们把这些柱头砍得不长不短,好竹子也锯成片片,有什么用处?送到州里去当柴烧,大材小用,多不合算!"

她重重盯了我一眼,似乎把我底子全估计出来了,不是商业干部是文化干部,前一种人太懂生意经,后一种人又太不懂。"嗨,你这个人!竹子木头有什么用?毛主席说,要办社会主义,大家出把力气,事情就好办。我们湘西公路筑好了,木头、竹子、桐油、朱砂,一年不断往外运。送到好多地方去办工厂、开矿,什么都有用……"末了只把头偏着点点,意思像是"可明白?"

我不由己地对着她翘起了大拇指,译成本地语言就是"大脚色"。又问她今年十几岁,十四还是十五。不肯回答,却抿起嘴微笑。好像说"你自己猜吧"。我再引用"同船过渡"那句老话表示好意,说得同船乡下人都笑了。一个中年妇人解去了拘束后,便插口说,"我家五毛子今年进十四岁,小学二年级,也砍了三捆竹子,要送给毛主席,办社会主义。两只手都冻破了皮,还不肯罢手歇气。"

新湘行记

巴渡船的一位听着,笑笑的,爱娇的,把自己两只在寒风中劳作冻得通红的手掌,反复交替搦着,"怕什么？比赛哩。别的国家多远运了大机器来,在等着材料砌房子。事情不巴忙做,可好意思吃饭？自家的事不做,等谁做！"

"是嘛,自家的事情自家做；大家做,就好办。"

新来汽车在新渡口嘟嘟叫着。小船到了潭中心,另一位向我提出了个新问题,"同志,你是从省里来的,可见过武汉长江大铁桥？什么时候完工？"

"看见过！那里有万千人笼夜①赶工,电灯亮堂堂的,老远只听到机器哗喇哗喇的响,忙得真热闹！"

"办社会主义就是这样,好大一条桥！"

"你们难道看见过大铁桥？"那中年妇人问。

……说下去,我才知道她原来有个儿子在那边做工,年纪二十一岁,是从这边电厂调去的,一共挑选了七个人。电影队来放映电影时,大家都从电影上看过大桥赶工情形,由于家里有子侄辈在场,都十分兴奋自豪。我想起自治州百七十万人,共有三百四十万只勤快的手,都在同一心情下,为一个共同目的而进行生产劳动,长年手足贴近土地,再累些也不以为意。认识信念单纯而素朴,和生长在大城市中许多人的复杂头脑,及专会为自己好处作打算的种种乖巧机伶表现,相形之下真是无从并提。

---

① 连夜之意。

小船恰当此时，訇的碰到了浅滩边石头上，闪不知船滞住了。几个人于是又不免摇摇晃晃，而且在前仆后仰中相互笑嚷起来："大家慢点嘛，慢点嘛，忙哪样！又不是看影子戏争前排，忙哪样！"

　　女孩子一声不响早已轻轻一跃跳上了石滩，用力拉着船缆，倾身向后奔，好让船中人逐一起岸，让另一批人上船。一种责任感和劳动的愉快结合，留给我个要忘也不能忘的印象。

　　我站在干涸的石滩间，远望来处一切。那个隐在丛树后的小小村落，充满诗情画意。渡口悬崖罅缝间绿茸茸的，似乎还生长有许多虎耳草。白鸭子群已游到潭水出口处石坝浅滩边去了，远远地只看见一簇簇白点子在移动。我想起种种过去，也估计着种种未来，觉得事情好奇怪。自然景物的清美，和我另外一时笔下叙述到的一个地方，竟如此巧合。可是生存到这里的人，生命的发展却如此不同。这小地方和南中国任何傍河流其他乡村一样，劳动意义和生存现实，正起着深刻的变化。第一声信号还在十多年前，即那个青石板砌成的畚箕形渡口边一群小孩子游戏处，有一年这样冬晴天气，曾有过一辆中型专用客车在此待渡，有七个地方高级文武官员坐在车中，一阵枪声下同时死去。这是另外一时那个"爱惜鼻子的朋友"告诉我的。这故事如今可能只有管渡船的老人还记住，其他人全不知道，因为时间晃晃快过十年了。现在这个小地方，却正不声不响，一切如随同日月交替、潜移默运地在变化着。小渡船一会儿又回到潭中心去了。四围光景分外清寂。

　　在一般城里知识分子面前，我常常自以为是个"乡下人"，习惯

新湘行记　　121

性情都属于内地乡村型,不易改变。这个时节,才明白意识到,在这个十四五岁真正乡村女孩子那双清明无邪眼睛中看来,却只是个寄生城市里的"蛀米虫",客气点说就是个"十足的、吃白米饭长大的城里人"。对于乡下的人事,我知道的多是百八十年前的老式样。至于正在风晴雨雪里成长,起始当家作主的新人,如何当家作主,我知道得实在太少了。

一九五七年五月作

凤凰观景山①

  我不懂艺术，又不会作画，可是从小生长在湘西苗区一个小小山城中，周围数十里全是山重山，只临到城边时，西边一点才有一坝平田出现，城东南还是群峰罗列。一年四季随同节令的变换，山上草木岩石也不断变换颜色，形成不同画面，浸入我的印象中，留下种种不同的记忆，六七十年后，还极其鲜明动人，即或乐意忘记也总是忘不了。特别是靠城东南边那个观景山，因为山上原本是个山砦，下边有座本地人迷信集中的天王庙，山砦实际控制着全县城，上面原住了一排属于辰沅永靖兵备道的绿营战兵。站在山砦石头垒成的碉楼上，远望西边可及平田尽头的雷草坡一带，远处山坡动静，和那些二百年前设立在近郊远近山头的碉堡安危情况，近则城北大河，及对河苗乡一切，也遥遥在望。城南地势逐渐上升，约二里后直达一个山口，设有重兵把守，名叫"茶叶坡"。我还记得

---

  ① 这是沈从文一篇未完成的遗作，估计写于 1982 年或 1983 年春。

我极小时,听父亲说过,祖父沈毛狗和叔祖父,从七十里出朱砂的大峒岔逃荒到县城时,已及黄昏,走长路太累,坐在关前歇歇,觉得极冷,用手摸摸,才明白路旁全是人头,比我在辛亥前夕所见,显然更多百十倍。不到三千户人家的小山城,一个兵备道管辖下,就有三千多战守兵设防,主要作用就是杀造反的人!

观景山在我做顽童时代,看来已失去了它的作用,但是照旧还设立有几户守兵,专管晚上全城治安,有老兵轮流在上面打更司桴。城里照习惯,每街都设有栅栏门,到二更后就断绝行人。由本街居民出钱,雇有专人打更守夜。换班换点,多凭山上的更点作准,才不至于误时。或城中某街失火走水①,山上守兵就摇梆子告警。一切还保留百年前一点旧制度、旧习惯,让人体会到这地方在前一世纪原本是个大军营。定下许多维持治安的办法,直到辛亥以后才取消。

这个观景山近城一面被一片树木包围着,上面有大几百株三四人才能合抱的皂角木、枫香树、香楠树及灯笼花古树,树高可能达二十余丈,各自亭亭上耸天半。有落叶乔木,也有四季常青的乔木。初春发荣时,树干必先湿湿的,随后树上才各自呈现各种不同程度的嫩绿色,或白茸茸一片灰芽,多竞秀争荣,且常常在树上就分出等级来。再不多久,能开花的就依次开花,使得小山城满城都浸在一种香气馥郁中。

---

① 也是失火之意。

先是冬晴天气中,每个人家两侧上耸高墙和屋脊上,必有成群结伙的八哥鸟,自得其乐地在上面歌唱聒吵,有时还会模仿各种其他雀鸟的鸣声。到春天来时,即转向郊外平田飞去,跟着犁田的水牛身后吃蚯蚓,或停在耕牛背上或额角间休息。人家屋脊上已换了郭公鸟,天明不久就孤独地郭公郭公叫个不停。后来才知道是古书上的"戴胜"。春雷响后,春雨来时,郭公也不见了。观景山则已成一片不同绿色,作成丰丰茸茸的大画屏。有千百鸣声清脆的野画眉,在春光中巧转舌头。随后是鸣声高亢急促,尖锐悲哀的杜鹃,日夜间歇不停地□□①,尤其是在春雨连绵的深夜里,这种有情怪鸟鸣声特别动人。住在城中半夜里,唯一可听到远处杜鹃凄惨的叫声,时间可延长到夏初。早上则住城内的最多是燕子,由衔泥砌窠到生子"告翅",呢呢喃喃迎来了春夏。

至于出城,山上鸟雀之多可就无从计数了。我的故乡是出锦鸡的地方,一身毛色奇美,叫声□□②。

大型鸟类,则数一身明黄的青鸟,在寂静中一声"勾嘟兀当",极容易引人到一种梦境清寂中去。各种啄木鸟声,于夏初树林中,也是一种有趣的声音。这类鸟虽不会叫,形状却十分别致,总是用两只爪子抓定面前树干。许多人家都畜养在笼中,供孩子们取乐。直到抗战时期,每只市价还不过一元中央票。(山上)还多"金不换"鸟,比锦鸡小些,也宜于笼养。最善反复自呼其名,有的能延续

---

① 作者写作时未想好恰当的拟音词,故用"□□"代替。
② 作者写作时未想好恰当的拟音词,故用"□□"代替。

到三十次以上,才乐意休息。

我倒欢喜那些不受豢养的鸟类,如夏天傍晚时在田禾深处咕咕咕咕直啼唤的秧鸡,全身乌黑,行动飞快,声音虽极单纯,调子可极特别,若当大白天则一声不响。大白天多的是竹林中的画眉鸟,或锐声长呼"婆婆酒醉""婆婆酒醉归",等到人逼近时,才一哄飞散,可是在另外竹林中,又复重新放歌。这种画眉本地人或叫竹雀,或叫洋画眉。

另外还有种土鹦哥,形象极不美观,一身毛色也只灰扑扑的,且显得野性习惯,顽劣无以复加。乡下人设套捉来时,放竹笼中,初初不吃不喝,拒绝饮食,且必碰笼,直到头部茸毛脱尽仍不屈服。可是懂它的脾气的乡下人,总尽它生气,碰得个毛血淋漓精疲力尽,又渴又饥时,才再给它一点水喝,和米头子吃。过十天半月,就慢慢地转变了。平时声音还是哑嘶嘶的,且极单纯,再过一阵,你才会发现它的聪明天赋。特别是善于模仿别的鸟声,以至于猫儿声音、小孩子哭声,远比真正红嘴绿色鹦哥或八哥还伶俐懂事,领会别的生物声音能力还强,学来更逼真。一到和人表示亲善后,就特别亲人。本城里多的是军人,在镇道两衙署当公差的军人,真正公事并不多,却善于栽花养鸟。我还记得和我近邻那个滕老四,家中养的有八哥和土鹦哥,滕老四上街时,经常就提了个竹丝鸟笼,那只土鹦哥却在他肩头上站立,有时又远远飞去,等待主人。

第二辑

生命菩提

生　命

我好像为什么事情很悲哀,我想起"生命"。

每个活人都像是有一个生命,生命是什么,居多人是不曾想起的,就是"生活"也不常想起。我说的是离开自己生活来检视自己生活这样事情,活人中就很少那么作,因为这么作不是一个哲人,便是一个傻子了。"哲人"不是生物中的人的本性,与生物本性那点兽性离得太远了,数目稀少正见出自然的巧妙与庄严。因为自然需要的是人不离动物,方能传种。虽有苦乐,多由生活小小得失而来,也可望从小小得失得到补偿与调整。一个人若尽向抽象追究,结果纵不至于违反自然,亦不可免疏忽自然,观念将痛苦自己,混乱社会。因为追究生命"意义"时,即不可免与一切习惯秩序冲突。在同样情形下,这个人脑与手能相互为用,或可成为一思想家、艺术家,脑与行为能相互为用,或可成为一革命者。若不能相互为用,引起分裂现象,末了这个人就变成疯子。其实哲人或疯子,在违反生物原则,否认自然秩序上,将脑子向抽象思索,意义完全相同。

　　我正在发疯。为抽象而发疯。我看到一些符号,一片形,一把线,一种无声的音乐,无文字的诗歌。我看到生命一种最完整的形式,这一切都在抽象中好好存在,在事实前反而消灭。

　　有什么人能用绿竹作弓矢,射入云空,永不落下?我之想象,犹如长箭,向云空射去,去即不返。长箭所注,在碧蓝而明静之广大虚空。

　　明智者若善用其明智,即可从此云空中,读示一小文,文中有微叹与沉默,色与香,爱和怨。无著者姓名。无年月。无故事。无……然而内容极柔美。虚空静寂,读者灵魂中如有音乐。虚空明蓝,读者灵魂上却光明净洁。

　　大门前石板路有一个斜坡,坡上有绿树成行,长干弱枝,翠叶积叠,如翠翣,如羽葆,如旗帜。常有山灵,秀腰白齿,往来其间。遇之者即喑哑。爱能使人喑哑——一种语言歌呼之死亡。"爱与死为邻"。

　　然抽象的爱,亦可使人超生。爱国也需要生命,生命力充溢者方能爱国。至如阉寺性的人,实无所爱,对国家,貌作热诚,对事,马马虎虎,对人,毫无情感,对理想,异常吓怕。也娶妻生子,治学问教书,做官开会,然而精神状态上始终是个阉人。与阉人说此,当然无从了解。

　　夜梦极可怪。见一淡绿白合花,颈弱而花柔,花身略有斑点青渍,倚立门边微微动摇。在不可知地方好像有极熟习的声音在招呼：

"你看看好，应当有一粒星子在花中。仔细看看。"

于是伸手触之。花微抖，如有所怯。亦复微笑，如有所恃。因轻轻摇触那个花柄，花蒂，花瓣。近花处几片叶子全落了。

如闻叹息，低而分明。

....

雷雨刚过。醒来后闻远处有狗吠。吠声如豹。半迷糊中卧床上默想，觉得惆怅之至。因白合花在门边动摇，被触时微抖或微笑，事实上均不可能！

起身时因将经过记下，用半浮雕手法，如玉工处理一片玉石，琢刻割磨。完成时犹如一壁炉上小装饰。精美如瓷器，素朴如竹器。

一般人喜用教育身份，来测量这个人道德程度。尤其是有关乎性的道德。事实上这方面的事情，正复难言。有些人我们应当嘲笑的，社会却常常给以尊敬，如阉寺。有些人我们应当赞美的，社会却认为罪恶，如诚实。多数人所表现的观念，照例是与真理相反的。多数人都乐于在一种虚伪中保持安全或自足心境。因此我焚了那个稿件。我并不畏惧社会，我厌恶社会，厌恶伪君子，不想将这个完美诗篇，被伪君子与无性感的女子眼目所污渎。

白合花极静。在意象中尤静。

山谷中应当有白中微带浅蓝色的白合花，弱颈长蒂，无语如语,香清而淡,躯干秀拔。花粉作黄色,小叶如翠珰。

法郎士曾写一《红白合》故事,述爱欲在生命中所占地位,所有形式,以及其细微变化。我想写一《绿白合》,用形式表现意象。

时　间

　　一切存在严格地说都需要"时间"。时间证实一切,因为它改变一切。气候寒暑,草木荣枯,人从生到死,都不能缺少时间,都从时间上发生作用。

　　常说到"生命的意义"或"生命的价值"。其实一个人活下来真正的意义同价值,不过是占有几十个年头的时间罢了。生前世界没有他,他是无意义无价值可言的。活到不能再活死掉了,他没有生命,他自然更无意义无价值可言。

　　正仿佛多数人的愚昧同少数人的聪明,对生命下的结论差不多都以为是"生命的意义同价值是活个几十年",因此都肯定生活,那么吃、喝、睡觉、吵架、恋爱……活下去等待死,死后让棺木来装殓他,黄土来掩埋他,蛆虫来收拾他。

　　生命的意义解释得既如此单纯:"活下去,活着,倒下,死了",未免太可怕了。因此次一等的聪明人,同次一等的愚人,对生命意义同价值找出第二种结论,就是"怎么样来耗费这几十个年头"。

虽更肯定生活,那么吃,喝,睡觉,吵架,恋爱……然而生活得失取舍之间,到底也就有了分歧。这分歧是一看即明白的。大别言之,聪明人要理想生活,愚蠢人要习惯生活。聪明人以为目前并不完全好,一切应比目前更好,且竭力追求那个理想。愚蠢人对习惯完全满意,安于习惯,保护习惯。(在世俗观察上,这两种人称呼常常相反,安于习惯的被呼为聪明人,怀抱理想的人却成愚蠢家伙。)

两种人即同样有个"怎么来耗费这几十个年头"的打算,要从人与人之间找寻生存的意义和价值,即或择业相同,成就却不相同。同样想征服颜色线条作画家,同样想征服乐器声音作音乐家,同样想征服木石铜牙及其他材料作雕刻家,甚至同样想征服人身行为作帝王,同样想征服人心信仰作思想家:一切结果都不会相同。因此世界上有大诗人,同时也就有蹩脚诗人,有伟大革命家,同时也有虚伪革命家。至于两种人目的不同,择业不同,那就更容易一目了然了。

看出生命的意义同价值,原来如此如此,却想在生前死后使生命发生一点特殊意义同价值,心性绝顶聪明,为人却好像傻头傻脑,历史上的释迦,孔子,耶稣,就是这种人。这种人或出世,或入世,或革命,或复古,活下来都显得很愚蠢,死过后却显得很伟大。屈原算得这种人另外一格,历史上这种人并不多,可是间或有一个两个,就很像样子了。这种人自然也只能活个几十年,可是他的观念,他的意见,他的风度,他的文章,却可以活在人类记忆中几千年。一切人生命都有时间限制,这种人的生命又似乎不大受这种限制。

  话说回来,事事物物要时间证明,可是时间本身却是个极其抽象的东西。从无一个人说得明白时间是个什么样子。"时间"并不单独存在。时间无形,无声,无色,无臭。要说明时间的存在,还得回头从事事物物去取证。从日月来去,从草木荣枯,从生命存亡找证据。正因为事事物物都可为时间作注解,时间本身反而被人疏忽了。所以多数人提问到生命的意义同价值时,没有一个人敢说"生命意义同价值,只是一堆时间"。

  "前不见古人,后不见来者,"这是一个真正明白生命意义同价值的人所说的话。老先生说这话时心中很寂寞!能说这话的是个伟人,能理解这话的也不是个凡人。目前的活人,大家都记着这两句话,却只有那些从日光下牵入牢狱,或从牢狱中牵上刑场的倾心理想的人,最了解这两句话的意义。因为说这话的人生命的耗费,同懂这话的人生命的耗费,异途同归,完全是为事实皱眉,却胆敢对理想倾心。

  他们的方法不同,他们的时代不同,他们的环境不同,他们的遭遇也不同,相同的他们的心,同样为人类而跳跃。

美与爱

宇宙实在是个复杂的东西,大如太空列宿,小至蜉蝣蝼蚁,一切分裂与分解,一切繁殖与死亡,一切活动与变易,俨然都各有秩序,照固定计划向一个目的进行。然而这种目的却尚在活人思索观念边际以外,难于说明。人心复杂,似有过之而无不及。然而目的却显然明白,即求生命永生。永生意义,或为精子游离而成子嗣延续,或凭不同材料产生文学艺术。似相异,实相同,同源于"爱"。

一个人过于爱有生一切时,必因为在一切有生中发现了"美",亦即发现了"神"。必觉得那点光与色,形与线,即足代表一种最高的德性,使人乐于受它的统制,受它的处治。人类的智慧亦即由其影响而来,然而典雅词令和华美仪表,与之相比都见得黯然无光,如细碎星点在朗月照耀下一样情形。它或者是一个人,一件物,一种抽象符号的结集排比,令人都只能低首表示虔敬。正若因此一来,虽不会接近上帝,至少已接近上帝造物。

这种美或由上帝造物之手所产生,一片铜,一块石头,一把线,一组声音，其物虽小，亦可以见世界之大，并见世界之全；或即造物，最直接简便那个"人"。流星闪电于天空刹那而逝，从此烛示一种无可形容的美丽圣境，人亦相同，一微笑，一皱眉，无不同样可以显出那种圣境。一个人的手足毛发在此一闪即逝更缥缈的印象中，并印象温习中，都无不可见出造物者之手艺无比精巧。凡知道用各种感觉去捕捉住此美丽神奇光影的，此光影在生命中即永生不灭。屈原、曹植、李煜、曹雪芹，便是将这种光影用文字组成篇章，保留得完整的几个人，这些人写成的作品，虽各不相同，所得启示必古今如一，即被美所照耀，所征服，所教育是也。

美固无所不在，凡属造形，如用泛神情感去接近，即无不可见出其精巧处和完整处。生命之最高意义，即此种"神在生命中"的认识。惟宗教与金钱，或归纳，或消蚀，已令多数人生活下来逐渐都变成庸俗呆笨，了无趣味。这些人对于一切美物，美事，美行为，美观念，无不漠然处之，毫无反应。于宗教虽若具有虔信，亦无助于宗教的发展；于金钱虽若具有热情，实不知金钱真正意义。

这种人既填满地面各处，必然即堕落了宗教的神圣性庄严性，凝滞了金钱的活动变化性。这种人大都富于常识，会打小算盘，知从"实在"上讨生活，或从"意义""名分"上讨生活，捕蚊捉蚤，玩牌下棋，在小小得失上注意关心，引起哀乐。生活安适，即已满足。活到末了，倒下完事。这些人所需要的既只是"生活"，并非对于"生命"具有何等特殊理解，故亦从不追寻生命如何使用，方觉更有意义。因此若有人超越习惯的心与眼，对美特具敏感，即自然将被这个多数人目为"痴汉"。若与多数人庸俗利害观念相冲突,且成为疯狂,为恶徒,为叛逆。换言之,即一切不吉名词,无不可加诸其身。对此消极的称为"沾染不得",积极的为"与众弃之"。然而一切文学美术以及多数思想组织上巨大成就,却常常惟这种痴汉有分与多数无涉,则显而易见。

世界上缝衣匠、理发匠、作高跟皮鞋的,制造胭脂水粉的,共同把女人的灵魂压扁扭曲,失去了原有的本性,亦恰恰如宗教、金钱将多数男子灵魂压扁扭曲所形成的变态一样。两者且有一共同点,即由于本性日渐消失,"护短"情感因之亦与日俱增。和尚、道士、会员、议员……人人都俨然为一切名分而生存得十分庄严,事实上任何一个人却从不曾仔细思索过这些名词的本来意义。许多"场面上"人物,只不过如花园中盆景,被所谓思想观念强制曲折成为各种小巧而丑恶的形式罢了。一切所为所成就,无不表现出对自然之违反,见出社会的抽象和人的愚心。然而近代所有各种人生学说,却大多数起源于承认这种种,重新给予说明与界限。这也就正是一般名为"思想家"的人物,日渐变成政治八股交际公文注疏家的原因!更无怪乎许多"事实""纲要""设计""报告",都找不出一点依据,可证明它是出于这个民族最优秀头脑与真实情感的产物,只看到它完全建立在少数人的霸道无知和多数人的迁就虚伪上面,政治、哲学、美术,背后都给一个"市侩"人生观在推行。换言之,即"神的解体"!因此世界上多斗方名士,多假道学,多蜻蜓点水的生活法,多情感被阉割的人生观,多阉宦情绪,多无根传说。

大多数人的生命如一堆牛粪,在无热无光中慢慢燃烧,且结束于这种燃烧形式,不以为意。本来是懒惰麻木,却号称为"老成持重",本来是怯懦小气,却被赞为"有分寸不苟且",他的架子虽大,灵魂却异常小。他目前的地位虽高,却用过去的卑屈佞谀奠基而成。这也就是社会中还有圆光、算命、求神、许愿,种种老玩意儿存在的理由。因为这些人若无从在贿赂阿谀交换中支持他的地位,发展他的事业,即必然要将生命交给不可知的运与数的。

然而人是能够重新知道"神"的,且能用这个抽象的神,阻止退化现象的扩大,给新的生命一种刺激启迪的。

我们实需要一种美和爱的新的宗教,来煽起更年青一辈做人的热诚激发其生命的抽象搜寻,对人类明日未来向上合理的一切设计,都能产生一种崇高庄严感情。国家民族的重造问题,方不至于成为具文,为空话!五月又来了,一堆纪念日子中,使我们想起用"美育代宗教"的学说提倡者蔡孑民老先生对于国家重造的贡献。蔡老先生虽在战争中寂寞死去了数年,蔡老先生主张的健康性,却至今犹未消失。这种主张如何来发扬光大,应当是我们的事情!

生之记录

一

下午时,我倚在一堵矮矮的围墙上,浴着微温的太阳。春天快到了,一切草,一切树,还不见绿,但太阳已很可恋了。从太阳的光上我认出春来。

没有大风,天上全是蓝色。我同一切,浴着在这温暾的晚阳下,都没言语。

"松树,怎么这时又不做出昨夜那类响声来吓我呢?""那是风,何尝是我意思!"有微风树间在动,做出小小声子在答应我了!

"你风也无耻,只会在夜间来!"

"那你为什么又不常常在阳光下生活?"

我默然了。

因为疲倦,腰隐隐在痛,我想哭了。在太阳下还哭,那不是可羞的事吗?我怕在墙坎下松树根边侧卧着那一对黄鸡笑我,竟不哭了。

"快活的东西,明天我就要教老田杀了你!"

"因为妒嫉的缘故",松树间的风,如在揶揄我。

我妒嫉一切,不止是人!我要一切,把手伸出去,别人把工作扔在我手上了,并没有见我所要的同来到。候了又候,我的工作已为人取去,随意地一看,又放下到别处去了,我所希望的仍然没有得到。

第二次,第三次,扔给我的还是工作。我的灵魂受了别的希望所哄骗,工作接到手后,又低头在一间又窄又霉的小房中做着了,完后再伸手出去,所得的还是工作!

我见过别的朋友们,忍受着饥寒,伸着手去接得工作到手,毕后,又伸手出去,直到灵魂的火焰烧完,伸出的手还空着,就此僵硬,让漠不相关的人抬进土里去,也不知有多少了。

这类烧完了热安息了的幽魂,我就有点妒嫉它。我还不能像他们那样安静地睡觉!梦中有人在追赶我,把我不能做的工作扔在我手上,我怎么不妒嫉那些失了热的幽魂呢?

我想着,低下头去,不再顾到抖着脚曝于日的鸡笑我,仍然哭了。

在我的泪点坠跌际,我就妒嫉它,泪能坠到地上,很快地消灭。

我不愿我身体在灵魂还有热的以前消灭。有谁人能告我以灵魂的火先身体而消灭的方法吗?我称他为弟兄,朋友,师长——或更好听一点的什么,只要把方法告我!

我忽然想起我浪了那么多年为什么还没烧完这火的事情了,研究它,是谁在暗里增加我的热。

——母亲,瘦黄的憔悴的脸,是我第一次出门做别人副兵时记下来的……

——妹,我一次转到家去,见我灰的军服,为灰的军服把我们弄得稍稍陌生了一点,躲到母亲的背后去;头上扎着青的绸巾,因为额角在前一天涨水时玩着碰伤了……

——大哥,说是"少喝一点吧",答说"将来很难再见了"。看看第二支烛又只剩一寸了,说是"听鸡叫从到关外就如此了",大的泪,沿着为酒灼红了的瘦颊流着,……

"我要把妈的脸变胖一点",单想起这一桩事,我的火就永不能熄了。

若把这事忘却,我就要把我的手缩回,不再有希望了。……

可以证明春天将到的日头快沉到山后去了。我腰还在痛。想拾片石头来打那骄人的一对黄鸡一下,鸡咯咯地笑着逃走去。

把石子向空中用力掷去后,我只有准备夜来受风的恐吓。

二

灰的幕,罩上一切,月不能就出来,星子很多在动。在那只留下一个方的轮廓的建筑下面,人还能知道是相互在这世上活着,我却不能相信世上还有两个活人。世上还有活东西我也不肯信。因为一切死样的静寂,且无风。

我没有动作,倚在廊下听自己的出气。

若是世界永远是这样死样沉寂下去,我的身子也就这样不必动弹,作为死了,让我的思想来活,管领这世界。凡是在我眼面前生过的,将再在我思想中活起来了,不论仇人或朋友,连那被我无意中捏死的吸血蚊子。

我要再来受一道你们世上人所给我的侮辱。

我要再见一次所见过人类的残酷。

我要追出那些眼泪同笑声的损失。

我要捉住那些过去的每一个天上的月亮拿来比较。我要称称我朋友们送我的感情的分量。

我要摩摩那个把我心碰成永远伤创的人的眼。

我要哈哈地笑,像我小时的笑。

我要在地下打起滚来哭,像我小时的哭!

....

我没有那样好的运,就是把这死寂空气再延下去一个或半个时间也不可能——一支笛子,在比那堆只剩下轮廓的建筑更远一点的地方,提高喉咙在歌了。

听不出他是怒还是喜来,孩子们的嘴上,所吹得出的是天真。

"小小的朋友,你把笛子离开嘴,像我这样,倚在墙或树上,地上的石板干净你就坐下,我们两人来在这死寂的世界中,各人把过去的世界活在思想里,岂不是好吗?在那里,你可以看见你所爱的一切,比你吹笛子好多了!"

我的声音没有笛子的尖锐,当然他不会听到。

笛子又在吹了,不成腔调,正可证明他的天真。

他这个时候是无须乎把世界来活在思想里的,听他的笛子的快乐的调子可以知道。

"小小的朋友,你不应当这样!别人都没有作声,为什么你来搅乱这安宁,用你的不成腔的调子?你把我一切可爱的复活过来的东西都破坏了,罪人!"

笛子还在吹。他若能知道他的笛子有怎样大的破坏性,怕也能看点情面把笛子放下吧。

什么都不能不想了,只随到笛子的声音。

沿着笛子我记起一个故事,六岁到八岁时,家中一个苗老阿奶,对我说许多故事。关于笛子,她说原先有个皇帝,要算喜欢每日里打着哈哈大笑,成了疯子。皇后无法。把赏格悬出去,治得好皇帝的赏公主一名。这一来人就多了。公主美丽像一朵花,谁都想把这花带回家去。可是谁都想不出什么好法子来。有些人甚至于把他自己的儿子,牵来当到皇帝面前,切去四肢,皇帝还是笑!同样这类笨法子很多。皇帝以后且笑得更凶了。到后来了一个人,乡下人样子,短衣,手上拿一支竹子。皇后问:你可以治好皇帝的病吗?来人点头。又问他要什么药物,那乡下人递竹子给皇后看。竹子上有眼,皇后看了还是不懂。一个乡下人,看样子还老实,就叫他去试试吧。见了皇帝,那人把竹子放在嘴边,略一出气,皇帝就不笑了。第一段完后,皇帝笑病也好了。大家喜欢得了不得。……那公主后来自然是归了乡下人。不过,公主学会吹笛子后,皇后却把乡下人杀了。……从此笛子就传下来,因为有这样一段惨事,笛子的声音听起来就很悲伤。

阿妳人是早死了,所留下的,也许只有这一个苗中的神话了。(愿她安宁!)

我从那时起,就觉得笛子用到和尚道士们做法事顶合式。因为笛子有催人下泪的能力,做道场接亡时,不能因丧事流泪的,便可以使笛子掘开他的泪泉!

听着笛子就下泪,那是儿时的事,虽然不一定家中死什么人。二姐因为这样,笑我是孩子脾气,有过许多回了。后来到她的丧事,一个师傅,正拿起笛子想要逗引家中人哭泣,我想及二姐生时笑我的情形,竟哭得晕去了。

近来人真大了,虽然有许多事情养成我还保存小孩爱哭的脾气,可是笛子不能令我下泪。近来闻笛,我追随笛声,飏到虚空,重现那些过去与笛子有关的事,人一大,感觉是自然而然也钝了。

笛声歇了,我骤然感到空虚起来。

——小小的吹笛的朋友,你也在想什么吧?你是望着天空一个人在想什么吧?我愿你这时年纪,是只晓得吹笛的年纪!你若是真懂得像我那样想,静静地想从这中抓取些渺然而过的旧梦,我又希望你再把笛勒在嘴边吹起来!年纪小一点的人,载多悲哀的回忆,他将不能再吹笛了!还是吹吧,夜深了,不然你也就睡得了!

像知道我在期望,笛又吹着了,声音略变,大约换了一个较年长的人了。

抬起头去看天,黑色,星子却更多更明亮。

三

在雨后的中夏白日里,麻雀的吱喳虽然使人略略感到一点单调的寂寞,但既没有沙子被风吹扬,拿本书来坐在槐树林下去看,还不至于枯燥。

镇日为街市电车弄得耳朵长是嗡嗡隆隆的我,忽又跑到这半乡村式的学校来了。名为骆驼庄,我却不见过一匹负有石灰包的骆驼,大概它们这时是都在休息了吧。在这里可以听到富于生趣的鸡声,还是我到北京来一个新发现。这些小喉咙喊声,是夹在农场上和煦可亲的母牛唤犊的喊声里的,还有坐在榆树林里躲荫的流氓鹧鸪同它们相应和。

鸡声我至少是有了两年以上没有听到过了,乡下的鸡声则是民十时在沅州的三里坪农场中听过。也许是还有别种缘故吧,凡是鸡声,不问它是荒村午夜还是晴阴白昼,总能给我一种极深的新的感动。过去的切慕与怀恋,而我也会从这些在别人听来或许但会感到夏日过长催人疲倦思眠的单调长声中找出。

初来北京时,我爱听火车的呜呜汽笛。从这中我发现了它的伟大,使我不驯的野心常随着那些呜呜声向天涯不可知的辽远渺茫中驰去。但这不过是一种空虚寂寞的客寓中寄托吧了！若拿来同乡村中午鸡相互唱酬的叫声相比，给人的趣味，可又不相同了。

我以前从不会在寓中半夜里有过一回被鸡声叫醒的事情。至于白日里，除了电车的隆隆隆以外，便是百音合奏的市声！连母鸡下蛋时"咯大咯"也没有听到过。我于是疑心北京城里的住户人家是没有养过一只活鸡的。然而，我又知道我猜测的不对了，我每次为相识扯到饭馆子去，总听到"辣子鸡""熏鸡"等等名色。我到菜市去玩时，似乎看到那些小摊子下面竹罩笼里，的确也又还有些活鲜鲜（能伸翅膀，能走动，能低头用嘴壳去清理翅子但不作声）的鸡。它们如同哑子，挤挤挨挨站着却没有作声。倘若一个从没看见过鸡的人，仅仅根据书上或别人口中传说"鸡是好勇狠斗，能引吭高唱……"鸡的样子，那末，见了这罩笼里的鸡，我敢说他绝不会相信这就是鸡！

它们之所以不能叫，或者并不是不会叫（因为凡鸡都会叫，就是鸡婆也能"咯大咯"），只是时时担惊受怕，想着那锋利的刀，沸滚的水，忧愁不堪，把叫的事就忘怀了呢！这本不奇怪，譬如我们人到忧愁无聊（还不至于死）时，不是连讲话也不大愿意开口吗？

然而我还有不解者，是：北京的鸡，固然是日陷于宰割忧惧中，但别的地方鸡，就不是拿来让人宰割的？为甚别的地方的鸡就有兴致高唱愉快的调子呢？我于是乎觉得北京古怪。

看着沉静不语的深蓝天空，想着北京城中的古怪，为那些一递一声鸡唱弄得有点疲倦来了。日光下的小生物，行动野佻的蚊子，在空中如流星般晃去,似乎更其愉快活泼,我记起了"飘若惊鸿,宛若游龙"两句古典文章来。

四

夜来听到淅沥的雨声,还夹着嗡嗡隆隆的轻雷,屈指计算今年消失了的日月,记起小时觉得有趣的端阳节将临了。

这样的雨,在故乡说来是为划龙舟而落。若在故乡听着,将默默地数着雨点,为一年来老是卧在龙王庙仓房里那几只长而狭的木舟高兴,童心的欢悦,连梦也是甜蜜而舒适!北京没有一条小河,足供五月节龙舟竞赛,所以我觉得北京的端阳寂寞。既没有划龙舟的小河,为划龙舟而落的雨又这样落个不止,我于是又觉得这雨也落得异常寂寞无聊了。

雨是哗喇哗喇地落,且当作故乡的夜雨吧:卧在床上已睡去几时候的九妹,为一个炸雷惊醒后,听到点点滴滴的雨声,又怕又喜,将搂着并头睡着妈的脖颈,极轻地说:"妈,妈,你醒了吧。你听又在落雨了! 明天街上会涨水,河里自然也会涨水。莫把北门河的跳岩淹过了。我们看龙舟又非要到二哥干爹那吊楼上不可了! 那桥上的吊楼好是好,可是若不涨大水,我们仍然能站到玉英姨她家那低一点的地方去看,无论如何要有趣一点。我又怕那楼高,我们不放炮仗,站到那么高高的楼上去看有什么意思呢。妈,妈,你讲看:到底是二哥干爹那高楼上好呢,还是玉英姨家好?"

"我宝宝说得都是。你喜欢到哪一处就去哪处。你讲哪处好就是哪处。"妈的答复,若是这样能够使九妹听来满意,那么,九妹便不再作声,又闭眼睛做她的龙舟梦去了。第二天早上,我倘若说:——老九,老九,又涨大水了。明天,后天,看龙船快了!你预备的衣服怎样?这无论如何不到十天了啦!

她必又格登格登跑到妈身边去催妈为赶快把新的花纺绸衣衫缝好,说是免得又穿那件旧的花格子洋纱衫子出丑。其实她那新衣只差的一排扣子同领口没完工,然而终不能禁止她去同妈唠叨。

晚上既下这样大雨,一到早上,放在檐口下的那些木盆木桶会满盆满桶地装着雨水了。

这雨水省却了我们到街上喊卖水老江进屋的工夫。包粽子的竹叶子便将在这些桶里洗漂。

只要是落雨,可以不用问他大小,都能把小孩子引到端节来临的欢喜中去。大人们呢,将为这雨增添了几分忙碌。但雨有时会偏偏到五日那一天也不知趣大落而特落的。(这是天的事情,谁能断料得定?)所以,在这几天,小孩子人人都有一点工作——这是没有哪一个小孩子不愿抢着做的工作:就是祈祷。他们诚心祈祷那一天万万莫要落下雨来,纵天阴没有太阳也无妨。他们祈祷的意思如像请求天一样,是各个用心来默祝,口上却不好意思说出。这既是一般小孩的事,是以九妹同六弟两人都免不了背人偷偷地许下愿心——大点的我,人虽大了,愿天晴的心思却不下于他俩。

于是,这中间就又生出争持来了。譬如谁个胆虚一点,说了句。

"我猜那一天必要落雨呀。"

那一个便:"不,不,决不! 我敢同谁打赌:落下了雨,让你打二十个耳刮子以外还同你磕一个头。若是不,你就为我——"

"我猜必定要下,但不大。"心虚者又若极有把握地说。

"那我同你打赌吧。"

不消说为天晴袒护这一方面的人,当听到雨必定要下的话时气已登脖颈了! 但你若疑心到说下雨方面的人就是存心愿意下雨,这话也说不去。这里两人心虚,两人都深怕下雨而愿意莫下雨,却是一样。

侥幸雨是不落了。那些小孩子们对天的赞美与感谢,虽然是在心里,但你也可从那微笑的脸上找出。这些诚恳的谢词若用东西来贮藏,恐怕找不出那么大的一个口袋呢。

我们在小的孩子们(虽然有不少的大人,但这样美丽佳节原只是为小孩子预备的,大人们不过是搭秤的猪肝罢了)喝彩声里,可以看到那几只狭长得同一把刀一样的木船在水面上如掷梭一般抛来抛去。一个上前去了,一个又退后了;一个停顿不动了,一个又打起圈子演龙穿花起来。使船行动的是几个红背心绿背心——不红不绿之花背心的水手。他们用小的桡桨促船进退,而他们身子又让船载着来往,这在他们,真可以说是用手在那里走路呢。

……………

过了这样发狂似的玩闹一天,那些小孩子如像把期待尽让划船的人划了去,又太平无事了。那几只长狭木船自然会有些当事人把它拖上岸放到龙王庙去休息,我们也不用再去管它。"它不寂寞吗?"幸好遇事爱发问的小孩们还没有提出这么一个问题来为难他妈。但我想即或有聪明小孩子问到这事,还可以用这样话来回答:"它已结结实实同你们玩了一整天,这时应得规规矩矩睡到龙王庙仓下去休息!它不像小孩子爱热闹,所以他不会寂寞。"

从这一天后,大人小孩似乎又渐渐地把前一日那几把水上抛去的梭子忘却了——一般就很难听人从闲话中提到这梭子的故事。直到第二年五月节将近,龙舟雨再落时,又才有人从点点滴滴中把这位被忘却的朋友记起。

五

我看我桌上绿的花瓶,新来的花瓶,我很客气地待它,把它位置在墨水瓶与小茶壶之间。

气候近初夏了,各样的花都已谢去。这样古雅美丽的瓶子,适宜插丁香花,适宜插藤花。一枝两枝,或夹点草,只要是青的,或是不很老的柳枝,都极其可爱。但是,各样花都谢了,或者是不谢,我无从去找。

让新来的花瓶,寂寞地在茶壶与墨水瓶之间过了一天。

花瓶还是空着,我对它用得着一点羞惭了。这羞惭,是我曾对我的从不曾放过茶叶的小壶,和从不曾借重它来写一点可以自慰的文字的墨水瓶,都有过的。

新的羞惭,使我感到轻微的不安,心想,把来送像廷蔚那种过时的生活的人,岂不是很好么?因为疲倦,虽想到,亦不去做,让它很陌生地,仍立在茶壶与墨水瓶中间。

懂事的老田,见了新的绿色花瓶,知道自己新添了怎样一种职务了,不待吩咐,便走到农场边去,采得一束二月兰和另外一种不知名的草花,把来一同插到瓶子里,用冷水灌满了瓶腹。

既无香气,连颜色也觉可憎……我又想到把瓶子也一同摔到窗外去,但只不过想而已。

看到二月兰同那株野花吸瓶中的冷水。乘到我无力对我所憎的加以惩治的疲倦时,这些野花得到不应得的幸福了。

节候近初夏了,各样的花都已谢去,或者不谢,我也无从去找。

从窗子望过去,柏树的叶子,都已成了深绿,预备抵抗炎夏的烈日,似乎绿也是不得已。能够抵抗,也算罢了。我能用什么来抵抗这晚春的懊恼呢?我不能拒绝一个极其无聊按时敲打的校钟,我不能……我不能再拒绝一点什么。凡是我所憎的都不能拒绝。这时远远的正有一个木匠或铁匠在用斧凿之类做一件什么工作,钉钉地响,我想拒绝这种声音,用手蒙了两个耳朵,我就无力去抬手。

心太疲倦了。

绿的花瓶还在眼前,仿佛知道我的意思的老田,换上了新从外面要来的一枝有五穗的紫色藤花。淡淡的香气,想到昨日的那个女人。

看到新来的绿瓶,插着新鲜的藤花,呵,三月的梦,那么昏昏地做过!……想要写些什么,把笔提起,又无力地放下了。

一九二六年二月完成

烛虚(二)

　　自然既极博大,也极残忍。战胜一切,孕育众生。蝼蚁蚍蜉,伟人巨匠,一样在它怀抱中和光同尘。因新陈代谢,有华屋山丘。智者明白"现象"不为困缚,所以能用文字。在一切有生陆续失去意义,本身亦因死亡毫无意义时,使生命之光,煜煜照人,如烛如金。作烛虚二。

　　上星期下午,我过呈贡去看孩子,下车时将近黄昏,骑上了一匹栗色瘦马,向西南田埂走去。见西部天边,日头落处,天云明黄媚人,山色凝翠堆蓝。东部长山尚反照夕阳余光,剩下一片深紫。豆田中微风过处,绿浪翻银,萝卜花和油菜花黄白相间,一切景象庄严而兼华丽,实在令人感动。正在马上凝思时空,生命与自然,历史或文化,种种意义,俨然用当前一片光色作媒触剂,引起了许多奇异感想。忽然有两匹马从身后赶上,超过我马头不远,又依然慢下来了。马上两个二十岁左右大学生模样女子,很快乐的一面咬嚼酸梨,一面谈笑。说的是你吃三个她吃五个一类的话语。末后在前面一个较胖一点的,忽回头把个水淋淋的梨骨猛然向同伴抛去。同伴笑着一闪,那梨骨就不偏不正打在我的身上。两个女学生一声不响,却笑嘻嘻的勒马赶先跑了。那马夫好像嘲笑又好像安慰我,"那是学生"。我知道,这是学生——把眼前自然景物和人事情形两相对照,使我感觉一种极其痛苦的印象,许多日以来不能去掉。一个人天生两只眼睛一张嘴,意思正似乎要我们多看少吃。这些近代女子做的事,竟恰恰像有意在违反自然的恩惠!

××也是一个大学生,年纪二十二岁,在国立大学二年级。关于读书事,连她自己也不大明白,为什么就入了大学英文系。功课还能及格,有一两门学科教员特别认真,就借同学笔记抄抄,写报告时也能勉强及格。家庭经济情况和爱好性情说来,她属于中产阶级的近代型女子。样子还相当好看,衣服又能够追随风气,所以在学校就常有男同学称她为"美人"。用"时代轮子转动了,我们一同飘流到这山国来"一类庸俗句子起始,写一些虽带做作气还不失去青春的热与香的信件。可是学校的书本和同学的殷勤都并不引起她多少兴趣。她需要的只是玩一玩,此外都不大关心。出门时也欢喜穿几件比较好看时新的衣服,打扮得体体面面,虽给人一个漂亮印象,宿舍中衣被可零乱而无秩序。金钱大部分用在吃食,最小部分方用来买书。她也学美术,历史,生物学,这一切知识都似乎只能同考试发生关系,决不能同生活发生关系。也努力学外国文,最大目的,只是能说话同洋人一样,得人赞美,并不想把它当成一个向人类崇高生命追求探索工具。做人无信心，无目的，无理想，正好像二十年前有人为她们争求解放，已解放了，但事实上她并不知道真正要解放的是什么。因此在年龄相差不多的女同学中，最先解放了一个胃口，随时都需要吃，随处都可以吃。俨若每天任何一时都能够用食物填塞到胃囊中，表示消化力之强。同时象征生命正是需要最少最少的想象，需要最多最多实际事物的年龄。想起她们那个还待解放或已解放的"性"，以及并无机会也好像不大需要解放的"头脑"，使人默然了。若想起这种青年女子，在另一时社会上还称她们为"摩登女郎"，能煽起有教养绅士青春的热，找回童年的梦，会觉得这个社会退化的可怕。

这正是另外一种类型，大凡家中有三五个子侄亲友的，总可以在其中发现那么一个女孩子。引起感想是这些女人旧知识学不了，新知识说不上。一眼看去还好，可不许人想想好到哪里。

从这种类型女子说来，上帝真像有点草率处，使人想要询问，"老天爷，你究竟拿得是个什么主意，你是在有计划故意来试验训练男子？还是在无目的而任性情形中改造女人？"如果我们不宜把这问题牵引到"上帝"方面去，那就得承认这是"现代教育"的特点，只要她们读书，照二十年前习惯读书，读什么书？有什么用？谁都不大明白。作教育部长或大学教授的，作家长的，且似乎也永远不必需对这问题明白，或提出一些明智有益的意见。科学工作方面，我们虽然已经承认了豆类栽培可以发现遗传定律，稻棉可以用杂交法育种，即在犬与鸽子禽兽身上，也知道采取了一个较新观点，加以训练。对于人的教育,尤其是与民族最有关系的女子教育,却一直到如今还脱不了在因习的自然状态下进行。这并不是人的蠢笨,实在是负责者懒惰与无知的表现!

这种现代教育的特点,如果不能引起当局的关心,有计划的来勇敢改造,我们就得自己想办法。这同许多问题差不多,总得有个办法,方能应付"明天"和"未来"!对妇女本身幸福快乐言,若知道关心明天和未来,也方能够把生命有个更合理更有意思的安排。

现代教育特点事实上应当称为弱点,改造运动必需从修正这个弱点而着手。修正方法消极方面是用礼貌节制她们的"胃部",积极方面是用书本训练她们的"脑子"。一个"摩登女郎"的新的含义,应当是在饮食方面明白自制,在自然美方面还能够有兴致欣赏。且知道把从书本吸收一切人类广泛知识,看成是生命存在的特别权利,不仅仅当作学校或爸爸派定义务。扩大母性爱,对人类崇高美丽观念或现象充满敬慕与倾心,对是非好恶反应特别强,对现社会妇女堕落与腐败能认识又能免避,对作人兴趣特别浓厚也特别热诚,换言之,就是她既已从旧社会不良习惯观念中解放了出来,便能为新社会建立一个新的人格的标准。她不再是"自然"物,于人类社会关系上,仅仅在性的注定工作方面尽生育义务,从这种义务上讨取生活,以得人怜爱为已足。她还可以单为作一个"人",用人的资格,好好处理她的头脑,运用到较高文化各方面去,放大她的生命与人格,从书本上吸收,同时也就创造,在生活上学习,同时也就享受。

我们是不是可以希望这种新女性，在这个新社会大学校学生群中陆续发现？形成这个五光十色的人生，若决定于人的意志力，也许我们需要的倒是一种"哲学"，一种表现这个优美理想的人生哲学，用它来作土壤，培植中国的未来新女性。

水云(一、五、六)

一

　　青岛的五月,是个稀奇古怪的时节。自二月起从海上吹来的季候风,饱吹了一季,忽然一息后,阳光热力到达了地面,天气即刻暖和起来。山脚树林深处,便开始有啄木鸟的踪迹和黄鸟的鸣声。公园中分区栽种梅花、桃花、玉兰、郁李、棠棣、海棠和樱花,正像约好日子,都一齐开放了花朵。到处各聚集了些游人,穿起初上身的称身春服,携带酒食和糖果,坐在花木下的草地上赏花取乐。就中还有些从南北大都市官场或商场抽空走出,坐了路局的特别列车,来看樱花作短期旅行的,从外表上一望也可明白。这些人为表示当前被自然解放后的从容和快乐,多仰卧在软草地上,用手枕着头,给天上云影压枝繁花弄得发迷,口中还轻轻吹嘘嗯哨,学林中鸣禽唤春。女人多站在草地上和花树前,忙着帮孩子们照相,不受羁勒的孩子们,却在花树间各处乱跑。

就在这种阳春烟景中,我偶然看到一本小书,书上有那么一段话——"地上一切花叶都从阳光挹取生命的芳馥,人在自然秩序中,也只是一种生物,还待从阳光中取得营养和教育。美不能在风光中静止,生命也不能在风光中静止,值得留心!"俨若有会于心,因此常常欢喜孤独伶俜的我,带了几个硬绿苹果,带了两本书,向阳光较多无人注意的海边走去。照习惯我实对准日出方向,沿海岸往东走。夸父追日我却迎赶日头,不担心半道会渴死。我的目的正是让不能静止的生命,从风光中找寻那个不能静止的美。我得寻觅,得发现,得受它的影响或征服,从忘我中重新得到我,证实我。走过了惠泉浴场,走过了炮台,走过了建筑在海湾石岨上俄国什么公爵用黄麻石堆就的堡垒形大房子,一片待开辟的荒地,……一直到太平角凸出海中那个黛色大石堆上,方不再向前进。这个地方前面已是一片碧绿大海,远远可看见多蛇水灵山岛的灰色圆影,和海上船只驶过时在浅紫色天末留下那一缕淡烟。我身背后是一片马尾松林,好像一个一个翠绿扫帚,倒转竖起扫拂天云。矮矮的疏疏的马尾松下,到处有一丛丛淡蓝色和黄白间杂野花在任意开放,花丛里还常常可看到一对对小而伶俐麻褐色野兔,神气天真烂漫,在那里追逐游戏。这地方原有一部分已划作新住宅区,还无一座房子,游人又极稀少,本来应该算是这些小小生物的特别区。所以当它们与陌生人互相发现时,必不免抱有三分好奇,眼珠子骨碌碌的对人望定。望了好一会,似乎从神情间看出了点危险,或猜想到"人"是什么,方憬然惊悟,猛回头于草树间奔窜。逃走时恰恰如一个毛团弹子一样迅速,也如一个弹子那么忽然触着树身而转折,更换一个方向继续奔窜。这聪敏活泼小生物,终于在绿色马尾松和杂花乱草间消失了。我于是好像有点抱歉,来估想它受惊以后跑回窝中的情形。它们照例是用山道间埋在地下的引水陶笕作窝的,因为里面四通八达,合乎传说上的三窟意义。逃进去后,必互相挤得紧紧的,为求安全准备第二次逃奔。(因为有时很可能是被一匹顽皮的小狗所追逐,这小狗却用一种好奇好事心情,徘徊在水道口。)过一会儿心定了些,才小心谨慎从水道口露出那两个毛茸茸的耳朵和光头,听听远近风声,明白天下太平后,才重新出到草丛树根间来游戏。

我坐的地方八尺以外,便是一道陡峻的悬崖,向下直插深入海中,若想自杀,只要稍稍用力向前一跃,就可堕崖而下,掉进海水里喂鱼吃。海水有时平静不波,如一片光滑的玻璃,在阳光下时时刻刻变换颜色。有时又可看到两三丈高的大浪头,戴着绉折的白帽子,排列成行成队,直向岩石下扑撞,结果这浪头即变成一片银白色的水沫,一阵带咸味的雾雨。我一面让和暖阳光烘炙肩背手足,取得生命所需要的热力,一面即用身前这片大海教育我,淘深我的生命。时间长,次数多,天与树与海的形色气味,便静静的溶解到了我绝对单独的灵魂里。我虽寂寞却并不悲伤。因为从默会遐想中,体会到生命中所孕育的智慧和力量。心脏跳跃节奏中,俨然有形式完美韵律清新的诗歌,和调子柔软而充满青春狂想的音乐。

"名誉、金钱,或爱情,什么都没有,那不算什么。我有一颗能为一切现世光影而跳跃的心,就很够了。这颗心不仅能够梦想一切,还可以完全实现它。一切花草既都能从阳光下得到生机,各自于阳春烟景中芳菲一时,我的生命也待发展,待开放,必然有惊人的美丽与芳香!"

我仰卧时那么打量,一起身有另外一种回答出自中心深处。这正是想象碰着边际时所引起的一种回音。回音中杂有一点世故,一点冷嘲,一种受社会长期挫折蹂躏过的记号。

"一个人心情骄傲,性格孤僻,未必就能够作战士!应当时时刻刻记住,得谨慎小心,你到的原是个深海边。身体从不至于掉进海里去,一颗心若掉到梦想荒唐幻异境界中去,也相当危险,挣扎出时并不容易!"

这点世故对于当时环境中的我当然不需要,因此重新躺下去。俨若表示业已心甘情愿受我选定的生活选定的人事所征服。我正等待这种征服。

"为什么要挣扎?倘若那正是我要到的去处,用不着使力挣扎的。我一定放弃任何抵抗愿望,一直向下沉。不管它是带咸味的海水,还是带苦味的人生,我要沉到底为止。这才像是生命。我需要的就是绝对的皈依,从皈依中见到神。我是个乡下人,走向任何一处照例都带了一把尺,一把秤,和普通社会权量不合。一切临近我命运中的事事物物,我有我自己的尺寸和分量,来证实生命的价值与意义。我用不着你们名叫'社会'为制定的那个东西。我讨厌一般标准,尤其是伪'思想家'为扭曲压扁人性而定下的庸俗乡愿标准。这种思想算是什么？不过是少年时男女欲望受压抑，中年时权势欲望受打击，老年时体力活动受限制，因之用这个来弥补自己并向人们复仇的人病态的行为罢了。这种人照例先是显得极端别扭表示深刻，到后又显得极端和平表示纯粹，本身就是一种矛盾。这种人从来就是不健康的，那能够希望有个健康人生观。一般社会把这种人叫作思想家，只因为一般人都不习惯思想，不惯检讨思想家的思想。一般人都乐意用校医室的磅秤称身体和灵魂。更省事是只称一次。"

"好，你不妨试试看，能不能用你自己那个尺和秤，来到这个广大繁复的人间，量度此后人我的关系。"

"你难道不相信吗？"

"人应当自己有自信，不必担心别人不相信。一个人常常因为对自己缺少自信，总要从别人相信中得到证明。政治上纠纠纷纷，以及在这种纠纷中的广大牺牲，使百万人在面前流血，流血的意义，真正说来，也不过就为的是可增加某种少数人自己那点自信！在普通人事关系上，因有人自信不过，又无从用牺牲他人得到证明，所以一失了恋就自杀的。这种人做了一件其蠢无以复加的行为，还以为是追求生命最高的意义，而且得到了它。"

"我是如你所谓灵魂上的骄傲，也要始终保留那点自信的！"

"那自然极好。因为凡真有自信的人，不问他的自信是从官能健康或观念顽固而来，都可望能够赢得他人相信的。不过你要注意，风不常向一定方向吹。我们生活中到处是'偶然'，生命中还有比理性更具势力的'情感',一个人的一生可说即由偶然和情感乘除而来。你虽不迷信命运,新的偶然和情感,可将形成你明天的命运,还决定后天的命运。"

"我自信能得到我所要的,也能拒绝我不要的。"

"这只限于选购牙刷一类小事情。另外一件小事情,就会发现势不可能。至于在人事上,你不能有意得到那个偶然的凑巧,也无从拒绝那个附于情感上的弱点,由偶然凑巧而作成的碰头。"

辩论到这个时候,仿佛自尊心起始受了点损害,躺卧向天那个我,于是沉默了,坐着望海那个我,因此也沉默了。

试看看面前的大海,海水明蓝而静寂,温厚而蕴藉。虽明知中途必有若干岛屿,可作候鸟迁移时的栖息,鸟类一代接续一代而从不把它的位置记错。且一直向前,终可达到一个绿蕉照眼的彼岸,有一切活泼自由生命存在。但缺少航海经验的人,是无从用想象去证实的。这也正与一个人的生命相似,未来一切无从由他人经验取证,亦无从由书本取证。再试抬头看看天空云影,并温习另外一时同样天空的云影,我便俨若重新有会于心。因为海上的云彩实在华丽异常。有时五色相煊,千变万化,天空如张开一铺活动锦毯。有时又素净纯洁,天空但见一片明莹绿玉,别无它物。这地方一年中有大半年天空中竟完全是一幅神奇的图画,充满青春的嘘息,煽起人狂想和梦想,看来令人起轻快感,温柔感,音乐感,情欲感。海市蜃楼就在这种天空中显现,它虽不常在人眼底,却永远在人心中。秦皇汉武的事业,同样结束在一个长生不死青春常驻的梦境里,不是毫无道理的。然而这应当是偶然和情感乘除,此外是不是还有点别的什么?

我不羡慕神仙,因为我是个从乡下来的凡人。我偶然厌倦了军队中平板生活,撞入都市,因之便来到一个大学教书。在实生活中我还不曾受过任何女人关心,也不曾怎样关心过别的女人。我在缓缓移动云影下,做了些青年人所能做的梦,我明白我这颗心在情分取予得失上,受得住人的冷淡糟蹋,也载得起从人取来的忘我狂欢。我试从新询问我自己:

"什么人能在我生命中如一条虹,一粒星子,记忆中永远忘不了?世界上应当有那么一个人。"

"怎么这样谦虚得小气?这种人并不止一个,行将就要陆续侵入你的生命中,各自保有一点虽脆弱实顽固的势力。这些人名字都叫做'偶然'。名字虽有点俗气,但你并不讨厌它,因这它比虹和星还无固定性,还无再现性。它过身,留下一点什么在这个世界上,它消失,当真就消失了。除留在你心上那个痕迹,说不定从此就永远消失了。这消失也不使人悲观,为的是它曾经活在你或他心上过。凡曾经一度在你心上活过来的,当你的心还能跳跃时,另外那一个人生命也就依然有他本来的光彩,并未消失。那些偶然的颦笑,明亮的眼目,纤秀的手足,有式样的颈肩,谦退的性格,以及常常附于美丽自觉而来的彼此轻微妒嫉,既侵入你的生命,也即反应在你人格中,文字中,并未消失。世界虽如此广大,这个人的心和那个人的心却容易撞触。况且人间到处是偶然。"

"我是不是也能够在另外一个生命中同样保留一种势力？"

"这应当看你的情感。"

"难道我和人对于自己，都不能照一种预定计划去作一点安排？"

"唉，得了。什么叫做计划？你意思是不是说那个理性可以为你决定一件事情，而这事情又恰恰是上帝从不曾交把任何一个人的？你试想想看：能不能决定三点钟以后，从海边回到你那个住处去，半路上会有些什么事情等待你？这些事影响到一年两年后的生活，又可能有多大？若这一点你猜测失败了，那其他的事情，显然就超过你智力和能力以外更远了。这种测验对于你也不是件坏事情，因为可让你明白偶然和情感将来在你生命中的种种势力，说不定还可以增加你一点忧患来临的容忍力，和饮浊含清的适应力——也就是新的道家思想，在某一点某一事上，你得保留一种信天委命的达观，方不至于……"

我于是靠在一株马尾松旁边，一面随手采摘那些杂色不知名野花，一面试去想象下午回住处时半路上可能发生的一切事情。我知道自然会有些事情。

五

再过了四年，战争把世界地图和人类历史全改变了过来。同时从极小处，也重造了人与人的关系，以及这个人在那个人心上的位置。

一些偶然又继续在我生命中保存了一点势力。但今昔情形已稍稍不同。

一个聪明善怀的女孩子,年纪大了点时,到了二十五岁以后,不问已婚未婚,或婚后家庭生活幸或不幸,自然都乐意得到一些朋友的信任,更乐意从一两个体己朋友得来一点有分际的关心,混合忧郁和热忱所表示的轻微烦乱,用作当前剩余青春的点缀,以及明日青春消逝温习的凭证。如果过去一时,对某一朋友保留过些美好印象,印象的重现,使人在新的取予上,都不能不变更一种方式,见出在某些情形上的宽容为必然,在某些情形上的禁忌为不必要。无形中会放弃了过去一时那点警惧心和防卫心。因此一来虹和星都若在望中,我俨若可以任意伸手摘取。可是一切既在时间有了变化,我也免不了受一分影响,我所注意摘取的,应当说却是自己生命追求抽象原则的一种形式。我可说常在一种精细而稳重与盲目而任性的交替中,过了许多离奇日子,得到许多离奇经验。我只希望如何来保留这种有传染性的热忱到文字中,对于爱情或友谊本身,已不至于如何惊心动魄来接近它了。我懂得人多了一些,懂得自己也多了些。在偶然之一过去所以自处的"安全"方式上,我发现了节制的美丽。在另外一个偶然目前所以自见的"忘我"方式上,我又发现了忠诚的美丽。在三个偶然所希望于未来"谨慎"方式上,我还发现了谦退中包含勇气与明智的美丽。在第四……由于生命取舍的多方,因之我不免有点"老去方知读书少"的知觉。

我还需要学习,从更多陌生的书以及少数熟习的人,好好学习点"人生"。

因此一来,"我"就重新又成为一个毫无意义的字言,因为很快即完全消失到一切偶然的颦笑中,和这类颦笑权衡取舍中了。

失去了"我"后却认识了"人",体会到"神",以及人心的曲折,神性的单纯。墙壁上一方黄色阳光,庭院里一点草,蓝天中一粒星子,人人都有机会看见的事事物物,多用平常感情去接近它,对于我,却因为常常和某一个偶然某一时的生命同时嵌入我印象中,它们的光辉和色泽,就都若有了神性,成为一种神迹了。不仅这些与偶然同时浸入我生命中的东西,各有其神性,即对于一切自然景物的素朴,到我单独默会它们本身的存在和宇宙彼此生命微妙关系时,也无一不感觉到生命的庄严。花木为防卫侵犯生长的小刺,为诱惑关心而具有的甜香,我似乎都因此领悟到它的因果。一种由生物的美与爱有所启示,在沉静中生长的宗教情绪,无可归纳,因之一部分生命,就完全消失在对于一些自然的皈依中。这种由复杂转简单的情感,很可能是一切生物在生命和谐时所同具的,且必然是比较高级文化所不能少的,人若保有这种情感时,即可产生伟大的宗教,或一切形式精美而情感深致的艺术品。对于我呢,我实在什么也不写,亦不说。我的一切官能都在一种崭新教育中,经验了些极纤细微妙的感觉。

我不惧怕事实,却需要逃避抽象,因为事实只是一团纠纷,而抽象却为排列得极有秩序的无可奈何苦闷。于是用这种"从深处认识"的情感来写战事,因之产生《长河》,产生《芸庐纪事》,两个作品到后终于被扣留无从出版,不是偶然事件。因为从当前普遍社会要求说来,对战事描写,是不必要如此向人性深处掘发的。其实我那时最宜写的是忠忠实实记述那些偶然行为如何形成一种抽象意象的过程。若能够用文字好好保留下来,毫无可疑,将是一个有光辉的笔录。

我住在一个乡下,因为某种工作,得常常离开了一切人,单独从个宽约八里的广大田坪通过。若跟随引水道曲折走去,可见到长年活鲜鲜的潺湲流水中,有无数小鱼小虾,随流追逐,悠然自得,各尽其性命之理。水流处多生长一簇簇野生慈姑,三箭形叶片虽比田中培育的较小,开的小白花却很有生气。花朵如水仙,白瓣黄蕊连缀成一小串,抽苔从中心挺起。路旁尚有一丛丛刺蓟属野草,开放出翠蓝色小花,比毋忘我草颜色形体尚清雅脱俗,使人眼目明爽,如对无云碧空,花谢后还结成无数小小刺球果子,便于借重野兽和家犬携带繁殖到另一处。若从其他几条较小路上走去,蚕豆麦田沟坎中,照例到处生长浅紫色樱草,花朵细碎而妩媚,还涂上许多白粉。采摘来时不过半小时即已枯萎,正因为生命如此美丽而脆弱,更令人感觉生物中求生存与繁殖的神性。在那两面铺满彩色绚丽花朵细小的田塍上,且随时可看到成对成双躯体异常清洁的鹡鸰,羽毛黑白分明,见人时微带惊诧,一面飞起下面摇颤着小小长尾,在豆麦田中一起一伏,充满了生命自得的快乐。还有那个顶戴大绒冠的戴胜鸟,已过了蹲扰人家茅屋顶上呼朋唤侣的求爱期，披负一身杂毛，睁着一对小眼睛骨碌碌的对人痴看，直到人来近身时，方匆促展翅飞去。本地秧田照习惯不作他用，除三月时种秧，此外长年都浸在一片浅水里。另外几方小田种上慈姑莲藕的，也常是一片水。不问晴雨田中照例有两三只缩肩秃尾白鹭鸶，神情清癯而寂寞，在泥沼中有所等待，有所寻觅。又有种鸥形水鸟，在水田中走动时，肩背羽毛全是一片美丽桃灰色，光滑而带丝绸光泽，有时数百成群在明朗阳光中翻飞游戏，因翅翼下各有一片白，便如一阵光明的星点，在蓝空下动荡。小村子有一道长流水穿过，水面人家土墙边，都用带刺木香花作篱笆，带雨含露成簇成串香味郁馥的小白花，常低垂到人头上，得用手撩拨，方能通过。树下小河沟中，常有小孩子捉鳅拾蚌，或精赤身子相互浇水取乐。村子中老妇人坐在满是土蜂窠的向阳土墙边取暖，屋角隅听到有人用大石杵缓缓的捣米声。将这些景物人事相对照，恰成一希奇动人景象。过小村落后又是一片平田，菜花开时，眼中一片明黄，鼻底一片温馨。土路并不十分宽绰，驮麦粉的小马，和驮烧酒的小马，与迎面来人擦身而过时，赶马押运货物的，远远的在马后喊"让马"，从不在马前拢马以让人，因此人必照规矩下到田里去，等待马走过时再上路。菜花一片黄的平田中，还可见到整齐成行的细枝葫麻，竟像是完全用为装饰田亩，一行一行栽在中间。在瘦小而脆弱的本端，开放一朵朵翠蓝色小花，花头略略向下低垂，张着小嘴如铃兰样子，风姿娟秀而明媚，在阳光下如同向小蜂小虫微笑招手，"来吻我，这里有蜜！"

耳目所及都若有神迹存乎其间,且从这一切都可发现有"偶然"友谊的笑语和爱情芬芳。这在另一方面说来,人事上彼此之间自然也就生长了些看不见的轻微的妒嫉,无端的忧虑,有意的间隔,和那种无边无岸累人而又闷人的白日梦。尤其是一点眼泪,来自爱怨交缚的一方,一点传说,来自得失未明的一方,就在这种人与人,偶然与偶然的取舍分际上,我似乎重新接受了一种人生教育。韩非子说,矢来有向,作铁函以当之,言有所防卫也。在我问题上的种种,矢来有向或矢来无向,我却一例听之直中所欲中心上某点,不逃避,不掩护。我活在一种极端复杂矛盾情形中,然而到用自己那个权量来测检时,却感觉生命实单纯而庄严。尤其是从某个偶然的在眩目景象中离开,走到平静自然下见到一切时,生命的庄严处有时竟全然如一个极诚虔的教士。谁也想象不到我生命是在一种什么形式下燃烧,即以这个那个偶然而言,所知道的似乎也就只是一些片段;不完全的一体。

　　我写了无数篇章,叙述这种感觉或印象,结果却不曾留下。正因为在各种试验下都证明它无从用充满历史霉斑的文字保存,或只合保存在生命中。且即同一回事,在人我生命中,意义上亦将完全不同。

　　我这点只用自己尺寸度量人事得失的方式,不可免要反应到对偶然的缺点辨别上。这种细微感觉,在普通人我关系间,决体会不到,在比较特殊的一种情形下时,便自然会发生变化。这恰恰如甲状腺在清水中,分量即或极稀少,依然可以测出。在这个问题上,我明白我泛神的思想,即会损害到这个或那个"偶然"的幽微感觉,是种什么情形。我明知语言行为都无补于事实,便用沉默应付了一些困难,尤其是应付一个偶然轻微的妒嫉,以及伴同那个人类弱点而来的一点怨艾,一点责难,一点不必要的设计。我全当作不知道。我自觉已尽了一个朋友所能尽的力,来在友谊上用最纤细感觉接受纤细反应。对于偶然,我永远是诚实的,专一的。然而专一略转而成为偶然一种责任感时,这个偶然便不免要感到轻微恐惧和烦乱。而且在诚实外还那么谨慎小心,从不曾将"乡下人"实证生命的方式,派给一个城中有教养的朋友。一切有分际的限制,即所以保护到人我情感上和生活上的安全。然而问题也许就正在此:"你口口声声说是一个乡下人,从不用乡下人的坦白来说明友谊,却装作一个绅士,拘谨到令人以为是世故,矜持到近乎虚伪。然而在另外一个人面前,我却猜想得出,你可能又会完全如一个乡下人。"我就用沉默将这种询问所应有的回声,逼回到那个"偶然"耳中去,使她从自己回音中听出"对于你,我不愿用轻微损害取得快乐,对于人,我不能作丝毫计较保护安全。这是热情的两种形式,只为的你们原是两种人,两种爱,两种取和予。"于是这个"偶然"走去了。我还必需继续沉默下去,虽然在沉默中,无从将我为保护她的那点好意弄明白。

其次是正在把生活上缺点从习惯中扩大的"偶然",当这种缺点反应在我感觉上时,她一面即意识到在过去一时某些稍稍过分行为中,失去了些骄傲,无从收回,一面即经验到必需从另外一种信托上,方能取回那点自尊心。或换一个生活方式,始可望产生一点自信心。因为热情原本也是一种教育,既能使人疯狂糊涂,也能使人明澈深思。热情使我对于"偶然"感到惊讶,无物不"神",却使"偶然"明白自己只是一个"人",乐意从人的生活上实现个人的理想与个人的梦。到"偶然"思索及一个人的应得种种名分与事实时,当然就有了痛苦。因为发觉自己所得到,虽近于生命中极纯粹的诗,然而个人所期待所需要的,还只是一种较复杂又较具体生活。纯粹的诗虽华美而又有光辉,能作一个女孩子青春的装饰,然而并不能够稳定生命,满足生命。再经过一些时间的澄滤,"偶然"便得到如下的结论:"若想在他人生命中保有'神'的势力,即得牺牲自己一切'人'的理想。若希望证实人的理想,即必需放弃当前惟神方能得到的一切。"热情能给人兴奋,也给人一种无可形容的疲倦。尤其是在"纯粹的诗"和"活鲜鲜的人"愿望取舍上,更加累人。"偶然"就如数年前一样,用着无可奈何的微笑,掩盖到心中小小受伤处,离开了我,临走时一句话不说,我却从她沉默中,听到了一种无言申诉:

"我想去想来,终究是个人,并非神,所以我走了。若以为这是我一点私心,这种猜测也不算错误。因为我还有我做一个人的平庸希望。并且我明白离开你后,在你生命中保有个什么印象。若尽那么下去,不说别的,即这种印象在习惯方式上逐渐毁灭,对于我也受不了。若不走,留到这里算什么?在时间交替中,我能得到些什么?我不能尽用诗歌生存下去,恰恰如你说的一个人不能用好空气和好风景活下去一样。我本是个并不十分聪明的女人,不比那个聪敏绝顶的××,这也许正是使我把一首抒情诗当作散文去诵读的真正原因。我当真得走了。我的行为并不求你原谅,因为给予的和得到的已够多。不需用这种泛泛名辞来表示了。说真话,这一走,结论对于你也不十分坏;你有一个幸福完美的家庭,……有一个——应当说有许多的'偶然',各在你过去生活中保留一些动人印象。你得到所能得到的,也给予所能给予的,尤其是在给予一切后,你生命反而更丰富更充实的存在!"

于是"偶然"留下一排插在发上的玉簪花,摇摇头,轻轻的开了门,当真就走去了。其时天上落了点微雨,雨后有断虹如杵,悬垂天际。

我并不如一般故事上所说的身心崩毁,反而变得非常沉静。因为失去了"偶然",我即得回了理性,我试向虹悬处方向走去,到了一个小小山顶上。过一会儿,残虹消失到虚空里去了,而剩余一片在变化明灭中的云影。那条素色的虹霓,若干年来在我心上的形式,重新明明朗朗在我眼前现出。我不由得不为"人"的弱点,和对于这种弱点挣扎的努力,以及重得自由的不习惯,感到痛苦和悲怆。

"偶然,你们全走了,很好,或为了你们的自觉,或为了你们的自负,又或不过只是为了生活上的必然。既以为一走即可得到一种解放,一些新生的机缘,且可从另外人事关系,收回过去一时在我面前损失的尊严和骄傲,尤其是生命的平衡感和安全感的获得,在你们为必需时,不拘用什么方式走出我生命以外,我觉得都是不可免的。可是时间带走了一切,也带走了生命中光辉的青春,和附于青春间存在的羞怯的笑,优雅的礼貌,微带矜持的应对,有弹性极敏感的情分取予,以及属于官能方面的完整形式,华美色泽,和无比芳香。消失的即完全消失到不可知的'过去'里了。然而却有一个朋友,能在印象中好好保留它,能在文字中好好重现它……你如想寻觅失去的生命,是只有从这两方面得到,此外别无方法。你也许以为离开了我,即可望得到'明天',但不知生命中真正失去了我时,失去了'昨天',活下来对于你是种多大的损失!"

六

自从几个"偶然"离开了我后,云南我只有云可看了。黄昏薄暮时节,天上照例有一抹黑云,那种黑而秀的光景,不免使我想起过去海上的白帆和草地上的黄花,想起种种虹彩和淡色星光,想起灯光下的沉默继续沉默,想起墙上慢慢的移动那一方斜阳,想起瓦沟中的绿苔和细雨微风中轻轻摇头的狗尾草……想起一堆希望和一点疯狂,终于如何于刹那间又变成一片蓝色的火焰,一撮白灰。这一切如何教育我,认识生命最离奇的遇合,与最高尚的意义。

当前在云影中恰恰如过去在海岸边,我获得了我精神上的单独,那个失去了十年的理性,完全回到我身边来了。

"你这个对政治无信仰对生命极关心的乡下人,来到城市中用人教育我,所得经验已经差不多了。你比十年前稳定得多也进步得多了。正好准备你的事业,即用一枝笔,来好好的保留最后一个浪漫派在二十世纪生命挥霍的形式,也结束了这个时代这种情感发炎的症候。你知道你的长处,即如何好好的善用长处,成功在等待,嘲笑也在等待你,但这两件事对于你都无多大关系。你只要想到你要处理的也是一种历史,属于受时代带走行将消灭的一种人我关系的情绪历史,你就不至于迟疑了。"

"成功与幸福,不是伟人的目的,就是俗人的期望,这与我全不相干。值得歌颂的是青春,以及象征青春的狂热,寄托狂热的脆弱中见神性的笑语与沉思,真正等待我的只有死亡,在死亡未临以前,我也许还可以作点小事,即保留这些'偶然'势力各以不同方式陆续浸入一个乡下人生命中所具有的冲突与和谐程序。我还得在'神'之解体的时代,重新给神作一种光明赞颂。在充满古典庄雅的诗歌失去价值和意义时,来谨谨慎慎写最后一首抒情诗。我的妄想在生活中就见得与社会倾向隔阂,在写作上自然更容易与社会需要脱节。不过我还年青!世故虽能给我安全和幸福,一时还似乎不必来到我身边。我已承认你十年前的意见,即将一切交给偶然和情感为得计,我好像还要受另外一种'偶然'所控制,接近她时,我能从她的微笑和皱眉中发现神,离开她时,又能从一切自然形式色香中发现她。这也许正因为如你所说,我是个对一切无信仰的人，却只信仰'生命'。这应当是我一生的弱点。但想想附于这个弱点下的坦白与诚实，以及对于人性幽微感觉理解的深至，以及表现这一切文字如何在我手中各得其所各尽所能，我知道，你是第一个就首先对于我这个弱点加以宽容了。我还需要回到海边去，回到'过去'那个海边。至于偶然呢，我知道她们需要的倒应当是一个'抽象'的海边。两个海边景物的明丽处相差不多，不同处其一或是一颗孤独的心的归宿上，其一却是热情与梦结合而为一，使偶然由神变人的家。其一是用孤独心情为自己去找寻那些蚌壳，由蚌壳产生想象，其一是带了几个孩子去为孩子找寻那些原来式样的蚌壳，让孩子们把这些小小蚌壳和稚弱情感连接起来。……"

"唉，我的浮士德，你说得很美，或许也说得很对。你还年青，至少当你某一时，被某种黯黄黄灯光所诱惑时，就显得相当年青。我还相信这个广大的世界，尚有许多形体、颜色、声音、气味，都可以刺激你过去灵敏的感觉，使你变得真正十分年青。不过这是不中用的，因为时代过去了。在前一时代，能激你发狂引你入梦的生物，都在时间漂洗中消失了匀称和丰腴，典雅与清芬。能教育你的正是从过去时代培养成功的各式典型。时间在成毁一切，从这种新陈代谢中，凡属于你同一时代中的生物，因为脆弱，都行将消灭了。代替而来的将是在无计划无选择随同海上时髦和政治需要繁殖的一种简单范本。新的时代在进展中，不拘如何总之在进展，你是个不必要的人物。你的心即或强健而韧性，也只合为过去跳跃，不宜于用在当前景象上了。你需要休息休息了，因为在这问题上徘徊实在太累。你还有许多事情可作,纵不乐成也得守常,有些责任,即与他人或人类相关的责任。你读过一本题名《情感发炎及其治疗》的奇书,还值得写成这样一本书,且不说别的,即你这种文字的格式,这种处理感觉和联想方法,也行将成为过去,和当前体例不合了!当前是全个人类的命运都交给'伟人'与'宿命'的古怪时代,是个爵士音乐流行的时代,是个美丑换题时代,是个用简单空洞口号支配一切的时代,思想家不是袖手缄口,就是在为伟人贡谀,替宿命辩护。你不济事了!"

"是不是说我当真已经老了?"

没有得到任何回答。

天气冷了些,我一个人坐在桌前,清油灯加了个灯头,两个灯头燃起两朵青色小小火焰,好像还不大亮。灯火还是不大稳定,正如一张怯弱发抖的嘴唇,代替过去生命吻在桌前一张白纸。十年前写《边城》时,从槐树和枣树枝叶间滤过的阳光,如何照在白纸上,恍惚如在目前。灯光照及油瓶,茶杯,书籍,桌面遗留的一小滴清油时,曲度相当处都微微返着一点青光。我心上也依稀返着一点光影,映照过去,又像是为过去所照澈。

我应当在这一张白纸上写点什么?一个月来因为写"人",已第三回被人责难,证明我对于人事的寻思,文字体例显然当真已与时代不大相合。因此试向"时间"追求,就见到那个过去。然而有些事,温习起来已多少有点不同了。

"时间带走了一切,天上的,或人间的,或失去了颜色,或改变了式样,即或你还自以为有许多事,好好保留在心上,可是,那个时间在你不大注意时,却把你的一颗能感受善跳跃的心变硬了,变钝了,变得连你自己也不大认识自己了。时间在改造一切,重造一切。太空星宿的运行,地面昆虫的触角,你和人,同样都会在时间下慢慢失去了固有位置和形体,真正如诗人所说:'美不能在风光中静止。'人生究竟可悯!这就是人生!"

"若能温习过去,变硬了的心也会柔软的!到处地方都有个秋风吹上人心的时候,有个灯光不大亮时候,有个想从'过去'伸手,若有所攀援,希望因此得到一点助力,似乎方能够生活得下去时候。我或那些偶然,难道不需要向过去伸手……"

"这就更加可悯!因为印象温习,会追究到生活之为物,不过是一种连续的负心。过去的分量若太重,心子是载不住它的,凡事无不说明忘掉比记住好。在过去当前印象和事实取舍上,也正是一种战争。你曾经战争过来,你还得继续战争。"

是的,这的确也是一种战争。我始终对桌前那两个小小火焰望着,灯头不知何时开了花,"在火焰中开放的花,油尽灯熄时,才会谢落的。"

"你比拟得好。可是人不能在美丽比喻中生活下去。热情本来并不是象征,虽抽象,也具体,它燃烧了自己生命时,即可能燃烧别人的生命。到这种情形下,只有一件事可作,即听它燃烧,从燃烧中将有更新生命产生(或为一个孩子,或为一个作品)。那个更新生命方足象征热情。人若思索到这一点,为这一点而痛苦,痛苦到超过忍受能力时,自然就会用手剔剔你所谓要在油尽灯熄时方谢落的灯花,这么一来,灯花就被剔落了。多少女人即如此战胜了自己的弱点,虽若在谦退中救出了自己,也正可见出爱情上的坚贞。因为不是件容易事,虽损失够多,作成功后还将感谢上帝赐给她的那点勇气和决心!至于男子呢,照例是把弱点当成最小的儿子,最长的女儿,特别偏爱。"

"不过,也许在另外一时,还应当感谢上帝,给了另外一些人的弱点,即凭灯光引带他向过去那个弱点。因为在这种弱点上,一切生命即重新得到意义。"

"既然自承是弱点,你自己到某一时,为了安全,省事,或又为了别的理由,也会把灯花剔落的!"

我当真就把灯花剔落了。可是重新添了两个灯头,灯光立刻亮了许多。我要试试看,能否有四朵灯花,在这深夜中偶然同时开放。

灯油慢慢的燃尽时,我手足都如结了冰,还没有离开桌边。灯光却渐渐微弱,还可以照我认识走向过去,并辨识路上所有和所遭遇的一切。情感重新抬了头,我当真变得好像很年青了。不过我知道,这只是那个"过去"发炎的反应,不久就会平复的。

屋角风声渐大时,我担心院中那株在小阳春十月中开放的杏花,会被冷风冻坏。"我关心的是一株杏花,还是几个人?是几个在过去生命中发生影响的人,还是另外更多数未来的生存方式?"等待回答,没有回答。

灯光熄灭时,我的心反而明亮了起来。

一切都沉默了,远处有风吹掠树枝声音轻而柔,仿佛有所询问:"××,你写的可是真事情?"

我答非所问:"美不能在风光中静止。"

三十五年五月

昆明重校

三十六年八月二十八校正

潜渊(二、三)

二

读《人与技术》《红百合》二书各数章。小楼上阳光甚美,心中茫然,如一战败武士,受伤后独卧荒草间,武器与武力已全失。午后秋阳照铜甲上炙热。手边有小小甲虫爬行,耳畔闻远处尚有落荒战马狂奔,不觉眼湿。心中实充满作战雄心,又似觉一切已成过去,生命中仅残余一种幻念,一种陈迹的温习。

心若翻腾,渴想海边,及海边可能见到的一切。沙滩上为浪潮漂白的一些螺蚌残壳,泥路上一朵小小蓝花,天末一片白帆,一片紫。

房中静极。面对窗上三角形夕阳黄光,如有所悟,亦如有所惑。

十月××

三

晴。六时即起。甚愿得在温暖阳光下沉思,使肩背与心同在朝阳炙晒中感到灼热。灼热中回复清凉,生命从疲乏得到新生。久病新瘥一般新生。所思者或为阳光下生长一种造物(精巧而完美,秀与壮并之造物),并非阳光本身。或非造物,仅仅造物所遗留之一种光与影,形与线。

人有为这种光影形线而感兴激动的,世人必称之为"痴汉"。因大多数人都"不痴",知从"实在"上讨生活,或从"意义""名分"上讨生活。捕蚊捉虱,玩牌下棋,在小小得失上注意关心,引起哀乐,即可度过一生。生活安适,即已满足。活到末了,倒下完毕。多数人所需要的是"生活",并非对于"生命"具有何种特殊理解,故亦不必追寻生命如何使用,方觉更有意思。因此若有一人,超越习惯的心与眼,对于美特具敏感,自然即被称为痴汉。此痴汉行为,若与多数人庸俗利害观念相冲突,且成为罪犯,为恶徒,为叛逆。换言之,即一切不吉名词无一不可加诸其身,对此符号,消极意思为"沾惹不得",积极企图为"与众弃之"。然一切文学美术以及人类思想组织上巨大成就,常惟痴汉有分,与多数无涉,事情显明而易见。

十月××

长庚(二)

二

在乡下住,黄昏时独自到后山高处去,望天空云影,由紫转黑,天空尚净白,云已墨黑。树影亦如墨色,夜尚未来。远望滇池,一片薄烟,令人十分感动。在仙人掌作成的篱笆间,看长脚蜘蛛缀网,经营甚力,忽若有契于心。人生百年长勤,大都如是!捕蚊捉虫,其事虽小,然与生存大有关系,便自然会有意义。世界上有不少人所思所愿,脑子中转来运去,恐怕总逃不出"果口腹"打算。所愿不多,故易满足。既能满足,即趋懒惰。读书人对学问不进步处,对人事是非好坏麻木处,对生活无可不可处,无不是这种人得到满足以后的反应。若不明白近年来中层阶级的不振作,从此可以得到贴近事实的解释。然人能贴近生活,即俨然接近自然,成为生物之一种,从"万物之灵"回到"脊椎动物",也可谓上帝一种巧妙安排。上帝知道,世人所谓得失哀乐,离我多远!

  住小楼上,半夜闻山中狼嗥。在窗口见一星子,光弱而美,如有所顾盼。耳目所接,却俨然比若干被人称为伟人功名巨匠作品留给我的印象,清楚深刻得多。

十七号。

绿 魇(节选)

一 绿

我躺在一个小小山地上,四围是草木蒙茸枝叶交错的绿荫,强烈阳光从枝叶间滤过,洒在我手上和身前一片带白色的枯草间。松树和柏树作成一朵朵墨绿色,在十丈远近河堤边排成长长的行列。同一方向距离稍近些,枝柯疏朗的柿子树,正挂着无数玩具一样明黄照眼的果实。在左边,更远一些公路上,和较近人家屋后,尤加利树摇摇的树身,向天直矗,狭长叶片扬条鱼一般在微风中泛闪银光。近身园地中那个石榴树丛,每丛相去丈许各自在阳光下立定,叶子细碎绿中还夹杂些鲜黄,阳光照及各处都若纯粹透明。仙人掌的堆积物,在园坎边一直向前延展,若不受小河限制,俨然即可延展到天际,肥大叶片绿得异常哑静,对于阳光竟若特有情感,吸收极多,生命力因之亦异常饱满。最动人的还是身后高地那一片待收获下的高粱,枝叶在阳光雨露中已由青泛黄,各顶着一丛丛紫色颗粒,在微风中特具萧瑟感。同时也可从成熟状态中看出这一年来人的劳力与希望结合的庄严。从松柏树的行列罅隙间,还可看到远处浅淡的绿原,和那些刚由闪光锄头翻过褐色的田亩,相互交错,以及镶在这个背景中的村落,村落尽头那一线银色湖光。在我手脚可及处,却可从银白光泽的狗尾草细长枯干和黄茸茸杂草间,发现各式各样绿得等级完全不同的小草。

我努力想来捕捉这个绿芜照眼的光景,和在这个清洁明朗空气相衬,从平田间传来的锄地声,从村落中传来的舂米声,从山坡下一角传来的连枷扑击声,从空中传来的虫鸟搏翅声;以及由于这些声音共同形成的特殊静境,手中一枝笔,竟若丝毫无可为力。只觉得这一片绿色,一组声音,一点无可形容的气味,综合所作成的境界,使我视听诸官觉沉浸到这个境界中后,已转成单纯到不可思议。企图用充满历史霉斑的文字来写它时,竟是完全的徒劳。

地方对于我虽并不完全陌生,可是这个时节耳目所接触,却是个比梦境更荒唐的实在。

强烈的午后阳光,在云上、在树上、在草上、在每个山头黑石和黄土上,在一枚爬着的飞动的虫蚁触角和小脚上,在我手足颈肩上,都恰像一双温暖的大手,到处给以同样充满温情的抚摩。但想到这只手却是从千万里外向所有生命伸来的时候,想象便若消失在天地边际,使我觉得生命在阳光下,已完全失去了旧有意义了。

其时松树顶梢有白云驰逐,正若自然无目的游戏。阳光返照中,天上云影聚拢复散开,那些大小不等云彩的阴影,便若匆匆忙忙的如奔如赴从那些刚过割期不久的远近田地上一一掠过,引起我一点新的注意。我方从那些灰白色残余禾株间,发现了银绿色点子。原来十天半月前,庄稼人趁收割时嵌在禾株间的每一粒蚕豆种子,在润湿泥土与暖和阳光中,已普遍从薄而韧的壳层里,解放了生命,茁起了小小芽梗,有些下种较早的,且已变成绿芜一片。小溪上这里那里到处有白色蜉蝣蚊蠓,在阳光下旋成一个柱子,队形忽上忽下,表示对于暂短生命的悦乐。阳光下还有些红黑对照色彩鲜明的瓢虫,各自从枯草间找寻可攀高的白草,本意俨若就只是玩玩,到了尽头时,便常常从草端从容堕下,毫不在意,使人对于这个小小生命所具有的完整性,感到无限惊奇。忽然间,有个细腰大头黑蚂蚁,爬上了我的手背仿佛有所搜索,随后便停顿在中指关节间,偏着个头,缓慢舞动两个小小触须,好像带点怀疑神气,向阳光提出询问:

"这是个什么东西?有什么用处?"

我于是试在这个纸上,开始写出我的回答:

古怪东西名叫手爪,和这个动物的生存发展大有关系。最先它和猴子不同处,就是这东西除攀树走路以外,偶然发现了些别的用途。其次是服从那个名叫脑子的妄想,试作种种活动,把石头敲成武器,用木头摩擦生火,因此这类动物中慢慢的就有了文化和文明,以及代表文化文明的一切事事物物。这一处动物和那一处动物,既生存在气候不同物产不同迷信不同环境中,脑子的妄想以及由于妄想所产生的一切,发展当然就不大一致,到两方面失去平衡时,因此就有了战争。战争的意义,简单一点说来,便是这类动物的手爪,暂时各自返回原始的用途,用它来撕碎身边真实或假想的仇敌,并用若干年来手爪和脑子相结合产生的精巧工具,在一种多少有点疯狂恐怖情绪中,毁灭那个妄想与勤劳的堆积物,以及一部分年青生命。必需重新得到平衡后,这个手爪方有机会重新转用到有意义方面去。那就是说生命的本来,除战争外有助于人类高尚情操的种种发展。战争的好处,凡是这类动物都异常清楚,我向你可说的也许是另外一件事,是因动物所住区域和皮肤色泽产生的成见,与各种历史上的荒谬迷信,可能会因之而消失,代替来的虽无从完全合理,总希望可能比较合理。正因为战争像是永远去不掉的一种活动,所以这些动物中具妄想天赋也常常阿谀势力号称"哲人"的,还有对于你们中群的组织,加以特别赞美,认为这个动物的明日,会从你们组织中取法,来作一切法规和社会设计的。关于这一点你也许不会相信。可是凡是属于这个动物的问题,照例有许多事,他们自己也就不会相信!他们的心和手结合为一形成的知识,已能够驾驭物质,征服自然,用来测量在太空中飞转星球的重量,好像都十分有把握,可始终就不大能够处理名为"情感"这个名词,以及属于这个名词所产生的种种悲剧。大至于人类大规模的屠杀,小至于个人家庭纠纠纷纷,一切"哲人"和这个问题碰头时,理性的光辉都不免失去,乐意转而将它交给"伟人"或"宿命"来处理。这也就是这个动物无可奈何处。到现在为止,我们还缺少一种哲人,有勇气敢将这个问题放到脑子中向深处追究。也有人无章次的梦想，对伟人宿命所能成就的事功怀疑，可惜使用的工具却已太旧，因之名为"诗人"，同时还有个更相宜的名称，就是"疯子"。

那只蚂蚁似乎并未完全相信我的种种胡说，重新在我手指间慢慢爬行，忽若有所悟，又若深怕触犯忌讳，忽匆匆的向枯草间奔去，即刻消失了。它行为使我想起十多年前一个同船上路的大学生，当我把脑子想到的一小部分事情向他道及时，他那种带着谨慎怕事惶恐逃走的神情，正若向我表示："一个人思索太荒谬不近人情。我是个规矩公民，要的是分可靠工作，有了它我可以养家活口。我的理想只是无事时玩玩牌，说点笑话，买个储蓄奖券。这世界一切都是假的，相信不得，尤其关于人类向上书呆子的理想。我只见到这种理想和那分理想冲突时的纠纷混乱，把我做公民的信仰动摇，把我找出路的计划妨碍。我在大学读过四年书，所得的好结论，就是绝对不做书呆子，也不受任何好书本影响！"快二十年了，这个公民微带嘶哑充满自信的声音，还在我耳际萦回。这个朋友和许多知分定的知识阶级一样，这时节说不定已作了委员厅长主任。在世界上也活得好像很尊严，很幸福。一双灰色斑鸠从头上飞过，消失到我身后斜坡上那片高粱林中去了，我于是继续写下去，试来询问我自己：

我这个手爪，这时节有些什么用处？将来还能够作些什么用处？是顺水浮船，放乎江潭？是哺糟啜醨，拖拖混混？是打拱作揖，找寻出路？是卜课拈卦，遣有涯生？

自然是无结论可得。一片绿色早把我征服了。我的心这个时节就毫无用处，没有取予，缺少爱憎，失去应有的意义。在阳光变化中，我竟有点怀疑，我比其他绿色生物，究竟是否还有什么不同处。很显明，即有点分别，也不会比那生着桃灰色翅膀，颈臂上围条花带子的斑鸠，与树木区别还来得大。我仿佛触着了生命的本体。在阳光下包围于我身边的绿色，也正可用来象征人生。虽同一是个绿色，却有各种层次。绿与绿的重叠，分量比例略微不同时，便产生各式差异。这片绿色既在阳光下不断流动，因此恰如一个伟大乐曲的章节，在时间交替下进行，比乐律更精微处，是它所产生的效果，并不引起人对于生命的痛苦与悦乐，也不表现出人生的绝望和希望，它有的只是一种境界，在这个境界中时，似乎人与自然完全趋于谐和，在谐和中又若还具有一分突出自然的明悟。必需稍次一个等级，才能和音乐所扇起的情绪相邻，再次一个等级，才能和诗歌所传递的感觉相邻。然而这个层次的降落原只是一种比拟，因为阳光转斜时，空气已更加温柔，那片绿原中渐渐染上一层薄薄灰雾，远处山头有由绿色变成黄色的，也有由淡紫色变成深蓝色的。正若一个人从壮年移渡到中年，由中年复转成老年，先是鬓毛微斑，随即满头如雪，生命虽日趋衰老，一时可不曾见出齿牙摇落的日暮景象，其时生命中杂念与妄想，为岁月漂洗而去尽，一种清净纯粹之气，却形于眉宇神情间。人到这个状况下时，自然比诗歌和音乐更见得素朴而完整。

我需要一点欲念，因为欲念若与那个社会限制发生冲突，将使我因此而痛苦。我需要一点狂妄,因为若扩大它的作用,即可使我从这个现实光景中感到孤单,不拘痛苦或孤单,都可将我重新带进这个乱糟糟的人间,让固执的爱与热烈的恨,抽象或具体的交替来折磨我这颗心,于是我会从这个绿色次第与变化中,发现象征生命所表现的种种意志。如何形成一个小小花蕊,创造出一根刺,以及那个在微风摇荡凭藉草木银白色茸毛飞扬旅行的种子,成熟时自然轻轻爆裂弹出种子的豆荚,这里那里还无不可发现一切有生为生存与繁殖所具有的不同德性。这种种德性,又无不本源于一种坚强而韧性的试验,在长时期挫折与选择中方能形成。我将大声叫嚷:"这不成!这不成!我们人类的意志是个什么形式?在长期试验中有了些什么变化?它存在,究在何处?它消失,究竟为什么而消失?一个民族或一种阶级,它的逐渐堕落,是不是纯由宿命,一到某种情形下即无可挽救?会不会只是偶然事实,还可能用一种观念一种态度而将它重造?我们是不是还需要些人,将这个民族的自尊心和自信心,用一些新的抽象原则,重建起来?对于自然美的热烈赞诵,传统世故的极端轻蔑,是否即可从更年青一代见出新的希望?"

不知为什么,我的眼睛却被这个离奇想象弄得迷蒙潮润了。

我的心,从这个绿荫四合所作成的奇迹中,和斑鸠一样,向绿荫边际飞去,消失在黄昏来临以前一片灰白雾气中,不见了。

……一切生命无不出自绿色,无不取给于绿色,最终亦无不被绿色所困惑。头上一片光明的蔚蓝,若无助于解脱时,试从黑处去搜寻,或者还会有些不同的景象;一点淡绿色的磷光,照及范围极小的区域,一点单纯的人性,在得失哀乐间形成奇异的式样。由于它的复杂或单纯,将证明生命于绿色以外,依然能存在,能发展。

二 黑

同样是强烈阳光中,长大院坪里正晒了一堆堆黑色的高粱,几只白母鸡在旁边啄食。一切寂静,院子一端草垛后的侧屋中,有木工的斧斤削砍声,和低沉人语声,更增加这个乡村大宅的静境。

当我第一次用"城里人"身分,进到这个乡户人家广阔院中,站在高粱堆垛间,为迎面长廊承尘梁柱间的繁复眩目金漆彩绘呆住时,引路的马夫,便在院中用他那个为烟草所毁发沙带哑的嗓子嚷叫起来:

"二奶奶,二奶奶,有人来看你房子!"

那几只白母鸡起始带点惊惶神气,奔窜到长廊上去。二奶奶于是从大院左侧断续斧斤声中厢屋走了出来。六十岁左右,一身的穿戴,一切都是三十年前老辈式样,额间玄青缎勒正中镶上一片绿玉,耳边两个玉镶大金镮,阔边的袖口和衣襟,脸上手上象征勤劳的色泽和粗线条皱纹,端正的鼻梁,微带忧郁的温和眼神,以及

从相貌中即可发现一颗厚道单纯的心,我心想:

"房子好,环境好,更难得的也许还是这个主人,一个本世纪行将消失,前一世纪的正直农民范本。"

我稍微有点担心,即这房子未必有希望来由我处分。可是一分钟后,我就明白这点忧虑为不必要了。

于是照一般习惯,我开始随同这个肩背微偻的老太太,各处慢慢走去。从那个充满繁复雕饰涂金绘彩的长廊,走进靠右的院落。在门廊间小小停顿时,我不由得不带着诚实赞美口气说:"老太太,你这房子真好!木材多整齐,工夫多讲究!"

正像这种赞美是必然的,二奶奶便带着客气的微笑,指点第一间空房给我看,一面说:"不好,不好,好那样!城里好房子多也多!"

我们在雕花扇槅间,在镂空贴金拼嵌福寿字样的过道窗口下,在厅子里,在楼梯边,在一切分量沉重式样古拙朱漆烂然的家具旁,在连两院低如船厅的长方形客厅中,在宽阔楼梯上,在后楼套房小小窗口那一缕阳光前,在供神木座一堆黝黑放光的铜像左右,到处都停顿了一会儿。这其间,或是二奶奶听我对于这个房子所作的颂扬,或是我听二奶奶对于这个房子种种说明。最后终于从靠右一个院落走出,回到前面大院子中,在那个六方边沿满是浮雕故事的青石水缸旁站定,一面看木工拼合寿材,一面讨论房子问题。

"先生看可好?好就搬来住!楼上、楼下、你要的我就打扫出来。那边院子归我作主,这边归三房,都好商量。可要带朋友来看看?"

"老太太,房子太好了。不用再带我那些朋友看也成。我们这时节就说好,不许翻悔。后楼连佛堂算六间,前楼三间,楼下长厅子算两间。全都归我。下月初我们一定会搬来。老太太你可不能翻悔,又另外答应别人,这是不成的!"

"好啰,好啰,就是那么说,只管来好了。我们不是城里那些租房子的。乡下人心直口直,说一是一,你放心就是。"

走出了这个人家大门,预备上马回到小县城里去看看时,已不见原来那匹马和马夫,门前路坎边,有个乡下公务员模样的中年人,正把一匹小小枣骝马系在那一株高大仙人掌树干上。当真的,一匹马系在一丈五六高的仙人掌树干上。那树上还正开放酒杯大黄花!景象自然也是我这个城里人少见的。转过河堤前时,才看到马和马夫共同在那道小河边饮水。

这房子第一回给我的印象,竟简直像做个荒唐的梦。那个寂静的院落,那青石作成的雕花大水缸,那些充满东方人幻想将巧思织在对称图案上的金漆槅扇,那些大小笨重的家具,尤其是后楼那几间小套房,房间小小的,窗口小小的,下午三点左右一缕阳光斜斜从窗口流进,由暗朱色桌面逼回,徘徊在那些或黑或灰庞大的瓶罂间,所形成的那种特别空气,那种希有情调,说陌生可并不吓怕,虽不吓怕可依然不易习惯,真使人不大相信是一个房间,这房间且宜于普通人住下!可是事实上,再过三五天,这些房间便将有大部分归我随意处分,我和几个朋友,就会用这些房间来作家了!

在马上时,我就试把这些房间一一分配朋友:画画的宜在楼下那个长厅中,虽比较低矮,可相当宽阔光亮。弄音乐的宜住后楼,虽然光线不足,有的是僻静,人我两不相妨,至于那个特殊情调,对于习乐的心理也许还更相宜。前楼那几间单纯光亮房子,自然就归给我了,因为由窗口望出去,远山近树的绿色,对于我的工作当有帮助;早晚由窗口射进来的阳光,对于孩子们健康实真需要。正当我猜想到房东生活时,那个肩背微伛的马夫,像明白我的问题所在,便插口说:

"先生,可看中那房子?这是我们县里顶好一所房。不多不少,一共作了十二年,椽子柱子亏老爹下山一根一根找来!你试留心看看,那些窗格子雕的菜蔬瓜果,蛤蟆和兔子,样子全不同,是一个木匠主事,用他的斧头凿子作成功的!还有那些大门和门闩,扣门锁门定打的大铁老鸹拌,那些承柱子的雕花石鼓,那些搬不出房门的大木床,那一样不是我们县里第一!往年老当家的在世时,看过房子的人翘起大拇指说:'老爹,呈贡县唯有你这栋房子顶顶好!'老爹就笑起来说:'好那样,你说得好。'其实老爹累了十二年,造成这栋大房子,最快乐的事,就是人说这句话,他有空儿回答这句话。相貌活像个土地公公见人就笑。修路搭桥,一生做了多少好事!在老房子住时,看坎上有匹白马,长得好膘头,看了八年,才把地买来,动工一挖,原来是四水缸白银元宝,先生你算算值多少！可是老爹为人脾气怪,房子好了不让小伙子住,说免得耗折福分。房子造好后好些房间都空着,老爹就又在那个房子里找木匠做寿木,自己监工,四个木匠整整做了一年,油漆了几十次,阴宅好后,他自己也就死了。新二房大爹接手当家,爱热闹要大家迁进来住,谁知年青小伙子又另有想头,读书的,做事的,有了新媳妇儿的,都乐意在省上租房子住。到老的讨了个小太太后,和二奶奶合不来,老的自己也就搬回老房子,不再在新房子里住,所以如今就只二奶奶守房子,好大栋房子,拿来收庄稼当仓屋用！省下有人来看房子时,二奶奶高高兴兴带人楼上楼下打圈子,听人说房子好时,一定和那老爹一样,会说'好那样'。二奶奶人好心好,今年快近七十了。大爹嗄,别的学不到,只把过世老爹没有的古怪脾气接过了手,家里人大小全都合不来。这几天听说二奶奶正请了可乐村的木匠做寿材,两副大四合寿木,要好几千中央票子！老夫老妇在生合不来,死后可还得埋在一个坑里去。……家里如今已不大成。老当家在时,有十二个号口,十二个大管事来来去去都坐软兜轿子,不肯骑马。老爹过去后减成三个号口。民国十二年,土匪看中了这房子,来住了几天,挑去了两担首饰银器,十几担现银元宝,十几担烟土。省里队伍来清乡,打走土匪后,说是这房子窝藏过土匪,又把剩下的东东西西扫括搬走。这一来一往,家里也就差不多了,如今想发旺,恐怕要看小的一代去了。……先生,你可当真要预备来疏散？房子清爽好住,不会有鬼的！"

从饶舌的马夫口里,无意中得到了许多关于这个房子的历史传说,恰恰补足了我所要知道的一切。

我觉得什么都好,最难得的还是和这个房子有密切关系的老主人,完全贴近土地的素朴的心,素朴的人生观,不提别的,单就将近半个世纪生存于这个单纯背景中所有的哀乐式样,就简直是一个宝藏,一本值得用三百五十页篇幅来写出的动人故事!我心想,这个房子,因为一种新的变动,会有个新的未来,房东主人在这个未来中,将是一个最动人的角色。

一个月后,我看过的一些房间,就已如我所估想的住下了人,此外在其他房间中,也住了些别的人。大房子忽然热闹了起来。四五个灶房都升了火,廊下到处牵上了晒衣裳的绳子,在强烈阳光下,各式各样衣物被单如彩色旗帜飘动。小孩子已发现了几个花钵中的蓓蕾,二奶奶也发现了小孩子在悄悄的掐折花朵,人类机心似乎亦已起始在二奶奶衰老生命,和几个天真无邪孩子间,有了些微影响,后楼几个房间和那两个佛堂,更完全景象一新,一种稀有的清洁,一种年青女人代表青春欢乐的空气。佛堂既作了客厅,且作了工作室,因此壁上的大小乐器,以及这些乐器转入手中时伴同年青歌喉所作成的嘈杂,自然无一不使屋主人感到新的变化。

过不久,这个后楼佛堂的客厅中,就有了大学教授和大学生,成为谦虚而随事服务的客人。起始陪同年青女孩子作饭后散步,带了点心食物上后山去野餐,还常常到三里外长松林间去玩赏白鹭群。不过故事发展虽慢,结束得却突然。有一回,一个女孩赞美白鹭时,本意以为这些俊美生物与田野景致相映成趣。习社会学的大学教授,却充满男性的勇敢,向女孩子表示,若有枝猎枪,就可把松树顶上这些白鹭一只一只打下来。这一来白鹭并未打下,倒把结婚希望打落,于是留下个笑话,仿佛失恋似的走了。大学生呢,读《红楼梦》十分熟习,欢喜背诵点旧诗,可惜几个女孩却不大欣赏这种多情才调。二奶奶依然每天早晚洗过手后,就到佛堂前来敬香,点燃香,作个揖,在北斗七星灯盏中加些油,笑笑的走开了。遇到女孩子们在玩乐器时,间或也用手试摸摸那些能发不同音响的筝笛琵琶,好像对于一个陌生孩子的慈爱。也坐下来喝杯茶,听听这些古怪乐器在灵巧手指间发出的新奇声音。这一切虽十分新奇,对于她内部的生命,却并无丝毫影响,对于她日常生活,也无何等影响。

  随后楼下年青画家,也留下些传说于几个年青女孩子口中,独自往滇西大雪山下工作去了。住处便换了一对艺术家夫妇,和一个有天才称誉的小女孩子。壁上悬挂了些中画和西画,床前供奉了观音和耶稣,房中常有檀香山洋琵琶弹出的热情歌曲,间或还夹杂点充满中国情调新式家庭的小小拌嘴,正因为这两种生活交互替换,所以二奶奶即或从窗边走过,也决不能想象得出这一家有些什么问题发生。去了一个女仆,又换来一个女仆,这之间自然不可免还有了些小事情,影响到一家人的意识形态。先生为人极谦虚有礼,太太为人极爱美好客,想不到两种好处放在一处反多周章。小女孩在这种家庭空气中,性情发展得也就不大正常,应当知道的不知道,不知道的偏知道。且不明白如何一来,当家的大爷,忽然又起了回家兴趣。回来时就坐在厅子中,一面随地吐痰,一面打鸡骂狗。以为这个家原是他的产业,不许放鸡到处屙屎,妨碍卫生。艺术家夫妇恰好就养了几只鸡,不大能体会大爷脾气,也不大讲究卫生,因之主客之间不免冲突起来。于是有一个时节,这个院子便可听到很热烈的辩论争吵声。大爷一面吵骂不许鸡随便拉屎,一面依然把黄痰向各处远远唾去,那些鸡就不分彼此的来竞争啄食。后楼客厅中,又来了个全国闻名的女客人,为人有道德,能文章,二十年前写出的作品,温暖美好的文字,装饰的情感,无不可放在第一流作家中间。更难得的是未结婚前,决不在文章中或生活上涉及恋爱问题,结了婚后推己及人,却极乐意在婚姻上成人之美。家中有个极好的床铺,常常借给新婚夫妇使用。虔诚的信仰基督教,生平不说谎,不过在写文章时,间或用用男人名义,男人口气,自然无伤大雅。平时对于中国文学美术并不怎么有兴趣,却乐意请千古艺术家和艺术鉴赏家来作客,同作畅谈,可不知谈些什么。这个知名客人来了又走了,而且走得辉辉煌煌。正当找寻交通工具极端困难,许多人无从上路时,那个柔软宽大床铺也居然为公家的汽车运往新都,另有新的用途去了。二奶奶还给人介绍认识过。这些目前或俗或雅或美或丑的事件,对她可毫无影响。依然每早上打扫打扫院子,推推磨石,扛个小小鸦咀锄下田,晚饭时便坐在屋侧檐下石臼边,听乡下人说说本地米粮新闻。

随后是军队来了,楼下大厅正房作了团长的办公室和寝室,房中装了电话,门前有了卫兵,全房子都被兵士打扫得干干净净。屋前林子里且停了近百辆灰色的机器脚踏车,村子里屋角墙边,到处有装甲炮车搁下。这些部队不久且即开拨进了缅甸,再不久,就有了失利消息传来,且知道那几个高级长官,大都死亡了。住在这个房子里的华侨中的中学生,因随军入缅,也有好些死亡了。住在楼下某个人家,带了三个孩子返广西,半路上翻车,两个孩子摔死的消息也来了。二奶奶虽照例分享了同住人得到这些不幸消息时一点惊异与惋惜,且为此变化谈起这个那个,提出些近于琐事的回忆,可是还依然在平静中送走每一个日子。

美术家夫妇走后,楼下厅子换了个商人,在滇缅公路上往返发了点财。每个月得吃几千块纸烟的太太,业已为生育了四个孩子,到生育第五个时,因失血过多,便在医院死去了。住在隔院一个卸任县长,家中四岁大女孩,又因积食死去。住在外院侧屋一个卖陶器的,不甘寂寞,在公路上抢劫别人,业已经捉去证明处决。三分死亡影响到这个大院子:商人想要赶快续婚,带了一群孤雏搬走了。卸任县长事母极孝,恐老太太思念殇女成病,也迁走了。卖陶器的剩下的寡妇幼儿,在一种无从设想的情形下,抛弃了那几担破破烂烂的瓶罐,忽然也离开了。于是房子又换了一批新的寄居者,一个后方勤务部的办事处,和一些家属。过不到一月,办事处即迁走,留下那些家眷不动。几乎像是演戏一样,这些家眷中,就听到了有新作孤儿寡妇的,原来保山局势紧张时,有些守仓库的匆促中毁去汽油不少,一到追究责任时,黠诈的见机逃亡,忠厚的就不免受军事处分。这些孤儿寡妇过不久自然又走了,向不可知一个地方过日子去了。

习音乐的一群年青孩子,随同机关迁过四川去了。

后来又迁来一群监修飞机场的工程师,几位太太,一群孩子,一种新的空气亦随之而来。卖陶器的住处换了一家卖糖的,用修飞机场工人作对象,从外县赶来做生意。到由于人类妄想所产生的那些飞机发动机怒吼声,二十三十日夜在这个房子上空响着时,卖糖的却已发了一笔小财,回转家乡买田开杂货铺去了。年前霍乱的流行,一个村子一个村子的乡民,老少死亡相继。山上成熟的桃李,听他在树上地上腐烂,也不许在县中出卖。一个从四川开来的补充团,碰巧恰到这个地方,在极凄惨情形中死去了一大半,多浅葬在公路两旁,露出土外翘起的瘦脚,常常不免将行路人绊倒。一些人的生命,虽若受一种来自时代的大力所转动,无从自主。然而这土院子中,却又迁来一个寄居者,一个从爱情得失中产生伟大感和伟大自觉的诗人,住在那个善于唱歌吹笛的聪敏女孩子原来所住的小房中,想从窗口间一霎微光,或书本中一点偶然留下的花朵微香,以及一个消失在时间后业已多日的微笑影子,返回过去,稳定目前,创造未来。或在绝对孤寂中,用少量精美文字,来排比个人梦的形式与联想的微妙发展。每到小溪边去散步时,必携同我那个五岁大的孩子,用竹箬叶折成小船,装载上一朵野花,一个泛白的螺蚌,一点美丽的希望,并加上出于那个小孩子口中的痴而黠的祝福,让小船顺流而去。虽眼看去不多远,就会被一个树枝绊着，为急流冲翻，或在水流转折所激起的漩涡中消失，诗人却必然眼睛湿蒙蒙的，心中以为这个五寸长的船儿，终会有一天流到两千里外那个女孩子身边。而且那些憔悴的花朵，那点诚实的希望，以及出自孩子口中的天真祝福，会为那个女孩子含笑接受。有时正当落日衔山，天上云影红红紫紫如焚如烧，落日一方的群山黯淡成一片墨蓝，东西远处群山，在落照中光影陆离仪态万千时，这个诗人却充满象征意味，独自去屋后经过风化的一个山冈上，眺望天上云彩的变幻，和两面山色的倏忽。或偶然从山凹石罅间有所发现，必扳着那些摇摇欲坠的石块，努力去攀折那个野生带茨花卉，摘回来交给朋友，好像说："你看，我还是把他弄回来了，多险！"情绪中不自觉的充满成功的自足。诗人所住的小房间，既是那个善于吹笛唱歌女孩子住过的，到一切象征意味的爱情，依然填不满生命的空虚，也耗不尽受抑制的充沛热情时，因之抱一宏愿，用个五十万言小说，来表现自己，扩大自己。两年来，这个作品居然完成了。有人问及作品如何发表时，诗人便带着不自然的微笑，十分慎重的说："这不忙发表，需要她先看过，许可发表时再想办法。"决不想到作品的发表与否，对于那个女孩子是不能成为如何重要问题的。就因为他还完全不明白他所爱慕的女孩子，几年来正如何生存在另外一个风雨飘摇事实巨浪中。怨爱交缚之际，生命的新生复消失，人我间情感与负气作成的无可奈何环境，所受的压力更如何沉重。这种种不仅为诗人梦想所不及，她自己也还不及料，一切变故都若完全在一种离奇宿命中，对于她加以种种试验。这个试验到最近,且更加离奇,使之对于生命的存在与发展,幸或不幸,都若不是个人能有所取舍。为希望从这个梦魇似的人生中逃出,得到稍稍休息,过不久或且居然又会回到这个梦魇初起处的旧居来,然而这方面,人虽若有机会回到这个唱歌吹笛的小楼上来,另一方面,诗人的小小箬叶船儿,却把他的欢欣的梦,和孤独的忧愁,载向想象所及的一方,一直向前,终于消失在过去时间里。淡了,远了,即或可以从星光虹影中回来,也早把方向迷失了。新的实现还可能有多少新的哀乐,当事者或旁观者对之都全无所知。当有人告给二奶奶,说三年前在后楼住的最活泼的一位小姐,要回到这个房子来住时,二奶奶快乐异常的说:"那很好。住久了,和自己家里人一样,大家相安。×小姐人好心好,住在这里我们都欢喜她!"正若一个管理码头的,听说某一只船儿从海外归来神气一样自然,全不曾想到这只美丽小船三年来在海上连天巨浪中挣扎,是种什么经验。为得来这个经验,又如何弄得帆碎橹折,如今的小小休息,还是行将准备向另外一个更不可知的陌生航线驶去!

……日月运行,毫无休息,生命流转,似异实同。惟人生另有其庄严处,即因贤愚不等,取舍异趣,入渊升天,半由习染,半出偶然;所以兰桂未必齐芳,萧艾转易敷荣。动者常动,便若下坡转丸,无从自休,多得多患,多思多虑,有时无从用"劳我以生"自解,便觉"得天独全"可美。静者常静,虽不为人生琐细所激发,无失亦无得,然而"其生若浮,其死则休",虽近生命本来,单调又终若不可忍受。因之人生转趋复杂,彼此相慕,彼此相妒,彼此相争,彼此相学,相差相左,随事而生。凡此一切,智者得之,则生知识,仁者得之,则生悲悯,愚而好自用者得之,必又另有所成就。不信夙命的,固可从生命变易可惊异处,增加一分得失哀乐,正若对于明日犹可望凭知识或理性,将这个世界近于传奇部分去掉,人生便日趋于合理。信仰夙命的,又一反此种人能胜天的见解,正若认为"思索"非人性本来,倦人而且恼人,明日事不若付之偶然,生命亦比较从容自由,不信一切惟将生命贴近土地,与自然相邻,亦如自然一部分的,生命单纯庄严处,有时竟不可仿佛。至于相信一切的,到末了却将俨若得到一切,惟必然失去了用为认识一切的那个自己。

三 灰

在一堆具体的事实和无数抽象的法则上,我不免有点茫然自失,有点疲倦,有点不知如何是好。打量重新用我的手和想象,攀援住一种现象,即或属于过去业已消逝的,属于过去即未真实存在的……必需得到它方能稳定自己。

我似乎适从一个辽远的长途归来,带着一点混和在疲倦中的淡淡悲伤,站在这个绿荫四合的草地上,向淡绿与浓赭相交错成的原野,原野尽头那个淡黄色村落,伸出手去。

"给我一点点好的音乐,巴哈①或莫札克②,只要给我一点点,就已够了。我要休息在这个乐曲作成的情境中,不过一会儿,再让它带回到人间来,到都市或村落,钻入官吏颟顸贪得的灵魂里,中年知识阶级倦于思索怯于惑疑的灵魂里,年青男女青春热情被腐败势力虚伪观念所阉割后的灵魂里,来寻觅,来探索,来从这个那个剪取可望重新生长好种芽,即或他是有毒的,更能增加组织上的糜烂,可能使一种善良的本性发展有妨碍的,我依然要得到它,设法好好使用它。"

当我发现我所能得到的,只是一种思索继续思索,以及将这个无尽长链环绕自己,束缚自己时,我不能不回到二奶奶给我寄居五年那个家里了,这个房子去我当前所在地,真正的距离,原来还不到两百步远近。

大院中犹如五年前第一回着房子光景,晒了一地黑色高粱,二奶奶和另外三个女工,正站成一排,用木连枷击打地面高粱,且从均匀节奏中缓缓的移动脚步,让连枷各处可打到。三个女工都头裹白帕,使得记起五年前那几只从容自在啄食高粱的白母鸡。女工中有一位好像十分面善,可想不起这个乡下妇人会引起我注意的原因,直到听二奶奶叫那女工说:

"小香,小香,你看看饭去,你让先生来试试,会不会打。"

我才知道这是小香,我一面拿起握手处还温暖的连枷,一面想

---

① 即巴赫,德国作曲家。
② 似指莫扎特,奥地利作曲家,维也纳古典音乐派的中心人物。

起小香的问题，竟始终不能合拍，使得二奶奶和女工都笑将起来，真应了先前一时向蚂蚁表示的意见，这个手爪的用处，已离开自然对于五个指头的设计甚远，完全不中用了。可是令我分心的，还是那个身材瘦小说话声哑的农家妇人小香。原来去年当收成时，小香正在发疯。她的妈是个寡妇，住在离城十里的一个村子中，小小房子被一把天火烧了，事后除从灰里找出几把烧得失形的农具和镰刀，已一无所有。于是趁收割季带了两个女孩子，到街子来找工作。大女孩七岁，小女孩两岁，向二奶奶说好借住在大院子装谷壳的侧屋中，有什么吃什么，无工可作母女就去田里收拾残穗和土豆，一面用它充饥，一面且储蓄起来，预备过冬。小香是大女儿，已出嫁过三年，丈夫出去当兵打仗，三年不来信，那人家想把她再嫁给一个人，收回一笔财礼，小香并不识字，只因为想起两句故事上的话语，"好马不配双鞍，烈女不嫁二夫"，为这个做人的抽象原则所困住，怕丢脸，不愿意再嫁，待赶回家去和她妈商量，才知道房子已烧去，许久又才找到二奶奶家里来。一看两个妹妹都嚼生高粱当饭吃，帮人无人要，因此就疯了。疯后整天大唱大嚷各处走去，乡下小孩子摘下仙人掌追着她打闹，她倒像十分快乐。过一阵生命力和积压在心中的委屈耗去了后，人安静些，晚上就坐在二奶奶大门前，向人说自己的故事。到了夜里才偷悄悄进到二奶奶家装糠壳的屋子里睡睡，这事有一天无意中被另一房东骨都嘴嫂子发现了，就说："嘻，嘻，这还了得！疯子要放火烧房子，什么人敢保险！"半夜里把小香赶了出去，听她在空地里过夜。并说："疯子冷冷就会好。"房子既是几房合有的,二奶奶不能自作主张,却只好悄悄的送了些东西给小香的妈,过了冬天,这一家人扛了两口袋杂粮,携儿带女走到不知何处去了,大家对于小香也就渐渐忘记了。

我回到房中时,才知道小香原来已在一个地方做工,这回是特意来看看二奶奶,还带了些栗子送礼,因为母女去年在这里时,我们常送她饭吃,也送我们一些栗子,表示谢意。真应了平常一句俗话:"礼轻仁义重。"

到我家来吃晚饭的一个青年朋友,正和孩子们充满兴趣用小刀小锯作小木车,重新引起我对于自己这双手感到使用方式的惑疑。吃过饭后,朋友说起他的织袜厂最近所遭遇的困难,因原料缺少,无从和出纱方面接头,得不到救济,不能不停工。完全停工会影响到一百三十多个乡下妇人的生计,因此又勉强让部分工作继续下去。照袜厂发展说来,三千块钱作起,四年来已扩大到一百多万。这个小小事业且供给了一百多乡村妇女一种工作机会,每月可得到千元左右收入。照这个朋友计划说来,不仅已让这些乡下女人无用的手变为有用,且希望那个无用的心变为有用,因此一天到处为这个事业奔走,晚上还亲自来教这些女工认字读书,凡所触及的问题,都若无可如何,换取原料既无从直接着手,教育这些乡村女子,想她们慢慢的,在能好好的用她们的手以后还能好好的用她们的心,更将是个如何麻烦无望的课题!然而朋友对于工作的信心和热诚,竟若毫无困难不可克服,而且那种精力饱满对事乐观的态度,使我隐约看出另一代的希望,将可望如何重建起来,一颗素朴简单的心,如二奶奶本来所具有的,如何加以改造,即可成为一颗同样素朴简单的心,如这个朋友当前所表现的,当这个改造底幻想无章次的从我脑中掠过时,朋友走了,赶回厂中教那些女工夜课去了。

孩子们平时晚间欢喜我说一切荒唐故事,故事中一个年青正直的好人,如何从星光接来一个火,又如何被另外一种不义的贪欲所作成的风吹熄,使得这个正直的人想把正直的心送给他的爱人时,竟迷路失足到脏水池淹死,这类故事就常常把孩子们光光的眼睛挤出同情的热泪。今夜里却把那年青朋友和他们共同做成的木车子,玩得非常专心,既不想听故事,也不愿上床睡觉。我不仅发现了孩子们的将来,也仿佛看出了这个国家的将来。传奇故事在年青生命中已行将失去意义,代替而来的必然是完全实际的事业,这种实际不仅能缚住他们的幻想,还可能引起他们分外的神往倾心!

大院子里连枷声,还在继续拍打地面。月光薄薄的,淡云微月中一切犹如江南四月光景。我离开了家中人,出了大门,走向白天到的那个地方去找寻一样东西。我想明白那个蚂蚁是否还在草间奔走。我当真那么想,因为只要在草地上有一匹蚂蚁被我发现,就会从这个小小生物活动上,追究起另外一个题目。不仅蚂蚁不曾发现,即白日里那片奇异绿色,在美丽而温柔的月光下也完全失去了。目光所及到处是一片银灰。这个灰色且把远近土地的界限,和草木色泽的等级,全失去了意义,只从远处闪烁摇曳微光中,知道那个处所有村落,有人。站了一会儿,我不免恐怖起来。因为这个灰色正像一个人生命的形式。一个人使用他的手有所写作时,从文字中所表现的形式。"这个人是谁?是死去的还是生存的?是你还是我?"从远处缓慢舂米声中,听出相似口气的质问。我应当试作回答可不知如何回答,因之一直向家中逃去。

二奶奶见个黑影子猛然窜进大门时,停下了她的工作。

"疯子,可是你?"

我说:"是我!"

二奶奶笑了:"沈先生,是你!我还以为你是小香,正经事不作,来吓人。"

从二奶奶话语中,我好像方重新发现那个在绿色黑色和灰色中失去了的我。

上楼见主妇时,问我到什么地方去了那么久。

"你是说刚才,还是说从白天起始?我从外边回来,二奶奶以为我是小香疯子,说我一天正经事不作,只吓人,知道是我,她笑了,大家都笑了,她倒并没有说错。你看我一天作了些什么正经事,和小香有什么不同。不过我从不吓人,只欢喜吓吓我自己罢了。"

主妇完全不明白我所说的意义,只是莞尔而笑。然而这个笑又像平时是了解与宽容,亲切和同情的象征,这时对我却成为一种排斥的力量,陷我到完全孤立无助情境中。在我面前的是一颗希有素朴善良的心。十年来从我性情上的必然,所加于她的各种挫折,任何情形下,还都不曾将她那个出自内心代表真诚的微笑夺去。生命的健全与完整,不仅表现于对人性情对事责任感上,且同时表现于体力精力饱满与兴趣活泼上。岁月加于她的限制,竟若毫无作用。家事孩子们的麻烦,反而更激起她的温柔母性的扩大。温习到她这些得天独厚长处时,我竟真像是有点不平,所以又说:

"我需要一点音乐,来洗洗我这个脑子,也休息休息它。普通人用脚走路,我用的是脑子。我觉得很累。音乐不仅能恢复我的精力,还可缚住我的幻想,比家庭中的你和孩子重要!"这还是我今天第一回真正把音乐对于我意义说出口,末后一句话且故意加重一些语气。

主妇依然微笑,意思正像说:"这个怎么能激起我的妒嫉?别人用美丽辞藻征服读者和听众,你照例先用这个征服自己,为想象弄得自己十分软弱,或过分刚强。全不必要!你比两个孩子的心实在还幼稚,因为你说出了从星光中取火的故事,便自己去试验它。说不定还自觉如故事中人一样,在得到了火以后,又陷溺到另一个想象的泥潭中,无从挣扎,终于死了。在习惯方式中吓你自己,为故事中悲剧而感动万分!不仅扮作想象中的君子,还扮作想象成的恶棍。结果什么都不成,当然会觉得很累!这种观念飞跃纵不是天生的毛病,从整个发展看也几几乎近于天生的。弱点同时也就是长处。这时节你觉得吓怕,更多时候很显然你是少不了它的!"

我如一个离奇星云被一个新数学家从什么第五度空间公式所

绿　魇(节选)　211

捉住一样，简直完全输给主妇了。

　　从她的微笑中，从当前孩子们浓厚游戏心情所作成的家庭温暖空气中，我于是逐渐由一组抽象观念变成一个具体的人。"音乐对于我的效果，或者正是不让我的心在生活上凝固，却容许在一组声音上，保留我被捉住以前的自由！"我不敢继续想下去，因为我想象已近乎一个疯子所有。我也笑了。两种笑融解于灯光下时，我的梦已醒了。我做了个新黄粱梦。

三十五年三月二十六改校

青色魇

青

半夜猛雨,小庭院变成一片水池。孩子们身心两方面的活泼生机,于是有了新的使用处。为储蓄这些雨水,用作他们横海扬帆美梦的根据地,于是大忙特忙起来了。小鹤嘴锄在草地上纵横开了几道沟把积水引到大水沟后,又设法在低处用砖泥砌成一道堤坝。于是半沟黄浊浊泥水中浮泛了各式各样玩意儿:木条子,沙丁鱼空罐头,牙膏盒,硬纸板,凡在水面飘动的,统统就名叫做船,并赋以船的抽象价值和意义。船在小手搅动脏水激起的漩涡里,陆续翻沉后,压舱的一切也全落了水。照孩子们的说法,即"实物全沉入海底"。这一来,顽童们可慌了,因为除掉他们自己日常用的小玩具外,还有我书桌上黄杨木刻的摆夷小马,作镇纸用的澳洲大宝贝,刻有蹲狮的流鎏金古铜印,自然也全部沉入海底。照传说,落到海底的东西即无着落。几只小手于是更兴奋的,在脏水中搅动起来。过一会儿,当然即得回了一切,重新分配,各自保有原来的一份。然而同时却有一匹手指大的翠绿色小青蛙,不便处置。这原是一种新的发现,若系平时,未必受重视,如今却好和打捞宝物同时出水,为争夺保有这小生物,几只手又有了新的搅水机会。再过不久,我面前就有了一双大眼睛,黑绒绒的长睫毛下酿了一汪热泪,来申诉委屈了。抓起两只小手看看,还水淋淋的;一只手中是那个刚从大海中救回的小木马,一只手就捏住那匹刚从大海中发现的小青蛙,摊开小手掌时,小生物停在掌中心,恰如一只绿玉琢成的眼睛。

"根本是我发现的,大哥不承认。……于是我们就战争了。他故意浇水到我眼睛里,还说我不讲道理。我呢,只浇一点儿水到他身上,并不多。"

我心想,"一到战争总是有理由的,这世界!"不由得不笑了。我说:"嗨嗨,小虎虎,不要为点点事情就战争! 不许他浇脏水到眼睛中去,好看的眼睛自然要好好保护它才对。可是你也不必哭,女孩子的眼泪才有作用! 你可听过一个大伙儿女人在一块流眼泪的故事?……"

所有故事都从同一土壤中培养生长,这土壤别名"童心"。一个民族缺少童心时,即无宗教信仰,无文学艺术,无科学思想,无燃烧情感,实证真理的勇气和诚心。童心在人类生命中消失时,一切意义即全部失去其意义。

白

凡冒险事情都使人兴奋,可是最能增加见闻满足幻想的,却只有航海。坐了一只船向远无边际的海洋中驶去时,一点接受不可知命运所需要的勇敢,和寄托于这只船上所应有的荒谬希望,可以说,把每个航海的人都完全变了。那种不能自主的行止,以及与海上陌生事物接触时的心情,都不是生根陆地的人所能想象的。他将完全如睁大两眼做一场白日梦,一直要回到岸上才能觉醒。他的冒险经验,不仅仅将重造他自己的性情和人格,还要影响到别的更多的人兴趣和信仰。

就为的是冒险,有如么一只海船,从一个近海码头启碇,向一个谁也想象不到的彼岸进发了。这只船行驶到某一天后,海上忽然起了大风。船在大海中被风浪播扬,真像是小水塘中的玩意儿被顽童小手搅动后情景。到后自然是船翻了,船上人千方百计从各处找来的宝物,全部落了水。船上所有人也落了水。可是就中却有一个冒险者,和他特别欢喜的一匹白马,同被偶然而来的一个海浪送到了岛屿的岸边。就岛上种种光景推测,背海向内地走去,必然会和人碰头。必须发现人,这种冒险也才有变化,有结束,唯一的办法,自然就是骑了这匹白马,向内陆进发,完成这种冒险的行程。

这匹马长得多雄骏!骨相和形色,图画上就少见。全身白净,犹如海滩上的贝壳。毛色明净光莹处，犹如碧空无云，天上的满月，如阿耨达池中的白莲花。走动时轻快不费气力，完全像是一阵春天的好风。四脚落地的均匀节奏，使人想起千年前历史上那个第一流鼓手。这鼓手同时还是个富于悲剧性的聪明皇帝，会恋爱又懂音乐，尤其欢喜玩羯鼓。在阳春三月好风光里，鼓声起处，所有含苞欲吐的花树，都在这种节奏微妙鼓声中，次第开放。

白马驶过一片广阔平原，向一个城市走去。装饰平原到处是各种花果的树林；花开得如锦绣堆积，红白黄紫，各自竞妍争美。缀在树枝上的果子，并把树枝压得弯弯的，过路人都可随意采摘。大路两旁，用作行路人荫蔽的嘉树，枝叶扶疏，排列整齐，犹如受过极好训练的兵队。平原中到处还有各式各样的私人花园别墅，房屋楼观，款式都各有匠心点缀上清泉小池，茂树奇花。五色雀鸟在水边花下和鸣，完全如奏音乐。耳目接触，使人尽忘行旅疲劳和心上烦忧。城在平原正中，用半透明玉石砌成，五色琉璃作绿饰，峻洁壁立，秀拔出群，犹如一座经过削琢的冰山。城既在平原上，因之从远处望去时，又仿佛一阵镶有彩饰的白云，凭空从地面涌起。城市的伟大和美丽，都已超过一切文学的形容，所以在任何人的眼目中，也就十分陌生。

这城原来就是历史上最著名的阿育王城，这一天且是传说中最动人的一天。这个冒险者骑了他的白马，到得城中心时，恰好正值城中所有年青秀美尚未出嫁女孩子，集合到城中心大圆场上，为同一事件而哀哭。各自把眼泪聚集入金、银、玉、贝、珊瑚、玛瑙等等七宝作成的小盒中,再倾入一个紫金钵盂里。

一切见闻都比梦境更荒唐不可思议,然一切却又完全是事实,事实增加冒险者的迷惑,不知从何取证。冒险者更觉得奇异,即问明白,使得这些年青美貌女孩子的哭泣,原来是为了另一个陌生男子一双眼睛。只为的一双眼睛!

黄

阿育王是历史上一个最贤明的国王,既有了做帝王所应有的智慧和仁爱,公正与诚实,因之凡做帝王所需要的一切,权势和尊荣,财富和土地,良善人民和正直大臣,也无不完全得到。但是就中有一点缺陷,即年近半百,还无儿子。一个帝王若没有儿子,在历史上留下的记载,必然是国中有势力的大族,趁这个贤王年龄衰老时,因争夺继承发生叛变和战争,国力由消耗而转弱,使敌国冤家乘隙侵入,终于亡国灭祀。为避免历史悲剧的重演,唯一方式即采用宗教仪式向神求子。阿育王本不信神,但为服从万民希望,不得已和皇后莲花夫人同往国中最大神庙祈祷许愿,并往每一神像前瞻礼致敬。庄严烦琐的仪式完毕,回到别院休息时,忽闻有驹那罗鸟在合欢树上歌呼。阿育王心里想:"若生儿子,一双眼睛应当如驹那罗鸟眼俊美有神,方足威临八方。"回宫不久,皇后果然就有了身孕。足月时生产一男孩,满房都有牛头楠檀奇异馥郁香气,长得肥白健壮,有三十二相,八十种好。尤其使阿育王夫妇欢喜的,就是那双眼睛,完全如驹那罗眼睛。因到神庙去还愿酬神,并在神前为太子取名"驹那罗"。总管神庙的卜筮,预知这个太子的眼睛和他一生命运大有关系,能带来无比权势也能带来意外不幸,就为阿育王说,"眼无常相"法,意思是——

"凡美好的都不容易长远存在,具体的且比抽象的还更脆弱。美丽的笑容和动人的歌声,反不如星光虹影持久,这两者又不如某种观念信仰持久。英雄的武功和美人的明艳,欲长远存在,必与诗和宗教情感结合,方有希望。但能否结合,却又出于一种偶然。因人间随时随处,都有异常美好的生命,或事物消失,大多数即无从保存。并非事情本身缺少动人悲剧性,缺少的只是一个艺术家或诗人的情绪,恰巧和这个问题接触。必接触,方见功。这里'因缘'二字有它的庄严意义。'信仰'二字也有它的庄严意义。记住这两个名词对人生最庄严的作用,在另外一时,就必然发生应有的作用。"

这卜筮说的话,似可解不可解。说过后,即把佛在生时沿门乞食的紫金钵盂,送给阿育王,并嘱咐他说:"这东西对王子驹那罗明天大有用处。好好留下,将来可以为我说的预言作证!"

金

驹那罗王子在良好教育和谨慎保护下,慢慢长大,到成年时,一切传说中王子的好处,无不具备。一双俊美眼睛,实比一切诗歌所赞美的人神眼睛,还更明亮更动人。国中所有年青美丽女孩子因为普遍对于这双眼睛发生了爱情,多迟延了她们的婚姻。驹那罗自己也因这双出奇的眼睛和多少人的希望与着迷,始终未婚。若我们明白那个大城中的年青女孩子数目,是用万来计数的时,会明白这双眼睛所引起的问题,已复杂到什么情形。

按照当时的风俗,阿育王宫中应当有一万妃子,而且每一位妃子入宫因缘,都必然有一种特征和异相。最后一个入宫的妃子,名叫"真金夫人"。全身是紫金色,光华煜煜,且有异香,稀世少见。当时有婆罗门相师为王求妃,找国内名师高手铸就一躯金相,雄伟奇特,举行全国,并高声唱言:"若有端正殊妙女人,得见金神礼拜者,将以虔信,得神默佑,出嫁必得好婿。"全国士女,一闻消息,于是各自妆饰,穿锦绣衣,璎珞被体,结伴同出,礼拜金神。惟有这个女子,志乐闲静,清洁其心,独不出视。经女伴再三怂恿,方穿着日常弊衣,勉强随例参谒。不意一到神前,按照规仪将随身衣服脱去时,一身紫金色光明,映夺神座。婆罗门相师一见,即知惟有这个女子堪宜作妃。随即用隆重礼节聘入王宫。这妃子不仅长得华艳绝人,且智意流通,博识今古,明辨时政,兼习术数。就为这种种原因,深得阿育王爱敬信托。然亦因此,即与驹那罗王子势难并存。推其原因,还由于爱。王妃在入宫以前,即和国内其他女子一样,爱上了驹那罗那双眼睛。若两人相爱,可谓佳偶天成。但名分已定,驹那罗王子对之只有尊敬,并无爱情。妃子对之则由爱生妒,由妒生恨,不免孕育一点恶心种子。凡是种子,在雨露阳光中都能长生的。驹那罗有见于此,心怀忧惧,寝食难安,问计于婆罗门相师。婆罗门为出主意,调虎离山,因此向阿育王请求出外就学。

过后不久,阿育王害了一种怪病,国内医生无法医治,宣告绝望。这事情若照国家习惯法律,三个月后,驹那罗王子即将继承王位,当国执政。聪明美慧妃子一听这种消息,心知驹那罗王子若真当国执政,第一件事,即必然是将自己放逐出宫。因此向监国大臣宣称,她能治王怪病,"请用三个月为期。到时若无好转,愿用身殉国王,死而无怨。"一面即派人召集国内良医,并向国内各处探听,凡有和阿育王相同病症的,一律送来疗治,恰好有一女孩,病症相同。妃子即令医士用女孩作试验,吃种种药,最后吃葱,药到虫出,怪病即愈。阿育王经同样治疗,病亦得痊。因向妃子表示感激之忱,以为若有心愿未遂,必可使之如愿。妃子趁此就说:"国王所有,我无不有,锦衣玉食,我无所需!由于好奇我想做七天国王,别无所求!"既得许可,第一件事即假作阿育王一道命令,给驹那罗王子。命令上说:"驹那罗王子,犯大不敬,宣处死刑。今特减等,急将两眼挑出,令到遵行,不许稍缓。限期三日,回复王命。"按照习惯,这种重要文件,必有阿育王齿上印迹,才能生效,妃子趁阿育王睡眠,盗取齿印。王在梦中惊醒,向妃子说:

"事真希奇,我梦见一只黑色大鸷鹰,啄害驹那罗两只眼睛。"

妃子说:"梦和事实,完全相反,王子安乐,何必忧心?"

妃子哄阿育王睡定,欲取齿印时,王又惊醒,向妃子说:

"事实希奇,我又梦见驹那罗头发披散,面容憔悴,坐在地上哭泣,两眼成为空洞,可怕可怕。"

"梦哭必笑,梦忧则吉,卜书早已说过,何用多疑?"

妃子依然用谎话哄王安睡。睡眠熟时,即将齿印盗得,派一亲信仆人,乘日行七百里驿传,赍送命令,到驹那罗王子所在总督处。总督将命令转送给驹那罗王子,验看明白,相信一切真出王意,即便托人传语总督,请求即刻派人前来执行。可是全省没有人肯作这种蠢事。另悬重赏,方来一外省无赖流氓,贪图赏赐,报名应征。人虽无赖,究有人心,因此到执行时,依然迟迟不忍动手。

驹那罗王子恐误王命,鼓励他说:"你勇敢点,只管下手,先挑右眼,放我手心!"一眼出后在场人民,都觉痛苦损失,不可堪忍。热泪盈眶,如小孩哭。驹那罗王子忘却本身痛苦,反向众人多方安慰,以为同受试验,亦有缘法。两眼出后,驹那罗王子向人民说:"美不常住,物有成毁,失别五色,即得清净;得丧之际,因明本性。破甑不顾,事达人情,拭去热泪,各营本生!"那流氓眼见这种伟大悲剧,异常感动,自觉作了一件愚蠢无以复加事情,随即扼喉自杀死去。妃子亲信,即将那双眼睛,贮藏于一个小小七宝盒中,带回宫中复命。

"驹那罗,驹那罗,你既不在人间,就应当永远在我心里!"妃子由于爱恨交缚,便把那双眼睛吞下了。

紫

驹那罗既失去双眼成盲人后,不能继续学问,因此弹琴唱歌,自作慰遣。心念父亲年老，国事甚烦，虽有聪明妃子侍侧忠直大臣辅政，究竟情形，实不明白。因辗转而行，沿路乞丐，还归京都。到王宫门外时，不得入宫，即在象坊中暂时寄身，等待机会。半夜中忽听两个象奴陈述国情，以及阿育王一生功德。奇病痊愈，得力于王妃智慧多方。代王执政七天，开历史先例，并认为一年以内，国王从不处罚任何臣民，以德化治，国内平安，真是奇迹。驹那罗就耳中所闻，证本身所受，心中疑问，不能自解，因此中夜弹琴娱心，并寄幽思。阿育王忽闻琴声，十分熟习，似驹那罗平时指法，惟曲增幽愤，如有所诉。即派人四处找寻，才从象坊一角发现这个两眼失明枯瘦如人腊的王子。形容羸弊，衣裳败坏，手足生疮，且作奇臭，完全失去本来隽美。因问驹那罗：

"你是谁人？因何在此？有何怨苦，欲作申诉？"

"我是驹那罗，阿育王独生子。眼既失明，名只空存。我无怨苦，不欲申诉，惟念父母，因此归来！"

阿育王一听这话，譬如猛火烧心，即刻昏倒地下。用水浇洒，苏醒以后，把驹那罗抱在膝上，一面流泪，一面询问："你眼睛本似驹那罗眼，俊美温柔，明朗若星，才取本名。如今一无所有，应作何等称呼？什么人害你，心之狠毒，到这样子！你颜色这么辛苦憔悴，我实在不忍多看。赶快向我说个明白，我必为你报仇。"

驹那罗说："爸爸你不必忧恼。事有分定，不能怨人，我自造孽，才到今天！三月前得你命令，齿印分明，说我犯大不敬，于法应诛，将眼挑出，贷免一死。既有王命，何敢违逆？"

阿育王说:"我可发誓,并无这种荒悖命令。此大罪恶,必加追究,得个水落石出,我方罢休!"

一经追究,随即知道本原。真金夫人因爱生妒,因妒生毒,毒害之心,滋长繁荣,于是方有如彼如此不祥事件发生。供证分明,无可辩饰,阿育王一身火发,因向妃子呼骂说:"不吉恶物,何天容汝,何地载汝!你心狠忍,真如蛇蝎,螫人至毒,死有余辜!不自陨灭,天意或正有待!"因此即刻把这妃子督禁起来,准备用胡胶紫火烧杀后,再播扬灰尽,使之在空中消失,表示人天共弃。

阿育王因思往事,想起过去种种,先知所说眼无常相法,即有预言。又想起那个紫金钵盂,及先知所谓"因缘"、"信仰"等名词意义。当即派一大臣,把那紫金钵盂带到大街通衢人民荟萃热闹处所,向国人宣示驹那罗王子所遭不幸经过。"本身失明,犹可摸索,循墙而走,不至倾跌。一国失明,何以作计?"都人士女,闻此消息,多如突闻霹雳,如呆如痴,迷闷怅惘,不知自处。至若年青妇女更觉心软如蜡,难以自持。加之平昔对其爱慕,更增悲酸。日月于人,本非嫡亲,一旦失明,人即如发狂痫,敲锣击缶,图作挽救。今驹那罗王子,两目丧失,日夜不分,对于眉目肢体美丽自信女子,如何能堪?因此齐集广场,一申哀痛。热泪盈把,浥注小盒,盒盒充足,转注紫金钵盂,不一时许,钵盂中清泪满溢。阿育王忧戚沉痛,手捧钵盂,携带驹那罗王子,同登一坛台上,向众宣示:"眼无常相,先知早知,因爱而成,逢妒而毁,由忧生信,从信生缘。我儿驹那罗双眼已瞎,人天共见。今我将用这一钵出自国中最纯洁女子为同情与爱而流的纯洁眼泪,来一洗驹那罗盲眼。若信仰二字,犹有意义,我儿驹那罗双眼必重睹光明,亦重放光明。若信仰二字,早已失去其应有意义,则盲者自盲,佛之钵盂,正同瓦缶,恰合给我儿驹那罗作叫花子乞讨之用!"

当众一洗之后,四方围观万民,不禁同声欢呼:"驹那罗!"原来这些年青女子为一种共同信仰,虔诚相信盲者必可得救。愿心既十分单纯真诚,人天相佑,奇迹重生,驹那罗一双眼睛,已在一刹那顷回复本来,彼此互观,感激倍增,全城年青女子,因此连臂踏歌,终宵欢庆。

探险者目睹这回奇迹,第一件事,即将那匹白马献给阿育王,用表尊敬。至于驹那罗王子呢,第一件事,即请求国王赦免那一位美貌非凡,才知聪明用不得其正的妃子,从胡胶紫火中把她救出。……

黑

我那小木马,重新又放到书桌边,成为案头装饰品之一了。房室尽头远近水塘,正有千百小青蛙鸣声聒耳。试数数我桌上杂书,从书页上摺角估计,才知道我看过了《百缘经》,《鸡尸马王经》,《阿育王经》,《付法藏经》……

跟前一片黑,天已垂暮。天末有一片紫云在燃烧。一切都近于象征。情感原出于一种生命的象征,离奇处是它在人生偶然中的结合。以及结合后的完整而离奇形式。它的存在实无固定性,亦少再现性。然而若附于一个抽象名词上去求实证时,"信仰",却有它永远的意义。信仰永存。我们需要的是一种明确而单纯的新的信仰,去实证同样明确而单纯的新的共同愿望。人间缺少的,是一种广博伟大悲悯真诚的爱,用童心重现童心。而当前个人过多的,却是企图用抽象重铸抽象,那种无结果的冒险。社会过多的,却是企图由事实重造事实,那种无情感的世故。情感凝固,冤毒缠绕,以及由之而生的切齿憎恨与互相仇杀。

有一点想象的紫火在燃烧中,在有信仰的生命里继续燃烧中;在我生命里也在许多人生命里,我明白,我知道。但是待毁灭的是什么?是个人不纯粹的爱和恨,还是多数的愚蠢和困惑?我问你读者。

我的写作与水的关系

在我一个自传里,我曾经提到过水给我的种种印象。檐溜,小小的河流,汪洋万顷的大海,莫不对于我有过极大的帮助,我学会用小小脑子去思索一切,全亏得是水,我对于宇宙认识的深一点,也亏得是水。

"孤独一点,在你缺少一切的时节,你就会发现原来还有个你自己。"这是一句真话。我有我自己的生活与思想,可以说是皆从孤独得来的。我的教育,也是从孤独中得来的。然而这点孤独,与水不能分开。

年纪六岁七岁时节,私塾在我看来实在是个最无意思的地方。我不能忍受那个逼窄的天地,无论如何总得想出方法到学校以外的日光下去生活。大六月里与一些同街比邻的坏小子,把书篮用草标各作下了一个记号,搁在本街土地堂的木偶身背后,就洒着手与他们到城外去,钻入高可及身的禾林里,捕捉禾穗上的蚱蜢,虽肩背为烈日所烤炙,也毫不在意。耳朵中只听到各处蚱蜢振翅的声音,全个心思只顾去追逐那种绿色黄色跳跃灵便的小生物。到后看看所得来的东西已尽够一顿午餐了,方到河滩边去洗净,拾些干草枯枝,用野火来烧烤蚱蜢,把这些东西当饭吃。直到这些小生物完全吃尽后,大家于是脱光了身子,用大石压着衣裤,各自从悬崖高处向河水中跃去。就这样泡在河水里,一直到晚方回家去,挨一顿不可避免的痛打。有时正在绿油油禾田中活动,有时正泡在水里,六月里照例的行雨来了,大的雨点夹着吓人的霹雳同时来到,各人匆匆忙忙逃到路坎旁废碾坊下或大树下去躲避。雨落得久一点,一时不能停止,我必一面望着河面的水泡,或树枝上反光的叶片,想起许多事情。所捉的鱼逃了,所有的衣湿了,河面溜走的水蛇,钉固在大腿上的蚂蝗,碾坊里的母黄狗,挂在转动不已大水车上的起花人肠子,因为雨,制止了我身体的活动,心中便把一切看见的经过的皆记忆温习起来了。

也是同样的逃学,有时阴雨天气,不能向河边走去,我便上山或到庙里去,在庙前庙后树林或竹林里,爬上了这一株,到上面玩玩后,又溜下来爬另外一株,若所爬的是竹子,必在上面摇荡一会,爬的是树木,便看看上面有无鸟巢或啄木鸟孵卵的孔穴。雨落大了,再不能作这种游戏时,就坐在楠木树下或庙门前石阶上看雨。既还不是回家的时候,一面看雨一面自然就需要温习那些过去的经验,这个日子方能发遣开去。雨落得越长,人也就越寂寞。在这时节想到一切好处也必想到一切坏处。那么大的雨,回家去说不定还得全身弄湿,不由得有点害怕起来,不敢再想了。我于是走到庙廊下去为作丝线的人牵丝,为制棕绳的人摇绳车。这些地方每天照例有这种工人做工,而且这种工人照例又还是我很熟悉的人。也就因为这种雨,无从掩饰我的劣行,回到家中时,我便更容易被罚跪在仓屋中。在那间空洞寂寞的仓屋里,听着外面檐溜滴沥声,我的想象力却更有了一种很好训练的机会。我得用回想与幻想补充我所缺少的饮食,安慰我所得到的痛苦。我因恐怖得去想一些不使我再恐怖的生活,我因孤寂又得去想一些热闹事情方不至于过分孤寂。

到十五岁以后,我的生活同一条辰河无从离开,我在那条河流边住下的日子约五年。这一大堆日子中我差不多无日不与河水发生关系。走长路皆得住宿到桥边与渡头,值得回忆的哀乐人事常是湿的。至少我还有十分之一的时间,是在那条河水正流与支流各样船只上消磨的。从汤汤流水上,我明白了多少人事,学会了多少知识,见过了多少世界!我的想象是在这条河水上扩大的。我把过去生活加以温习,或对未来生活有何安排时,必依赖这一条河水。这条河水有多少次差一点儿把我攫去,又幸亏它的流动,帮助我作着那种横海扬帆的远梦,方使我能够依然好好的在人世中过着日子!

再过五年,我手中的一枝笔,居然已能够尽我自由运用了。我虽离开了那条河流,我所写的故事,却多数是水边的故事。故事中我所最满意的文章,常用船上水上作为背景,我故事中人物的性格,全为我在水边船上所见到的人物性格。我文字中一点忧郁气氛，便因为被过去十五年前南方的阴雨天气影响而来，我文字风格，假若还有些值得注意处，那只因为我记得水上人的言语太多了。

再过五年后，我的住处已由干燥的北京移到一个明朗华丽的海边。海既那么宽泛无涯无际，我对人生远景凝眸的机会便较多了些。海边既那么寂寞，他培养了我的孤独心情。海放大了我的感情与希望，且放大了我的人格。

《边城》题记

对于农人与兵士,怀了不可言说的温爱,这点感情在我一切作品中,随处皆可以看出。我从不隐讳这点感情。我生长于作品中所写到的那类小乡城,我的祖父、父亲,以及兄弟,全列身军籍:死去的莫不在职务上死去,不死的也必然的将在职务上终其一生。就我所接触的世界一面,来叙述他们的爱憎与哀乐,即或这枝笔如何笨拙,或尚不至于离题太远。因为他们是正直的,诚实的,生活有些方面极其伟大,有些方面又极其平凡,性情有些方面极其美丽,有些方面又极其琐碎,——我动手写他们时,为了使其更有人性,更近人情,自然便老老实实的写下去。但因此一来,这作品或者便不免成为一种无益之业了。

照目前风气说来,文学理论家,批评家及大多数读者,对于这种作品是极容易引起不愉快的感情的。前者表示"不落伍",告给人中国不需要这类作品,后者"太担心落伍",目前也不愿意读这类作品。这自然是真事。"落伍"是什么?一个有点理性的人,也许就永远无法明白,但多数人谁不害怕"落伍"？我有句话想说:"我这本书不是为这种多数人而写的"。念了三五本关于文学理论文学批评问题的洋装书籍,或同时还念过一大堆古典与近代世界名作的人,他们生活的经验,却常常不许可他们在"博学"之外,还知道一点点中国另外一个地方另外一种事情。因此这个作品即或与某种文学理论相符合,批评家便加以各种赞美,这种批评其实仍然不免成为作者的侮辱。他们既并不想明白这个民族真正的爱憎与哀乐,便无法说明这个作品的得失,——这本书不是为他们而写的。至于文艺爱好者呢,他们或是大学生,或是中学生,分布于国内人口较密的都市中,常常很诚实天真的把一部分极可宝贵的时间,来阅读国内新近出版的文学书籍。他们为一些理论家,批评家,聪明出版家,以及习惯于说谎造谣的文坛消息家,通力协作造成一种习气所控制所支配,他们的生活,同时又实在与这个作品所提到的世界相去太远了。——他们不需要这种作品,这本书也就并不希望得到他们。理论家有各国出版物中的文学理论可以参证,不愁无话可说;批评家有他们欠了点儿小恩小怨的作家与作品,够他们去毁誉一世。大多数的读者,不问趣味如何,信仰如何,皆有作品可读。正因为关心读者大众,不是便有许多人,据说为读者大众,永远如陀螺在那里转变吗？这本书的出版,即或并不为领导多数的理论家与批评家所弃,被领导的多数读者又并不完全放弃它,但本书作者,却早已存心把这个"多数"放弃了。

我这本书只预备给一些"本身已离开了学校,或始终就无从接近学校,还认识些中国文字,置身于文学理论文学批评以及说谎造谣消息所达不到的那种职务上,在那个社会里生活,而且极关心整个民族在空间与时间下所有的好处与坏处"的人去看。他们真知道农村是什么,想知道过去农村是什么,他们必也愿意从这本书上同时还知道点世界一小角隅的农村与军人。我所写到的世界,即或在他们全然是一个陌生的世界,然而他们的宽容,他们向一本书去求取安慰与知识的热忱,却一定使他们能够把这本书很从容读下去的。我并不即此而止,还预备给他们一种对照的机会,将在另外一个作品里,来提到二十年来的内战,使一些首当其冲的农民,性格灵魂被大力所压,失去了原来的质朴,勤俭,和平,正直的型范以后,成了一个什么样子的新东西。他们受横征暴敛以及鸦片烟的毒害,变成了如何穷困与懒惰!我将把这个民族为历史所带走向一个不可知的命运中前进时,一些小人物在变动中的忧患,与由于营养不足所产生的"活下去"以及"怎样活下去"的观念和欲望,来作朴素的叙述。我的读者应是有理性,而这点理性便基于对中国现社会变动有所关心,认识这个民族的过去伟大处与目前堕落处,各在那里很寂寞的从事与民族复兴大业的人。这作品或者只能给他们一点怀古的幽情,或者只能给他们一次苦笑,或者又将给他们一个噩梦,但同时说不定,也许尚能给他们一种勇气同信心!

情绪的体操

先生：

我接到你那封极客气的信了，很感谢你。你说你是我作品唯一的读者，不错，你读得比别人精细，比别人不含糊，也比一般读者客观，我承认。但你我之间终有种距离，并不因你那点同情而缩短。你讨论散文形式同意义，虽出自你一人的感想，却代表了部分或多数读者的意见。

我文章并不重在骂谁讽谁，我缺少这种对人苛刻的兴味，那不是我作品的长处。我文章并不在模仿谁，我读过的每一本书上的文字我原皆可以自由使用。我文章并无何等"哲学"，不过是一堆"习作"，一种"情绪的体操"罢了。是的，这可说是一种"体操"，属于精神或情感那方面的。一种使情感"凝聚成为渊潭，平铺成为湖泊"的体操。一种"扭屈文字试验它的韧性，重摔文字试验它的硬性"的体操。你厌烦体操是不是？我知道你觉得这两个字眼儿不雅相，不斯文。它极容易使你联想到铁牛、水牛，那个人的体魄威胁了你,使你想到青年会柚木柜台里的办事人,一点乔装的谦和,还有点儿俗,有点儿对洋上司的谄媚。使你想起"美人鱼",从相片上看来人已胖多了。……

可是,你不说你是一个"作家"吗?不是说"文字越来越沉,思想越来越涩"?

先生,一句话,这是你读书的过错。你的书本知识即或可以"吓"学生,"骗"学生,让人留下个"博学鸿儒"的印象,却不能帮助你写一个短短故事达到精纯完美。你读的书虽多,那一大堆书可并不消化,它不能营养你反而累坏了你。你害了精神上的伤食病。脑子消化不良,晒太阳,吃药,都毫无益处。你缺少的就正是那个"情绪的体操"!你似乎简直就不知道这样一个名词,它的具体涵义,以及它对于一个作家所包含的严重意义。打量换换门径来写诗?不成。痼疾还不治好以前,你一切设想全等于白费。

你得离开书本独立来思索,冒险向深处走,向远处走。思索时你不能逃脱苦闷,可用不着过分担心,从不听说一个人会溺毙在自己"思索"里。你不妨学学情绪的散步,从从容容,五十米,两百米,一里,三里,慢慢地向无边际一方走去。只管向"黑暗"里走,那方面有的是炫目的光明。你得学"控驭感情",才能够"运用感情"。你必需"静",凝眸先看明白了你自己。你能够"冷"方会"热"。

文章风格的独具,你觉得古怪,觉得迷人,这就证明你在过去十年中写作方法上精力的徒费。一个作家在他作品上制造一种风格,还不是极容易事情?你读了多少好书,书中什么不早先提到?

假若这是符咒,你何尝不可以好好地学一学,自己来制作些比前人更精巧的效率特高的符咒?好在我还记起你那点"消化不良",不然对于你这博学而无一能真会感到惊奇。你也许过分使用了你的眼睛,却太吝啬了你那其余官能。真正搞文学的人,都必须懂得"五官并用"不是一句空话!谁能否认你有个灵魂,但那是发育不全的灵魂。你文章纵格外努力也永远是贫乏无味。你自己比别人或许更明白那点糟处,直到你自己能够鼓足勇气,来在一个陌生人面前承认,请想想,这"病"已经到了什么样一种情形!

　　一个习惯于情绪体操的作者,服侍文字必觉得比服侍女人还容易得多。因为文字是一个一个待你自己选择的,能服从你自己的"意志",只要你真有意志。至于女人呢?她乐于服从你的"权力"。

　　你的事恰恰同我朋友××一样:你爱上艺术,他却倾心了一个女人。都愿意把自己故事安排得十分合理,十分动人。皆想接近那个"神",都自觉行为十分"庄严",其实却处处充满了"呆气"。我那朋友到后来终于很愚蠢的自杀了,用死证实了他自己的无能。你并不自杀,只因为你的工作失败同恋爱失败在习惯上是两件事。你说你很苦闷,我知道你的苦闷。给你很多的同情可不合理,世界上像你这种人太多了。

　　你问我关于写作的意见,属于方法与技术上的意见,我可说的还是劝你学习学习一点"情绪的体操",让它们把你十年来所读的书在各种用笔过程中把它消化消化,把你十年来所见的人事在温习中也消化消化。你不妨试试看。把日子稍稍拉长一点,把心放静一点。三年五载维持下去,到你能随意调用字典上的文字,自由创作一切哀乐故事时,你的作品就美了,深了,而且文字也有热有光了。你不用害怕"空虚",事实上使你充实结实还靠得是你个人能够不怕人事上"一切",不怕幼稚荒诞的诋毁批评或"权威"的指摘。你不妨为任何生活现象所感动,却不许被那个现象激发你到失去理性。你不妨挥霍文字,浪费词藻,却不许自己为那些华丽壮美文字脸红心跳。你写不下去,是不是?照你那方法自然无可写的。你得习惯于应用一切官觉,就因为写文章原不单靠一只手,你是不是尽嗅觉尽了他应尽的义务,在当铺朝奉以及公寓伙计两种人身上,也有兴趣辨别得出他们那各不相同的味儿?你是不是睡过五十种床,且曾经温习过那些床铺的好坏? 你是不是……

你嫌中国文字不够用,不合用。别那么说。许多人都用这句话遮掩自己的无能。你把一部字典每一页都翻过了吗?很显然的,同旁人一样,你并不曾作过这件傻事。你想造新字,描绘你那新的感觉,这只像是一个病人欺骗自己的话语。跛了脚,不能走动时,每每告人正在设计制造一对翅膀轻举高飞。这是不切事实的胡说,这是空幻梦境。第一你并没有那个新感觉,第二你造不出什么新符咒。放老实点,切切实实治一治你那个肯读书却被书籍壅塞了脑子压断了神经的毛病! 不拿笔时你能"想",不能想时你得"看",笔在手上时你可以放手"写",如此一来,你的大作将慢慢活泼起来了,放光了。到那个时节,你将明白中国文字并不如一般人说的那么无用。你不必用那个盾牌掩护自己了。你知道你所过目的每一本书上面的好处,记忆它,应用它,皆极从容方便,你也知道风格特出,故事调度皆太容易了。

你试来做三两年看看。若有耐心还不妨日子更多一点。不要觉得这份日子太长远,我说的只是一个学习理发小子满师的年限。你做的事应当比学理发日子还短些,是不是?我问你。

《断虹》引言

南太平洋的热风,每年从四月中旬起始,沿海上岸成阵掠向西去。待一接触亚洲屋脊喜马拉雅山的雪岭,挟着雪谷中的寒气被逼而回旋,即作成沿海各属的季候雨。这种雨季在印缅平原,在暹逻和越南,在中国境内云南省的西南区,海拔高度不尽相同,雨量大小和时期长短也往往不同。云南境西部,饱落了将近半年的行雨后,到九十月间,已差不多快要结束。强烈的阳光有机会长日直射地面,气候便益趋稳定,比较前两月也就转而热了一点。地势既万山比肩,凡是人类手足勤苦所及的垦殖区域,从土地里茁起生长的秋稼,都已渐次成熟,处处见出人力与自然同功的成果。即一些尚未人力经营过的地方,以及人类手足永远无望触及的悬崖绝涧,也无不点缀上万千种不知名的花药,于明朗秋阳中红紫烂漫,表示自然布置的细腻与巧慧,大胆而无私。据科学家的纪录,则一万六千尺的雪峰间,每年还照例有颜色华美形状秀奇的龙胆花开放。"自然无为而无不为",从这种自然景象上,像是重新得到解释。

就在这个时节,和康藏接壤几条由旧驿路改造而成的公路,为商货的流注吞吐,开始显得活泼起来。驿路经改造,虽已可行驶汽车,但车辆缺乏,商货运输的主要工具,还是仰赖驮马。各地待运的棉布,花纱,皮革,药材,盐巴,砂糖,以及烟草杂物既极多,加之新由国家经营运销的大批砖茶沱茶,又完全改用驮马运转,因之更增加了驿路的热闹,和沿路线所经大城小市的繁荣。

这些驮马帮都按照一种古旧的习惯,三十五十成一小队,又结合若干这种队伍成一大帮,同时结伴上路。在省境内邻县间运货,程途不太远,十天八天即可来回。也有长距离行程,远出省境,翻越雪山,直达西藏省府拉萨,和另一部分由印度踰越大吉岭入藏的驿运货物交换驮载后方回转,就得经三五个月始能往返的。既有时得长远在人迹稀少的荒碛和雪谷中耽搁,这种马驮的押队人,随身必带得有相当武器,而且十分爱重并善用这些武器,用来猎取野兽也用来防御歹人。另外还带了上路所必备的帐篷,烟草,盐巴,茶叶,以及种类简单分量充足的粮食——粗制面粉和那个从高原牦牛奶汁中提炼而出的大饼酥油。因此路上即有百十天长途辛苦,大家还像是从从容容。省境内一段路上,城市聚落比较密,队伍虽可按站走去,沿路有伙铺客栈可以住宿,这些马帮居多倒是乐意采用藏族生活方式,在一些前不巴村后不挨店的荒野中,选取土地干燥水草良好处停顿,落得个人畜两便。队伍上路后,一切牲畜的作息,都唯那一匹领队负耗带铃的大黑骡马首是瞻,领队马又唯押队的"马锅头"口中的呼喝声和鞭子划空作成的响声是听。作马锅头并不是件容易事,必累积丰富的经验,才能担当一切责任。沿路每个山头的树木和岩石,水泉和草地的位置,在记忆里必异常清楚。入藏以后他的责任且更增加,他得预测荒碛中那些一面虔诚信佛一面热心劫掠的藏匪的出没,以及发生问题时或单身出面去办交涉,或指挥同伙作有效防御。不仅仅应当为全队人马安排惬意住宿处,还得保护同行人货的安全。俨然是全队驮马的司令,也是同行上路人的领袖,凡事由他负责作主。到他认为不甚稳妥地方时,即或天已将黑,他不喝住马驮,人马就依然得赶路。有时经他判断认为最好住宿处,即或晴空中还挂上一饼火热的太阳,只要一声吆喝,那匹额上扎有红缨绒球,项挂串铃,鞍桥上交叉有旗铃标志,打扮得十分漂亮庄严的领路马匹,遵照命令停住不再走动,其余的马驮同时也不再走动,全个队伍就只好安排宿营一切了。

队伍一停止前进,于是大家都跳下马,并从马背上把那些用棕叶包装的,麻布缠裹的,铁皮子约束的,竹篾箍住的,各样各式的驮载,还有那个缠着绳索的帐幕,煮茶水用的红铜锅罐,打搅酥油茶的木桶木家私,一一卸下。再各自就地垒石掘土,收拾些枯枝杂草升起火来,把炊具架在火上整顿当天最后那一顿吃喝,吃饱喝足时再准备睡觉。雨季若已完全过去,看天气又不至于半夜里刮风落雨,为图省事起见,有时并帐篷也不支搭,就采取二千年前庄子所努力提保的方式,用那个还保留些白日余暖的干燥土地作床榻,镶满一天大小星子的蓝穹作被盖,重返自然,无挂无碍的呼呼睡去。有时吃过喝过后,气候实在太好,星月宜人,或又恰逢旧俗节令,其中一些年事轻生命活力畅旺的小伙子,虽经长日跋涉,还不曾将精力耗尽,照例合不上眼,就从行李中把个雕龙头的月琴取来,坐到大树下或岩石高处去,调理弦索,抱着乐器弹个尽兴。且鼓励身边年青同伴,轮流来唱各人所熟习的小曲,用琴声歌声,把横七竖八躺在草地上驮架边的疲劳同伴,一一送入甜梦里。唱的弹的却也不免常常为弦索琤琮申诉,将本人带到另外一个"过去"生活中去。过去若干时日情分所注恩情相结的小妇人影子,细长眉毛大发辫,发辫上用小银元小贝壳和彩色料珠相间编成的流苏,平金镂彩刺绣日月七星的背饰,罩在坟起胸前挑花扣花嵌满小小银光晶片的围腰……穿戴了这些体面讲究东西,新年出门攀秋千,在同伴间好强争胜,两脚使力一抖向高处送去时,一排糯米牙咬定下唇的忍笑姿态,蹲在旱桥下打着大伞,弹吹竹篁赌赛唱歌时,连环无端的嘲谑,这一切,这时无不在素朴简单的心上明朗活跃起来。但是,一些人所念及的,也许正和他们头上的大小星子一样,尽管还像在闪耀着盈盈美目,相互凝注盼望,事实上或早已相离极远,永世不会碰头了。又或者苛刻的时间,早已把这些年青女子眼目中的光彩,脸额上的红润,笑语中所具有的热情,沉默中所见出的憨痴,全都给褪了色,失去了本来的动人处。然而在年青人印象中,却依然保持稀奇持久的魔力,只要一想起,一温习,因之平常见惯的星月,平常一例的夜风,都仿佛异样温柔了起来。一些俚诗俗谣。在这些年青人的生命深处,即泛起一片低微的回音。

> 月子弯弯照九州，
> 几家欢乐几家愁！
> 几多夫妻同衾帐，
> 几个飘零在外头！
> 天上起云云重云，
> 地上埋坟坟重坟，
> 娇妹洗碗碗重碗，
> 娇妹床上人重人。
> 高山有好水，
> 平地有好花，
> 人家有好女，
> 无钱莫想她。

几节俗俚诗歌，在这里也正如在其他中国经商当兵的农民情感中一样，总括了一套离乡背井悖时不走运的心境。燃烧一点希望，缠缚一点烦恼，也浸透了那个异乡作客无可奈何的悲痛。倘若一切出自生命本来的呼声，都有其庄严的意义，则我们从这个简单表现中，还可看出一种较深沉的热情的抑制和绝望。或有家不能趁时团聚，广泛的感怀人事不一，聊以自解。或道路偶有所见，不由人不引起一点妄念与遐思，心有所属，出以弄调，触景生情，随物起兴。或同出于比事起兴，稍作反省，即知一身净光，希望毫无，便把这件事转而为经济问题一个副题。遂记起"有钱使得鬼推磨"一句俗话,心想"皇帝花子都是人做的,可都有个八字注定。八字上排定赶马走长路,哪会凭空有天鹅肉落到口中?男子汉,大丈夫,没有钱,说哪样?"一时既凭空发不了财,唱下去想下去还是无用处,沉默接受自己那一份,近乎贴近土地生长农民的本性。或者妄冀凤求凰,不肯死心,心肠又是一根葱笔直,转不过弯来,越想越不服气,也只是照生活习惯,向马锅头或相熟客人,借支一点点钱,和同伴蹲在地下翻翻宝,决个胜败,赌一回小输赢,输光了,再不说话,躺下睡去。赌赢了,俟到大站头停脚时,就找个大臀肥奶子妇人,猫头鹰似的整夜不闭眼睛,将所有钱一撒手花光,也就换来个心安理得,太平无事。……如此或如彼,总之月琴是弹不下去了。站起身,就面前树根石罅间撒一泡尿。把尿排去后,挤着那片牛毛毡,同个狗熊样子,蜷伏成一团,向同伴脚边躺下去。先一时,耳边或者还会听到散放四近马匹吃草跌蹄声,和荒山头的野兽长嗥声,混和了自己喉中轻微呜咽。稍过不多久,便照例全部被睡眼收拾了。

驮马帮既在驿路上来去甚多,行程中又相当安全,因之凡有公私事务单独上路的旅客,多乐意随同这种队伍,花费既不必加多,还可得到种种便利,能减少长路的寂寞,增长些珍奇见闻。如果他是个考察社会风土的新闻记者,一个对于色彩特具敏感而又富有生活趣味的艺术家,一个对于人性异同特具热忱的文学作家,似乎是更值得从这种结伴旅行中,得到一分经验。这种经验的用处,将不仅使他的工作见出特异的光辉,也许还可提供其他多方面的引用！

　　这个故事就是从那么一个地方出发，写几个年青人随同这种马帮而行，达到驿路所经过的一个终点，起始各自充满了年青的热情，准备把一种人生高尚理想，在这一片新地上加以推广。正如企图把一种有价值的植物，移植到这陌生地方来，满以为不多久即可眼见到它的郁郁青青。不意所作的试验，由于气候环境两难适应，如何由挫折中形成无可避免的悲剧，都若夙命又都十分自然。这里且可见出一种近于偶然的势能，决定了这个悲剧发展的形式。正因其为偶然势能，更增加我们对于关系中人甘心接受分定或希望挣扎而产生的爱与哀悯。尤其是在试验中近于无辜毁去的几个生命，不由不寄予一种深致的同情。几个死去的，各怀着无可奈何的伤痛而死去，以及一个虽若尚能生存，但已完全失去生存勇气的年青人，却可说同样忠于命运，忠于生命。作者这时节，耳边似乎还听到感到最后一个死者临咽气前混合在刚生下地的孩子稚弱哭声中的哀呼，哀呼中所包含的希望和绝望，固执的爱和沉默的恨。然而这个哀呼的起始，却近于由笑语而来。这正是一种生命的过程，一个小小地方一群平凡人物生命发展的过程。由幻念而接近事实，由枯寂而有所取予，又由习惯上的相差相左而形成爱憎。爱怨交缚，因之在似异实同情形下，燃烧了关系中每个人的心，带来各式各样的痛苦；痛苦的重叠，孳乳，变质，即促进生命的逐渐崩毁。终于抽象的理想，和用作试验的对象，新见天日的生命幼芽，也不免一同毁去。于是玉碎者反得宁息，瓦全者转不知何以自处。

为的是既已失去本来的一切,更无从重造未来。灵魂破碎,粘合无方。一朵云一缕烟似的在太空游荡,虽存在依然不会很久,云散烟消势意中事。连续而来照射到地面的阳光,将必然重新在这片土地上,促进一切新的生命长成,并赋以生命与生命接触时随同而来的哀乐得失。试将人类这种小小的哀乐得失,和面前拔空万尺的俊伟峭拔雪峰对比,即可知两相映照,而各有其千秋。一个是千古长年在强烈阳光下,用明蓝净洁天宇相陪衬,发出奇异炫目的光彩,虽如此瑰丽不凡,实永远不曾为任何人情感所及。至于寄托到这个山岭脚下阳光所照雨泽所润一片小小地面,几个平凡渺小人物的尔汝恩怨,或许由于完全偶然的机会,得以保留到文字上,成为人类关系一个悲剧范本,使此后另一时另一处凡不曾被世故所琢丧的年青的心,还将为之而跳跃,并寄予长远的爱和哀矜。这或者也就正是人之所以为人,出于自然而又有异于自然处:自然似乎永远是"无为而无不为",人却只像是"无不为而无为"。

　　想到这一点,作者便觉得在这个故事的处理方式上,企图将人事间的鄙陋猥琐与背景中的庄严华丽相结合,而达到一种艺术上的纯粹,不成功为不足奇了。因自然在景物方面,似乎即早已有更多的敏慧和细腻设计,且一例若出以十分从容,处处还点染着一点谐趣,实为人类贫俭文字永远不可企及,而对于边民宗教热忱所自来,亦能有更深会心。艺术史发展的检讨,历来多认为绘画,雕刻,以及比较近代性的音乐伟大成就,差不多都源于一种宗教情感的泛滥。宗教且多依赖这种种而增加对人类影响的重要性。却很少人提及某种东方宗教信仰的本来,乃出于对自然壮美与奇谲的惊讶,而加以完全承认。正因为这种"皈于自然"无保留的虔敬,实普遍存在,于是在这个宗教信仰中,就只能见到极端简单的手足投地的膜拜,别无艺术成就可言了。由皈于自然而重返自然,既是边民宗教信仰的本旨,因此我这个故事给人的印象,也将不免近于一种风景画集成。人虽在这个背景中凸出,但终无从与自然分离。有些篇章中,且把人缩小到极不重要的一点上,听其全部消失于自然中。我将用这个小小作品,作为一家人寓居云南乡间八年所得于阳光,空气,和水泉的答谢。

第三辑

南北行旅

昆明冬景

新居移上了高处,名叫北门坡,从小晒台上可望见北门门楼上"望京楼"的匾额。上面常有武装同志向下望,过路人马多,可减去不少寂寞,住屋前面是个大敞坪,敞坪一角有杂树一林。尤加利树瘦而长,翠色带银的叶子,在微风中荡摇,如一面一面丝绸旗帜,被某种力量裹成一束,想展开,无形中受着某种束缚,无从展开。一拍手,就常常可见圆头长尾的松鼠,在树枝间惊窜跳跃。这些小生物又如把本身当成一个球,抛来抛去,俨然在这种抛掷中,能够得到一种快乐。一种从行为中证实生命存在的快乐。且间或稍微休息一下,四处顾望,看看它这种行为能不能够引起其他生物的注意。或许会发现,原来一切生物都各有心事。那个在晒台上拍手的人,眼光已离开尤加利树,向虚空凝眸了。虚空一片明蓝,别无他物。这也就是生物中之一种"人",多数人中一种人,对于生命存在的意义,他的想象或情感,正在不可见的一种树枝间攀援跳跃,同样略带一点惊惶,一点不安,在时间上转移,由彼到此,始终不息。

敞坪中妇人孩子虽多,对这件事却似乎都把它看得十分平常,从不曾有谁将头抬起来看看。昆明地方到处是松鼠,许多人对于这小小生物的知识,不过是捉把来卖给"上海人",值"中央票子"两毛钱到一块钱罢了。站在晒台上的那个人,就正是被本地人称为"上海人",花用中央票子,来昆明租房子住家过日子的。住到这里来近于凑巧,因为凑巧反而不会令人觉得稀奇了。妇人多受雇于附近一个织袜厂,终日在敞坪中摇纺车纺棉纱。孩子们无所事事,便在敞坪中追逐吵闹,拾捡碎瓦小石子打狗玩。敞坪四面是路,时常有无家狗在树林中垃圾堆边寻东觅西,鼻子贴地各处闻嗅,一见孩子们蹲下,知道情形不妙,就极敏捷的向坪角一端逃跑。有时只露出一个头来,两眼很温和的对孩子们看着,意思像是要说,"你玩你的,我玩我的,不成吗?"有时也成。那就是一个卖牛羊肉的,扛了方木架子,带着官秤,方形的斧头,雪亮的牛耳尖刀,来到敞坪中,搁下找寻主顾时。妇女们多放下工作,来到肉架边,讨价还钱。孩子们的兴趣转移了方向。几只野狗便公然到敞坪中来,先是坐在敞坪一角便于逃跑的地方,远远的看热闹,其次是在一种试探形式中,慢慢的走近人丛里来,直到忘形挨近了肉架边,被那羊屠户见着,扬起长把手斧,大吼一声"畜生,走开!"方肯略略走开,站在人圈子外边,用一种非常诚恳非常热情的态度,欣赏肉架上的前腿,后腿,以及后腿末端一条带毛小羊尾巴,和搭在架旁那些花油。意思像是觉得不拘什么地方都很好,都无话可说,因此它不说话。

它在等待,无望无助的等待。照例向妇人们在集群中向羊屠户连嚷带笑,加上各种"神明在上报应分明"的誓语,这一个证明实在赔了本,那一个证明买了它家用的秤并不大,好好歹歹弄成了交易,过了秤,数了钱,得钱的走路,得肉的进屋里去,把肉挂在悬空钩子上,孩子们也随同进到屋里去时,这些狗方趁空走近,把鼻子贴在先前一会搁肉架的地面,闻嗅闻嗅,或得到点骨肉碎渣,一口咬住,就忙匆匆向敞坪空处跑去,或向尤加利树下跑去。树上正有松鼠剥果子吃,果子掉落地上。上海人走过来拾起嗅嗅,有"万金油"气味,微辛而芳馥。

早上六点钟,阳光在尤加利树高处枝叶间,敷上一层银灰光泽。空气寒冷而清爽。敞坪中很静,无一个人,无一只狗。几个竹制纺车瘦骨凌精的搁在一间小板屋旁边。站在晒台上望着这些简陋古老工具,感觉"生命"形式的多方。敞坪中虽空空的,却有些声音仿佛从敞坪中来,在他耳边响着。

"骨头太多了,不要这个腿上大骨头。"

"嫂子,没有骨头怎么走路?"

"曲蟮①有不有骨头?"

"你吃曲蟮?"

"哎哟,菩萨。"

---

① 即蚯蚓。

"菩萨是泥的木的,不是骨头做成的。"

"你毁佛骂佛,死后会入三十三层地狱,磨石碾你,大火烧你,饿鬼咬你。"

"活下来做屠户,杀羊杀猪,给你们善男信女吃,做赔本生意,死后我会坐在莲花上,只往上飞,飞到西天一个池塘里,洗个大澡,把一身罪过,一身羊臊血腥气,洗得个干干净净!"

"西天是你们屠户去的?做梦!"

"好,我不去让你们去。我们都不去了,怕你们到那地方肉吃不成!你们都不吃肉,吃长斋,将来西天住不了,急坏了佛爷,还会骂我们做屠户的,不会做生意。一辈子做赔本生意,不落得人的骂名,还落个佛的骂名。你不要我拿走。"

"你拿走好!肉臭了看你喂狗吃。"

"臭了我就喂狗吃,不很臭,我把人吃。红焖好了请人吃,还另加三碗烧酒,怕不有人叫我做伯伯舅舅干老子。许我每天念《莲花经》一千遍,等我死后坐朵方桌大金莲花到西天去!"

"送你到地狱里去,投胎变一只蛤蟆,日夜哇哇呱呱叫。"

"我不上西天,不入地狱,忠贤区区长告我说,姓曾的,你不用卖肉了吧,你住忠贤区第八保,昨天抽壮丁抽中了你,不用说什么,到湖南打仗去。你个子长,穿上军服排队走在最前头,多威武!我说好,什么时候要我去,我就去。我怕无常鬼,日本鬼子我不怕。派定了我,要我姓曾的去,我一定去。"

"××××××××××"

"我去打仗,保卫武汉三镇。我会打枪,我亲哥子是机关枪队长!他肩章上有三颗星,三道银边!我一去就要当班长,打个胜仗,我就升排长。打到北京去,赶一群绵羊回云南来做生意,真正做一趟赔本生意!"

接着便又是这个羊屠户和几个妇人各种赌咒的话语。坪中一切寂静。远处什么地方有军队集合下操场的喇叭声音在润湿空气中振荡。静中有动,他心想:

"武汉已陷落三个月了。"

屋上首一个人家白粉墙刚刚刷好,第二天,就不知被谁某一个克尽厥职的公务员看上了,印上十二个方字。费很多想象把字认清楚了,更费很多想象把意思也弄清楚了。只就中间一句话不大明白,"培养卫生"。这好像是多了两个字或错了两个字。这是小事。然而小事若弄得使人糊涂,不好办理,大处自然更难说了。

带着小小铜项铃的瘦马,驮着粪桶过去了。

一个猴子似的瘦脸嘴人物,从某人家小小黑门边探出头来,"娃娃,娃娃",见景生情,接着他自言自语说道,"你那里去了?吃屎去了?"娃娃年纪已经八岁,上了学校,可是学校因疏散却下了乡。无学校可上,只好终日在敞坪里煤堆上玩。"煤是那里来的?""从地下挖来的。""作什么用?""可以烧火。"娃娃知道的同一些专门家知道的相差并不很远。那个上海人心想:"你这孩子,将来若可以升学,无妨入矿冶系。因为你已经知道煤炭的出处和用途。好些人就因那么一点知识,被人称为专家,活得很有意义!"

娃娃的父亲，在儿子未来发展上，却老做梦，以为长大了应当作设治局长，督办，——照本地规矩，当这些差事很容易发财，发了财，买对门某家那栋房子。上海人越来越多了，到处有人租房子，肯出大价钱。押租又多。放三分利，利上加利，三年一个转。想象因之而丰富异常。

做这种天真无邪的好梦的人恐怕正多着。这恰好是一个地方安定与繁荣的基础。

提起这个会令人觉得痛苦，是不是？不提也好。

因为你若爱上了一片蓝天，一片土地，和一群忠厚老实人，你一定将不由自主的嚷："这不成！这不成！天不辜负你们这群人，你们不应当自弃，不应当！得好好的来想办法！你们应当得到的还要多，能够得到的还要多！"

于是必有人问："先生，你这是什么意思？在骂谁？教训谁？想煽动谁？用意何居？"

问的你莫明其妙，不特对于他的意思不明白，便是你自己本来意思，也会弄糊涂的。话不接头，两无是处。你爱"人类"，他怕"变动"。你"热心"，他"多心"。

"美"字笔画并不多，可是似乎很不容易认识。"爱"字虽人人认识，可是真懂得他意义的人却很少。

怀昆明

因为战争，寄寓云南不知不觉就过了九年。初到昆明时，事有凑巧，住处即在五省联帅唐蓂赓①住宅对面，湖南军人蔡松坡②先生住过的一所小房子中。斑驳陆离的墙砖上，有宣统二年建造字样。老式的一楼一底，楼梯已霉腐不堪，走动时便轧轧作声，如打量向每个登楼者有所陈诉。大大的砖拱曲尺形长廊，早已倾斜，房东刘先生便因陋就简，在拱廊下加上几个砖柱。院子是个小小土坪，点缀有三人联手方能合抱的尤加利树两株，二十丈高摇摇树身，细小叶片在微风中绿浪翻银，使人想起树下默不言功的将军冯异③，和不忍剪伐的召伯甘棠④。瓦檐梁柱和树枝高处，长日可看

---

① 即唐继尧。1911年任云南新军管带，同年在云南参加起义，被推为云南军政府军政部次长，1913年继蔡锷为都督。1915年蔡锷通电护国讨袁，任护国军第三军总司令。
② 即蔡锷。
③ 东汉人，刘秀时封偏将军。诸将并坐论功，他常退避树下。
④ 周时召伯巡行南方，曾在甘棠树下休息，人们相诫不要伤害这树，以示怀念。后借此称颂官吏有德政博得人民好感者

见松鼠三三五五追逐游戏,院中闲静萧条亦可想象。这房屋的简陋情况,和路东那座美轮美奂以花木亭园著名西南各省的唐公馆,恰作成一奇异的对比。倘有人注意到这个对比,温习过去历史时,真不免感慨系之!原来这两所房子和推翻帝制都有关系。战事发生不久,唐公馆即已成为老米的领事馆,我住的一所,自然更少有人知道注意了。

"护国"已成一个历史名辞,"反对帝制"努力也被时间冲淡,年青人须从教科书解释,方能明白这些名词所包含的意义了。可是我住昆明九年,不拘走到什么地方去,碰到的是厅长委员还是赶马老汉,寒暄请教时,从对面那一位语言神气间,却总看得出一点相同意思,"喔,你家湖南,湖南人够朋友!"这种包含信托、尊重以及一点儿爱好的表示,是极容易令人感觉到的。表示中正反映本地人对松坡先生"够朋友"的好印象。松坡先生虽死去了三十年,国人也快把他忘掉了,他的素朴风度和伟大人格,还好好留在云南。寄寓云南的湖南军人极多,对这种事不知作何感想。至于我呢,实异常受刺激。明白个人取予和桑梓毁誉影响永远不可分。在民族性比较上,湖南人多长于各自为战,而不易粘附团结,然而个人成就终究有种超乎个人的影响牵连存在,且通过长长的岁月,还好好存在。松坡先生在云南的建树,是值得吾人怀念,更值得军人取法的。

湖南人够朋友,当然不只松坡先生。谈革命,首先还应数及老战士黄克强先生。"湖南人够朋友"这句话,就是三十五年以前孙中山先生对克强先生说的。凡熟习中国革命史的人,都必然明白革命初期所遭遇的挫折。克服种种困难,把帝制推翻,湖南人对革命的忠诚,热忱,勇敢,负责,始终其事,实大有关系。而这点够朋友处,最先即见于中山先生和黄克强先生的友谊上,其次复见于唐蓂赓先生和松坡先生的关系上,再其次还见于北伐时代年青军人行为上,直到八年抗战,卫国守土,更得到充分表现机会。记得民二十以前,在上海见蒋百里先生时,因为谈起湖南的兵,他就说了个关于兵的故事。他说,德国有个文化史学者,讨论民族精神时,曾把日本人加以分析,认为强韧坚实足与中国的湖广人相比,热忱明朗还不如。日本想侵略中国,必需特别谨慎小心。中国军事防线,南北两方面都极脆弱,加压力即容易摧毁。但近于天然的心理防线,头一道是山东河南的忠厚朴质,不易克服,次一道是湖南广东的热情僵持,更难处理。这个形容实伤害了日本人的骄傲自大心,便为文驳问那德国学者,何所见而云然?那德国人极有风趣,只引了两句历史上的成语作为答复,"楚虽三户,亡秦必楚。"意以为凡想用秦始皇兼并方式造成的局势,就终必有一天会被打倒推翻。三户武力何能亡秦?居然能亡秦,那点郁郁不平有所否定的气概,是重要原因!百里先生后来还写了一本书,借用了那个德国学者口气,向多数中国人说,中国若与日本作战,一时失利是必然的。不怕败,只要不受引诱投降议和,拖下去日本就必倒。百里先生虽然抗战第二年即不幸过世,他的深刻信心和明确见解,以及所称引的先知预言,却已经给证实。日本的侵略行为,在中国遭遇的最大阻碍,从长沙、常德、衡阳、宝庆的争夺战已得到极好教训。日本在中国境内的败北,是从湘省西南雪峰山起始的。日本在印缅军事的失利,敌手恰好又大多是湖南军人。提起这件事,固能增加每个湖南军人的光荣,但这光荣的代价也就不轻细!因为虽骄傲实谨慎的日本军人,一定记忆住那个警告,忧虑大东亚独霸的好梦,会在热情僵持的湖南人面前撞碎,在湖南境内战事进行时,惨酷激烈就少见。八年苦战的结果,实包含了万千忠于国土的湖南军民生命牺牲,以及百十城市的全部毁灭。尽管如此牺牲,湖南人应当还有这点自信,即只要有土地,有人民,稍稍给以时间,便可望从一堆瓦砾上建设起更新更大的城市。可是人的损失,事实上已差不多了。不仅身当其冲的多已完事,即幸而免的老弱残余,留在断垣残瓦荒田枯井边活受罪,待普遍的灾荒一来临,还不免在无望无助情形下陆续为死亡收拾个罄净!灾情的严重一面是无耕具,少壮丁,另一面却是军粮的征实预借还继续进行。直到灾情已极端严重时,方稍稍引起负责方面的注意,得到一点点救济,稍稍喘一口气。可是国库大过赈济百倍的经常担负,却是把一些待退役转业的军官收容下来,尽这些有功于国的军人,在应遣散不即遣散,待转业又从不认真为其准备转业情况中等待下去。等待什么?还不是等个机会,来把美国剩余军火,重新装备,在国内各地砰砰彭彭那个"战争"!(这种收容军官机构,据一个同乡军官说,全国约二十个,人数在十二万以上,其中至少有三分之一就是湖南人。总队长大队长且有三分之二是湖南人。)试分析一下活在这个中国谷仓边人民普遍死亡的远因近果,以及国内当前可忧虑局势的发展,我们就会明白湖南人自傲的"无湘不成军"一句话,实含有多少悲剧性!对国家,湖南人总算够朋友了。可是国家负责方面,对于这片土地上人民的当前的未来,是不是还有点责任待尽?因为赈济湘灾,政府方面既不大关心,湖南人还得自救。在云南一发动募捐,数日即已过两万万,且超过了全国募捐总记录。对湖南,云南人也总算够朋友了。可是寄寓云南的湖南人,是不是还需要从各方面努点力,好把松坡先生三十年前所建立于当地的良好友谊,加以有效的扩大,莫使它在小小疏忽中,以及岁月交替中失坠?

国内局面既如此浑沌,正若随时随地均可恶化。在这个情况下,许多情绪郁结待找出路的人物,或因头脑单纯,或因好事喜弄,自不免禁不住要作作英雄打天下的糊涂梦,只要有东西在手,大打小打无不乐意从事。然稍稍认识国家人民破碎糜烂已到何等状况下的,对于武力与武器的使用,便明白不问大小,不能不万分谨慎小心!云南人性情坦白直爽,和湖南人有相似处。至于重友情,好学问,而谦虚从善以图适应时代,一般说来且比湖南人为强。

社会睿智明达之士,眼光远大,见事深刻,对国家民主特具热忱幻念者,更不乏人。自从日前闻李惨案①发生后,大姚李一平先生,即电云南省参议会同乡说:"此事发生于滇,近于吾滇之耻。务必将其事追究水落石出,以慰死者,以明是非。"目前在云南负军事

---

① 1946年7月15日,闻一多在昆明被国民党特务暗杀;同年7月11日,李公朴在昆明被国民党特务暗杀。

责任的为湖南人,负昆明地方治安责任的亦湖南人,如何使这件事水落石出,彻底清楚,驻滇的湖南高级军官,实在其责任和义务待尽。若事不明白,或如"一二·一"学生惨案,马马虎虎过去,也近于湖南人羞耻,云南人多的是钱,当事者还不曾想到如何设法把唐公馆买来,好好保护,作为云南人对民主憧憬与认识的象征。至于松坡先生所住的小小房子,湖南同乡实在也值得集资购来,妥慎保存,留为一湘贤纪念,且可为湘滇两地人士为国事合作良好友谊的象征,每一高级湖南军官,初到云南时,如能在那小房子中住住,与当地贤豪长者相过从,就必然会为一种崇高情绪浸润,此后对国家,对地方,对个人,知道随时随处还有多少好事可做,还有多少好事待做,西南一隅明日传给国人的消息,也自然会化乖戾为祥和,只听说建设与进步,不至于依然是暴徒白昼杀人,或更大如苏北山西种种不幸!

八月九日

云南看云

云南因云而得名。可是外省人到了云南一年半载后,一定会和本地人差不多,对于云南的云,除却只能从它变化上得到一点晴雨知识,就再也不会单纯的来欣赏它的美丽了。看过卢锡麟先生的摄影后,必有许多人方俨然重新觉醒,明白自己是生在云南,或住在云南。云南特点之一,就是天上的云变化得出奇。尤其是傍晚时候,云的颜色,云的形状,云的风度,实在动人。

战争给许多人一种有关生活的教育,走了许多路,过了许多桥,睡了许多床,此外还必然吃了许多想象不到的小苦头。然而真正具有教育意义的,说不定倒是明白许多地方各有各的天气,天气不同还多少影响到一点人事。云有云的地方性:中国北部的云厚重,人也同样那么厚重。南部的云活泼,人也同样那么活泼。海边的云幻异,渤海和南海云各不相同,正如两处海边的人性情不同。河南的云一片黄,抓一把下来似乎就可以作窝窝头,云粗中有细,人亦粗中有细。湖湘的云一片灰,长年挂在天空一片灰,无性格可言,然而桔子、辣子就在这种地方大量产生,在这种天气下成熟,却给湖南人增加了生命的发展和进取精神。四川的云与湖南云虽相似而不尽相同,巫峡峨嵋高峰把云分割又加浓,云有了生命,人也有了生命。可是体积虽大分量轻,人亦因之好夸饰而不甚落实。论色彩丰富,青岛海面的云应当首屈一指。有时五色相煊,千变万化,天空如展开一张锦毯。有时素净纯洁,天空只见一片绿玉,别无它物。看来令人起轻快感,温柔感,音乐感,情欲感。一年中有大半年天空完全是一幅神奇的图画,有青春的嘘息,煽起人狂想和梦想。海市蜃楼即在这种天空显现,海市蜃楼虽并不常在人眼底,却永远在人心中。秦皇汉武的事业,同样结束在一个长生不死青春常在的美梦里,不是毫无道理的。云南的云给人印象大不相同,它的特点是素朴,影响到人性情也应当挚厚而单纯。

云南的云似乎是用西藏高山的冰雪,和南海长年的热风,两种原料经过一种神奇的手续完成的,色调出奇的单纯,惟其单纯反而见出伟大。尤以天时晴明的黄昏前后,光景异常动人。完全是水墨画,笔调超脱而大胆。天上一角有时黑得如一片漆,它的颜色虽然异样黑,给人感觉竟十分轻。在任何地方"乌云蔽天"照例是个沉重可怕的象征,惟有云南傍晚的黑云,越黑反而越不碍事,且表示第二天天气必然顶好。几年前中国古物运到伦敦展览时,有一个赵松雪[①]作的卷子,名《秋江叠嶂》,净白如玉的澄心堂纸上用浓墨重重涂抹,给人

---

① 即赵孟頫,元代书画家。

印象却十分美秀。云南的云也恰恰如此,看来只觉得黑而秀。

可是我们若在黄昏前后,到城郊外一个小丘上去,或坐船在滇池中,看到这种云彩时,低下头来一定会轻轻的叹一口气。具体一点将发生"大好河山"感想,抽象一点将发生"逝者如斯"感想。心中一定觉得有些痛苦,为一片悬在天空中的沉静黑云痛苦。因为这东西给了我们一种无言之教,比目前政论家的文章,宣传家的讲演,杂感家的讽刺文,都高明得多,深刻得多,同时还美丽得多。觉得痛苦原因或许也就在此。那么好看的云,孕育了在这一片天底下讨生活的人,究竟是些什么?是一种精深博大的人生思想?还是一种单纯美丽的诗的感情?若把它与地面所见、所闻、所有两相对照,实在使人不能不痛苦!

在这美丽天空下,人事方面,我们每天所能看到的,除了空洞的论文,不通的演讲,小巧的杂感,此外似乎到处就只碰到"法币"。商人和银行办事人直接为法币而忙。教授学生也间接为法币而忙。最可悲的现象,实无过于大学校的商学院,每到注册上课时,照例人数必最多。这些人其所以习经济、习会计,都可说对于生命毫无高尚理想可言,目的只在毕业后入银行作事。"熙熙攘攘,皆为利往,挤挤挨挨,皆为利来,利之所在,群集若蛆。"社会研究所的专家,机会一来即向银行跑。习图书馆的,弄考古的,学外国文学的,因为亲戚、朋友、同乡……种种机会,又都挤进银行或相近金融机关作办事员。大部分优秀脑子,都给真正的法币和抽象的法币弄得昏昏的,失去了应有的灵敏与弹性,以及对于"生命"较高的认识。其余无知识的脑子,成天打算些什么,也就可想而知了。云南的云即或再美丽一点,对于多数人还似乎毫无意义可言的。

近两个月来,本市在连续的警报中,城中二十万市民,无一不早早的就跑到郊外去,向天空把一个颈脖昂酸,无一人不看到过几片天空飘动的浮云,仰望结果,不过增加了许多人对于财富得失的忧心罢了。"我的越币下落了","我的汽油上涨了","我的事业这一年发了五十万财","我从公家赚了八万三",这还是就仅有十几个熟人中说说的。此外说不定还有个把教授之流,终日除玩牌外无其他娱乐,会想到前一晚上玩麻雀牌①输赢事情,聊以解嘲似地自言自语,"我输牌不输理"。这种教授先生当然是不输理的,在警报解除以后,还不妨跑到老同学住处去,再玩个八圈,证明一下输的究竟是什么。一个人若乐意在地下爬,以为是活下来最好的姿势,他人劝说站起来走,或更盼望他挺起脊梁来做个人,当然是不会有什么结果的。

就在这么一个社会一种情形中,卢先生却来展览他在云南的照相,告给我们云南法币以外还有些什么。即以天空的云彩言,色彩单纯的云有多健美,多飘逸,多温柔,多崇高!观众人数多,批评好,正说明只要有人会看云,就从云影中取得一种诗的感兴和热情,还可望将这种尊贵的感情,转给另外一种人。换言之,就是云南的云即或不能直接教育人,还可望由一个艺术家的心与手,间接来教育人。卢先生照相的兴趣,似乎就在介绍这种美丽感印给多数人,所以作品中对于云物的题材,处理得特别好。每一幅云都有一种不同的性情,流动的美。不纤巧,不做作,不过分修饰,一任自然,心手相印,表现得素朴而亲切。作品成功是必然的。可是得到"赞美"不是艺术家最终的目的,应当还有一点更深的意义。我意思是如果一种可怕的实际主义,正在这个社会各组织各阶层间普遍流行,腐蚀我们多数人做人的良心、做人的理想,且在同时把每一个人都有形无形市侩化。社会中优秀分子一部分,所梦想,所希望,也都只是糊口混日子了事,毫无一种较高的情感,更缺少用这情感去追求一个美丽而伟大的道德原则的勇气时,我们这个民族应当怎么办?大学生读书目的,不是站在柜台边作行员,就是坐在公事房作办事员,脑子都不用,都不想,只要有一碗饭吃就算有了出路。甚至于做政论的,作讲演的,写不高明讽刺文的,习理工的,玩玩文学充文化人的,办党的,信教的,……出路也都是只顾眼前。大众眼前固然都有了出路,这个国家的明天,是不是还有希望可言?我们如真能够像卢先生那么静观默会天空的云彩,云物的美丽,也许会慢慢的陶冶我们,启发我们,改造我们,使我们习惯于向远景凝眸,不敢堕落,不甘心堕落。我以为这才像是一个艺术家最后的目的。正因为这个民族是在求发展,求生存,战争已经三年。战争虽败北,不气馁,虽死亡万千人民,牺牲无数财富,仍不以为意,就为的是这战争背后还有个庄严伟大的理想,使我们对于忧患之来,在任何情形下都能忍受。我们其所以能忍受,不特是我们要发展,要生存,还要为后来者设想,使他们活在这片土地上,更好一点,更像人一点!我们责任那么严重而且又那么困难,所以不特多数知识分子必然要有一个较坚朴的人生观,拉之向上,推之向前,就是作生意的,也少不了需要那么一分知识,方能够把企业的发展与国家的发展,放在同一目标上,分道并进,异途同归!

举一个浅近的例来说说:我们的眼光注意到"出路""赚钱"以外,若还能够估量到在滇越铁路的另一端,正有多少鬼蜮成性阴险狡诈的木屐儿,圆睁两只鼠眼,安排种种巧计阴谋,在武力与武器无作用地点,预备把劣货倾销到昆明来,且把推销劣货的责任,派给昆明市的大小商家时,就知道学习注意远处,实在是目前一件如何重要的事情!照相必选择地点,取准角度,方可望有较好成就。做人何尝不是一样,明分际,识大体,"有所不为",敌人虽花样再多,劣货在有经验商家的眼中,总依然看得出,取舍之间是极容易的。若只图发财,见利忘义,"无所不为",日本货变成国货,改头换面,不过是反手间事!劣货推销仅仅是若干有形事件中之一种。此外各层知识阶级中不争气处,所作所为,实有更甚于此者。

所以我觉得卢先生的摄影,不只是给人看看,还应当给人深思。

到北海去

铃子叮叮当当摇着,一切低起头在书桌边办公的同事们,思想都为这铃子摇到午饭的馒头上去了。我呢,没有馒头,也没有什么足以使我神往的食物。馆子里有的是味道好的东西,可是却不是为我预备的。大胆的进去吧。进去不算一回事,不用壮胆也可以,不过进去以后又怎么出来呢?借口解一个手,或是说"伙计伙计,为我再来一碟辣子肉丁,赶快赶快!让我去买几个苹果来下下酒",于是,一溜出来,扯脚忙走,只要以后莫再从这条路过去。但是,到你口上说着"买几个苹果"想开溜时,那伶精不过的伙计,看破了你的计划,不声不响的跟了出去,在他那一双鬼眼睛下,又怎么个跑得了呢?还是莫冒险吧。

于是,恍恍惚惚出了办公室,出了衙门,跳上那辆先已雇好在门外等候着的洋车。

这在他的的确确都是梦一般模糊!衙门是今天才上。他觉得今天的衙门同昨天的衙门似乎是两个,纵门前冲天匾分明一样挂着。昨天引见他给厅长那个传达先生,对他脸不烂了;昨天在窗子下吃吃冷笑的那几个公丁先生,今天当他第一次伏上办公室书桌时,却带有和善可亲的意思来给他恭恭敬敬递一杯热茶。……

似乎都不同了,似乎都立时对他和气起来,而这和气面孔,他昨天搜寻了半天也搜寻不到一个。

使他敢于肯定昨天到的那个地方就是今天这地方的,只有桌子上用黄铜圆图钉钉起四角,伏伏贴贴爬到桌面上那方水红色吸水纸。昨天这纸是这么带有些墨水痕迹,爬到桌上,意思如在说话,小东西,你来了!好好,欢迎欢迎。这里事不多,咱们谈天相亲的日子多着呢,……今天仍然一样,红起脸来表示欢迎诚意。不过当他伏在它身上去察视时,吸墨纸上却多了三小点墨痕,不知谁个于昨天出门时在那上面喂了这些墨给它。哈哈!朋友,你怎么也不是昨天那么干净了?呵呵,小东西,我职务是这样,虽然不高兴,但没有法,况且,这些恶人又把我四肢钉在桌上,使我转动不得。他们喂我墨吃,有什么法子拒绝?小东西,这是命!命里只合吃墨,所以在你见我以后又被人喂了一些墨了!难道这些已经发酸了的墨我高兴吃它,但无法的事。像你,当你上司刚才进房来时一样,自然而然,用他的地位把你们贴在板凳上的屁股悬起来,你们是勉强,不勉强也不行。我如你一样,无可如何。

吸墨纸同他接谈太久,因此这第一日上衙门,他竟找不出时间来同这办公厅中同事们周旋。

车子同他,为那中年车夫拖拉着,颠簸在后门一带不平顺的石子路上。

这时的北京城全个儿都在烈日下了。走路的人，全都像打摆子似的心里难受。警察先生，本为太阳逼到木笼子里去躲避，但太阳还不相容，接着又赶进去。他们显然是藏无可藏了，才又硬着头皮出来，把腰边悬挂在皮带上那把指挥刀敲着电车道钢轨，口中胡乱吆喝着。他常常以为自己是世界上再无聊没有的人，如今见了这位警察先生，才知道这人比自己还更无聊。

"忙怎的？慢慢儿也还赶得到——你有什么要紧事，所以想赶快拉到吧？"他觉得车夫为了得两吊钱便如此拼命的跑，太不合理。

"先生，多把我两个子儿，我跑快点。"

车夫显然错会了意思，以为坐车嫌他太慢了，提出条件来。

因这错误引起了他的憎恶来。"唉，你为两个子儿也能累得喘气，那么二十个子简直可以换你一斤肉一碗血了！……"但他口上却说：慢点也不要紧，左右是消磨，洋车上，北海，公寓，同是消磨这下半天的时光。

"先生去北海，有船可坐，辅币一毛。"大概车夫已听到座上的话了，从喘气中抽出空闲来说。

车夫脾气也许是一样的吧，尤其是北京的，他们天生都爱谈话，都会谈话。间或他们谈话的中肯处，竟能使你在车座上跳起来。我碰到的车夫，有几个若是他那时正穿起常礼服，高据讲台之一面肆其雄谈时，我竟将无条件的承认他是一个什么能言会说的代议士了。我见过许多口上只会那么结结巴巴的学者，我听过论救国谓须懂五行水火相生,明脉经,忌谈革命的学者。今日的中国,学者过多,也许是积弱的一种重要原因吧!

"有船吧,一毛钱不贵——你坐过船不曾?"

"不,不,我们哪有力量进去呢!哈哈,一毛,二十二枚,从交道口拉沙滩儿大楼还只有十八枚,好家伙,一毛钱过一次渡!"

"那你生长北京连船也不曾见过了?——"

"不,不,我上年子还亲自坐过洋船的,到天津,送我老爷到天津。是我为他拉包月车时候。他姓宋,是司法部参事。"他仍然从喘气中匀出一口气来说话。过去的生活,使他回忆亦觉快适,说到天津时,他的兴致显得很想笑一阵的神气。"咦!那洋船又不大!有像新世界那么高的楼三层,好家伙!三层,四层——不,先生,究竟是三层还是四层,这时我记不起了。……那个锚,在船头上那铁锚,黑漆漆的,怕不有五六千斤吧,好家伙!"

他,不能肯定所见的洋船有几层,恐怕车座对他所说不相信,故又引出一个黑漆漆的大铁锚来证明,然而这铁锚的斤两究难估计,故终于不再做声,又自个默默的奔他的路。

"这不一定。大概三层四层——以至于五六层都有。小的还只有一层;再小的便像普通白屋子一样,没有楼。你北京地方房子,不是很少有楼的吗?"

这话又勾动了健谈的话匣子,少不得又要匀出一口气来应付了。

"对啦!天津日本租界过去那小河中——我是在那铁桥上见到的——一排排泊着些小舫子,据说那叫做洋舫子。小到同汽车不差什么,走动时也很快,只听见咯咯咯咯和汽车号筒一样,尾子上出烟,烟拖在水面上成一条线……那贵吧,比汽车,先生?"

"不知道。"

"外国人真狠,咱们中国人造机器总赶不上别人,……他们造机器运到中国来赚咱们的钱,所以他们才富强……"

话只要你我爱听,同车夫扯谈,不怕是三日三夜,想他完也是不会完的! 但是,这时有件东西要塞住他的口子。他因加劲跑过一辆粪车刚撒过娇的路段,于是单用口去喘气。

他开始去注意马路上擦身而过的一切。

女人,女人,女人,一出来就遇到这些敌人,一举目就见到这些鬼物,花绸的遮阳把他的眼睛牵引到这边那边,而且似乎每一个少年女人擦身过去时,都能同时把他心带去一小片儿。"呵呵,这成什么事? 我太无聊了! 我病太深了! 我灵魂当真非找人医治一下不可! 我要医治的是灵魂,是像水玻璃般脆薄东西,是像破了的肥皂泡,我的医生到什么地方去找? 呵呵,医生哟! 病入膏肓的我,不应再提到医治了! ……"手帕子又掩着他的眼睛了,有一种青春追捉不到的失望悲哀扼着他的心。

这是一条新来代替昨天为鼻血染污了的丝质手巾,有蓝的缘边与小空花。这手巾从他的朋友手中取来时,朋友的祝告是:瘦躲①弟弟用这毛巾,满满的装一包欢喜还我吧。当时以为大孩子虽然是大孩

---

① 躲:湘西凤凰县方言,意为小。

子,但明天到他家时为买二十个大苹果送他,大概苹果中就含有欢喜的意义了。明天就是这样空着还他吧,告他欢喜已有许多沾在这巾上。

一九二五年八月五日作

北平的印象和感想

——油在水面,就失去了粘腻性质,转成一片虹彩,幻美悦目,不可仿佛。人的意象,亦复如是。有时平匀敷布于岁月时间上,或由于岁月时间所作成的幕景上,即成一片虹彩,具有七色,变易倏忽,可以感觉,不易揣摸。生命如泡沤,如露亦如电,惟其如此,转令人于生命一闪光处,发生庄严感应。悲悯之心,油然而生。

十月已临,秋季行将过去。迎接这个一切沉默但闻呼啸的严冬,多少人似乎尚毫无准备。从眼目所及说来,在南方有延长到三十天的满山红叶黄叶,满地露水和白霜。池水清澄、明亮,如小孩子眼睛。这些孩子上早学的,一面走一面哈出白气,两手玩水玩霜时不免冻得红红的,于是冬天真来了。在北方则大不相同。一星期狂风,木叶尽脱。只树枝剩余一二红点子,柿子和海棠果,依稀还留下点秋意。随即是负煤的脏骆驼,成串从四城涌进。(从天安门过身时,这些和平生物可能抬起头,用那双忧愁小眼睛望望新油漆过的高大门楼,容许发生一点感慨:"你东方最大的一个帝国,四十年,什么全崩溃下来了。这就是只重应付现实缺少高尚理想的教训,也就是理想战胜事实的说明。而且适用于任何时代任何民族。后来者缺少历史知识,还舍不得这些木石堆积物,从新装饰,用它来点缀政治,这有何用?"也容许正在这时,忽然看到那个停于两个大石狮前面的一件东西,八个或十个轮子,结结实实。一个钢铁管子,斜斜伸出。一切虽用一片油布罩上,这生物可明白那是一种力量,另外一种事实,——美国出品坦克。到这时,感慨没有了。怕犯禁忌似的,步子一定快了一点,出月洞门转过南池子,它得上大图书馆卸煤!)还有那个供屠宰用的绵羊群,也挤挤挨挨向四城拥进。说不定在城洞前时,正值一辆六轮大汽车满载新征发的壮丁由城内驶出,这一进一出,恰证实古代哲人一生用千言万语也说不透澈的"圣人不仁"和"有生平等"。——于是冬天真来了。

就在这个时节,我回到了相去九年的北平。心情和二十五年前初到北京下车时相似而不同。我还保留二十岁青年初入百万市民大城的孤独心情在记忆中,还保留前一日南方的夏天光景在感觉中。这两种绝不相同的成分,为一个粮食杂货店中放出的收音机京戏给混合后,第一眼却发现北平的青柿和枣子已上市,共同搁在一辆手推货车上,推车叫卖的"老北京"已白了头。在南方时常听人作新八股腔论国事说:"此后南京是政治中心,上海是商业中心,北平是文化中心。"话说得虽动人,实并不可靠。政治中心照例拥有权势,商业中心照例拥有财富,这个我相信。然而权势和财富都可改作"美国",两个中心原来就和老米①不可分!至于文化中心,必拥有知识得人尊敬,拥有文物足以刺激后来者怀古感今而敢于寄托希望于未来。北平的知识分子的确算得比中国任何一个城市还丰富,不过北京城既那么高,每个人家的墙壁照例那么多而厚,知识可能流注交换,但可能出城?不免令人怀疑。历史的伟大在北平文物上,即使不曾保留全部,至少还保留一部分。可是试追究追究保留下来的用处,能不能激发一个中国年青人的生命热忱,或一种感印、思索,引起他向过去和未来发生一点深刻的爱?由于爱,此后即活得更勇敢些,坚实些,也合理些?实在使人怀疑。若所保留下来的庄严伟大和美丽,既缺少对于活人教育的能力,只不过供星期天或平常日子游人赏玩,或军政要人宴客开会,游人之一部分,说不定还充满游猎兴趣,骑马牵狗到处奔窜,北平的文物即保留得再多,作用也就有限。给予多数人的知识,不过是让人知道前一代胡人统治的帝国,奴役人民二百年,用人民血汗劳力建筑有多大的花园,多大的庙宇宫殿,此外可谓毫无意义可言。一个美国游览团团员,具有调查统制中国兴趣的美国军官的眷属,格利佛老太太,阿丽司小姐,可以用它来平衡《马可孛罗游记》所引起她灵魂骚乱的情感(这情感中或许还包含她来中国偶然嫁一蒙古王子的愿望)。一个中国人,假如说,一个某种无知自大的中国人,不问马

---

① 即老美。凤凰方言中,"美"读作"米"。

夫或将军,他也许只会觉得他占领征服了北京城,再也不会还想到他站到的脚下,还有历史。在一个惟有历史却无从让许多人明白历史的情形下,北平的文化价值,如何能使中国人对之表示应有的尊敬,北平有知识的人,教育人的人,实值得思索,值得重新思索;北平的价值和意义,似乎方有希望让少数学生稍稍知道!

北平入秋的阳光,事实上也就可教育人。从明朗阳光和澄蓝天空中,使我温习起住过十年的昆明景象。这时节的云南,风雨季大致已经成为过去,阳光同样如此温暖美好,然而继续下去,却是一切有生机的草木无形死去。我奇怪八年的沦陷,加上新的种种忌讳,居然还有成群的白鸽,敢在用蓝天作背景寒冷空气中自由飞翔。微风刷动路旁的树枝,卷起地面落叶,悉悉率率如对于我的疑问有所回答:"凡是在这个大城上空绕绕大小圈子的自由,照例是不会受干涉的。这里原有充分的自由,犹如你们在地面,在教室或客厅中。""你这个话可是存心有点?""不,鲁迅早死了。讽刺和他同时死去了已多年。""我完全否认你这种态度。""可是你必然完全同意我说及的事实。"这个想象的对话很怪,我疑心有人窃听。试各处看看,没有一个"人"。街上到处走的是另外一种人。我起始发现满街每个人家屋檐下的一面国旗,提醒这是个节日,随便问铺子中人,才知悉和尊师重道有关,当天举行八年来第一回的祭孔大典,全国还将同日举行这个隆重典礼。我重新关心到苏州平江府那个大而荒凉的文庙,这一天,文庙两廊豢养的几十匹膘壮日本军马,是不是暂时会由那一排看马的病兵牵出,让守职二十年饿得瘦瘦瘦的苏中苏小那一群老教师，也好进孔庙行个礼；且不至于想到讲堂作马厩，而情感脆弱露出酸态？军马即可暂时牵出，正殿上那个无央数身分不明的蝙蝠，又如何处理？可有人乐意接收，乐意保管，更乐意此后即不再交出，马虎过去？万千蝙蝠既占据大成殿的全部，听其自然，又那能使师道尊严？中国孔庙廊庑用来养马的，一定不止平江府，曲阜那一座可能更不堪。这也正象征北平南京师道在仪式上虽被尊敬，其余还有多少地方的师道，却仍在军马与蝙蝠之中讨生活，其无从生活可想而知。

我起始在北平市大街上散步。想在散步处地面发现一二种小虫蚁，具有某种不同意志，表现到它本身奇怪造形上，斑驳色彩上，或飞鸣宿食性情上；但无满意结果。人倒很多，汽车，三轮车，洋车，自行车上面都有人。和上海最大不同，街路宽阔而清洁，车辆上的人都似乎不必担心相互撞碰。可是许多人一眼看去，样子都差不多，睡眠不足，营养不足。吃得胖胖的特种人物，包含伟人和羊肉馆掌柜，神气之间便有相通处。俨然已多少代都生活在一种无信心，无目的，无理想情形中，脸上各部官能因不曾好好运用，都显出一种疲倦或退化神情。另外一种即是油滑，市侩、乡愿、官僚、××、特有的装作憨厚混合谦虚的油滑。他也许正想起从某某猪太郎转手的某注产业的数目；他也许正计画如何用过去与某某龟太郎活动的方式又来参加什么文化活动，也许还得到某种新的特许……然而从深处看，这种人却又一例还有种做人的是非义利冲突，"羞耻"与"无所谓"冲突，而遮掩不住的凄苦表情。在这种人群中散步，我当然不免要胡思乱想。我们是不是还有方法，可以使这些人恢复正常人的反应，多有一点生存兴趣，能够正常的哭起来，笑起来？我们是不是还可望另一种人在北平市不再露面，为的是他明白羞耻二字的含义，自己再也不好意思露面？我们是不是对于那些更年青的一辈，从孩子时代起始，在教育中应加强一点什么成分，如营养中的维他命，使他们在生长中的生命，待发展的情绪，得到保护，方可望能抵抗某种抽象恶性疾病的传染？方可望于成年时能对于腐烂人类灵魂的事事物物，具有一点抵抗力？

我们似乎需要"人"来重新写作"神话"。这神话不仅综合过去人类的抒情幻想与梦，加以现世成分重新处理。应当是综合过去人类求生的经验，以及人类对于人的认识，为未来有所安排。有个明天威胁他，引诱他。也许教育这个坐在现实滚在现实里的多数，任何神话都已无济于事。然而还有那个在生长中的孩子群，以及从国内各地集中于这个大城的青年学生群，很显明的事，即得从宫殿、公园、学校中的图书馆或实验室以外，还要点东西，方不至于为这个大城中的历史暮气与其他新的有毒不良气息所中，失去一个中国人对人生向上应有的信心，要好好的活与能够更好的活的信心！在某种意义上说来，这个信心更恰当名称或叫作"野心"。即寄生于这一片黄土上年青的生命，对重造社会重造国家应有的野心。若事实上教书的，做官的，在一切社会机构中执事服务的，都吓怕幻想，吓怕理想，认为是不祥之物，决不许与现实生活发生关系时，北平的明日真正对人民的教育，恐还需寄托在一种新的文学运动上。文学运动将从一更新的观点起始,来着手,来展开。

想得太远,路不知不觉也走得远了些。一下子我几乎撞到一个拦路电网上。你们可能想得到,北平目前到处还需要一些无固定性的铁丝网,或火力网,点缀胜利一年以后的古城?

两个人起始摸我的身上,原来是检查。从后方昆明来的教师,似不必要受人作这种不愉快的按摩表示敬意!但是我不曾把我身分说明,因为这是个尊师重教的教师节,免得在我这个"复杂"头脑和另一位"统一"头脑中,都要发生混乱印象。

好在我头脑装的虽多,身上带的可极少,所以一会儿即通过了。回过头看看时,正有两个衣冠整齐的绅士下车,等待检查,样子谦和而恭顺。我知道,他两位十年中一定不曾离开北京,因为困辱了十年,已成习惯,容易适应。

北平的冬天快来了,许多人都担心御冬的燃料大有问题。北平缺少的十分严重的不仅是煤。煤只能暖和身体,无从暖和这大城中过百万人的疲乏僵硬的心!我们可想起零下三十度的一些地方,还有五十万人不怕寒冷在打仗?虽说这是北平城外很远地方发生的事,却是一件真实事情,发展下去可能有二十万壮丁的伤亡,千百万人民的流离转徙,比缺煤升火炉还严重得多!若我们住在北平城里的读书人,能把缺煤升大火炉的忧虑,转而体会到那零下卅度的地方战事之如何近于不必要,则据我私意,到十二月我们的课堂即再冷一些,年青学生也不会缺课,或因无火炉而感到埋怨。读书人纵无能力制止这一代战争的继续,至少还可以鼓励更年青一辈，对国家有一种新的看法，到他们处置这个国家一切时，决不会还需要用战争来调整冲突和矛盾！如果大家苦熬八年回到了北平，连这点兴趣也打不起，依然只认为这是将军、伟人、壮丁、排长们的事情，和我们全不相干，沉默也即是一种否认，很可能我们的儿女，就免不了有一天以此为荣，反而去参加热闹。张家口那方面，目前即有不少我们的子侄我们的学生。我们是鼓励他们作无望流血，还是希望他们从新作起？显然两者都不济事，时间太迟了。他们的弟妹又在长成，又在那里"受训"。为人父或教人子弟的，实不能不把这些事想得远一点，深一点，因为目前的事和明日的事决不可分。战事如果是属于知识以外某种不健康情感的迸发与排泄，即不免有传染性，有继续性。当前的国力浪费，即种因于近三十年北平城所拥有的知识的孤立，以及和另外任何一处所拥有的武力，各自存在，各自发展。熟习历史的，教人时既从不参证过历史上"知识"的意义、作用和可能，纵不能代替武力，也还可平衡武力。过去事不曾给我们以教训，而对未来知所防止。所以三五个壮士一天内用卡车装走了清华园一批物品，三个专家半年努力也即恢复不了旧观。五十万人在东北在西北的破坏，若尚不能引起我们的关心，北平的文物和知识，恐当真的就只能供第五颗原子弹作新武器毁旧文明能力的测验！住身北平教育人的似乎还需要一点教育，这教育即从一个无煤的严冬起始。

天安门前

近几年来，我因工作关系，无论风晴雨雪，每天早晨、晚间都得进出天安门几次。可是试想拿起笔来写写天安门，倒不知从何说起了。

三十年前到北京来观光的人，在城郊各处都常有机会看见成串的骆驼队伍，从容不迫地在灰尘扑扑的道路上前进。每只骆驼背上必驮载两大袋杂粮或煤块。末尾照例还有只小骆驼押队，颈脖下悬个筒子形大铁铃，走动时当当地响。这些铃铛大致是世代相传，经历了许多年月风霜，声音有些已经哑沙沙的了。若机会凑巧，还可看到一种用两只骆驼组成的驼轿，一前一后斜斜的排着，抬着个大木轿笼，摇摇晃晃地走着，它也许正从蒙古、热河长途远道前来，恰好停顿在城外一个店铺前边。那店铺门口屋檐前挂有一块"某某镖局"的招牌。原来《七侠五义》、《小五义》中提起的镖客，还有人在继承事业，又还有主顾上门求教。这个古老城市里，当时就还留下许多这类古老社会的标本。有的属于两百年前的，有的属于七八百年前的。骆驼队本来是沙漠中的舰队,在市中心的天安门前发现时,就更加显得这个城市的古老。当时北京电车开行还不多久,若遇骆驼队伍横贯马路时,电车司机照规矩还得暂时停车,等待一会儿,像是人人都得承认这是八百年前北京建都以来的成员,对待它们应当表示一点客气或尊重。

在天安门前的,还有青年学生、工人、市民,在这里举行示威游行前的集会。"五四"、"三一八"、"五卅"、"九一八"……除了这些大的登报上书的集会以外,还经常有小规模的,每次虽然不过两、三千人,或七八百人,已使得旧军阀官僚感到心疼心烦不好办。因此天安门前有一时曾经各处都种满了白丁香和黄刺玫,不知道的还以为军阀官僚在美化旧都,事实上原来只是有意把广场面积缩小,消极防止爱国青年的示威活动。

三十年来,北京城经历过了许多重大事变,终于解放了。天安门成了人民争取持久和平的象征,共同努力走向幸福美好生活的象征。每逢节日,几十万群众集会游行已成平常事情。时代不同了,骆驼队伍再不容易在这里出现了。现在什么人想看看这种神气庄严、体魄壮伟、耐劳负重的生物,大致得到南口居庸关一带,才有机会偶然碰上。至于住在北京市的小朋友们呢,将来只有到动物园或地志博物馆去,才有希望知道真正的骆驼究竟是什么样子,并且明白成串骆驼由长城外来到北京的种种情形。北京动物园如今若还没有骆驼的位置,我建议不妨加入两三只,并且把它们祖先两千年前就经常载运了各种重要物资,横贯西北大沙漠,对于沟通中原和西域各民族关系,以及在中西文化交通史方面所作的伟大贡献,和二千年来在华北一般交通运输中所起的重要作用,加以适当的说明。更好的自然是将来地志博物馆陈列中表现城乡关系时,能够把三十年前成串骆驼在暮色沉沉时通过天安门前的景象,和解放后几十万群众在这里看五色焰火上冲霄汉、歌舞狂欢的景象,作一个显明对比,可见出两个时代,两种社会,如何截然不同。

　　天安门前大路上,成串骆驼迈着大方步过路,这种古色古香的,同时也是暮气沉沉的时代,已经完全结束了。代表今天、象征明天的各种新事物,却在不断出现。天安门大白石桥、石狮子前边,我们经常都可发现一群年纪四五岁的小朋友,两颊红都都的,双双拉着手排队上公园去,随着阿姨的指点,一齐暂时停下来欣赏面前那个高大的天安门楼,欣赏毛主席六年前站到那上面向中国人民、向全世界宣布"中国人民站起来了"的那个地方。这个庄严壮丽的大门楼背后,正衬着一片透蓝的天空,一群白鸽子和银星点子一样,在这个蓝空天幕下绕着门楼回旋飞翔。回过头向南边望望,人民英雄纪念碑大棚架已经撤去,全部工程过不久就要完成了。要使得这个纪念碑更加庄严好看一些,扩大四周空地,更新的待施工的建筑群蓝图,应当已经在准备中。

　　前一代的流血牺牲,为这一代青年学习和工作开辟了无限广阔平坦的道路,这一代的勤劳辛苦,又正在为幼小一代创造更加幸福美好的环境,全中国人民——老年、壮年、青年和儿童,就活在这么一个新的社会中。革命纪念碑全部落成后,夏天黄昏时节,会经常有各种音乐团体,来在纪念碑前边石台上,向市民举行公开演奏会;在这里我们不仅可听到热情优美的民间音乐,还有希望可听到世界各国伟大作曲家最健康悦耳的音乐。到三个五年计划完成时,天安门前的广场,可能已经完全改变了样子,所有看台都用汉白玉石作得整整齐齐,纪念碑附近已展开极宽,四周六七层高的新建筑物群,也大部分用汉白玉石装饰,作得十分华美。这里是革命博物馆,那里是祖国自然资源馆,第三是民族文化馆,第四是工业建设馆,第五是……,到晚上,这些大型建筑物里边,都光亮得和大白天一般,有万千游人进出。纪念碑前却有了二十丈大的巨型新式银幕,用电视方法,放映国家歌舞剧院正在上演的音乐舞蹈节目,免费供给三万市民群众欣赏。也还会看见成串骆驼,正在慢慢地从天安门前边走过,而且押队那只小骆驼,颈脖下那个铃铛,依旧当当地响着,把多数人暂时都吸引到半世纪前北京旧风景画中去。原来这是历史博物馆在用电视教育回述天安门前的种种历史!

春游颐和园

　　北京建都有了八百年历史。劳动人民用他们的勤劳和智慧，在北京城郊建造了许多规模宏大建筑美丽的宫殿、庙宇和花园，留给我们后一代。花园建筑规模大，花木池塘富于艺术巧思，设备精美在世界上也特别著名的，是二百多年前乾隆时在西郊建筑的"圆明园"。这个著名花园，是在九十多年前就被帝国主义者野蛮军队把园里面上千栋房子中各种重要珍贵文物及一切陈设大肆抢劫后，有意放一把火烧掉了的。花园建筑时间比较晚的，是西郊的颐和园。部分建筑乾隆时虽然已具规模，主要建筑群却在一百年前才完成。修建这座大园子的经济来源，是借口恢复国防海军从人民刮来的几千万两银子，花园作成后，却只算是帝王一家人私有。

　　直到北京解放，这座大花园才成为人民的公共财产。颐和园的游人数字是个证明：一九四九年全年游人二十六万六千八百多，一九五五年达到一百七十八万七千多人。二十年前游颐和园的人，常常觉得园里太大太空阔。其实只是能够玩的人太少，所以到处总是显得空空的。颐和园那条长廊,虽然已经长约三里路,现在每逢星期天游人就挤得满满的,即再加宽加长一两倍,怕也还是不够用。

春天来,颐和园花木都逐渐开放了,每天除了成千上万来看花的游人,还有许多自城郊学校来的少先队员,到园中过队日郊游,进行各种有益身心的活动。满园子里各处都可见到红领巾,各处都可听到建设祖国接班人的健康快乐的笑语和歌声。配合充满生机一片新绿丛中的鸟语花香,颐和园本身,因此也显得更加美丽和年青!

凡是游颐和园的人,在售票处购买一册介绍园中景物的说明书,可得到极多帮助。只是如何就可用比较经济的时间,把颐和园重要地方都逛到呢?我想就我个人过去几年在这个大园子里转来转去的经验,和园子里建筑花木在春秋佳日给我的印象,提出一点游园的参考意见。

我们似可把颐和园分成五个大单位去游览。

第一是进门以后的建筑群,这个建筑群除中部大殿外,计包括东边的大戏楼和西边的"乐寿堂",以及西边前面一点的"玉澜堂"。"玉澜堂"相传是光绪被慈禧太后囚禁的地方,院子和其他建筑隔绝自成一个小单位。到这里来的人,还可从入门口的说明牌子,体会到近六十年历史一鳞一爪。参观大戏台,得往回路向东走。这个戏台和中国近代歌剧发展史有些联系,六十年以前,中国京戏最出色的演员谭鑫培、杨小楼,都到这台上演过戏。戏台上下分三层,还有个宽阔整洁的后台和地下室,准备了各种机关布景。例如表演孙悟空大闹天宫,或白蛇传水漫金山寺节目时,台上下到必要时还会喷水冒烟。演员也可以借助于技术设备,一齐腾空上升,或潜入地下,隐现不易捉摸。戏台面积比看戏的殿堂大许多,原因是这些戏主要是演给帝王和少数贵族官僚看的。演员百余人在台上活动,看戏的可能只三五十人。社会在发展中,六十年过去了,帝王独夫和这些名艺人十九都已死去。为人民爱好的艺术家的绝艺,却继续活在人们记忆中,及后辈热忱学习发展中。由大戏楼向西可到"乐寿堂"。这是六十年前慈禧做生日的地方。颐和园陈设中,有许多十九世纪显然见出半殖民地化的开始的恶俗趣味处,就多是当时在广东上海等通商口岸办洋务的奴才,为贡谀祝寿而作来的。也有些是帝国主义者为侵略中国的敲门砖。还有晚清一种黄绿釉绘墨彩花鸟,多用紫藤和秋葵作主题,横写"天地一家春"的款识的大小瓷器,也是这个时期的生产。"乐寿堂"庭院宽敞,建筑虽不特别高大,却显得气魄大方。本院和西边一小院,春天时玉兰和海棠都开得格外茂盛。

　　第二部分是长廊全部和以"排云殿"、"佛香阁"为主体,围绕左右的建筑群。这是目下全个园子建筑最引人注意部分,也是全园的精华。有很多建筑小单位,或是一个四合院,或是一组列房子,布置得都十分讲究。花木围廊,各具巧思。但是从整体或部分说来,这个建筑群有些只是为配风景而作的,有些宜近看,有些只合远观。想总括全部得到一个整体印象,得租一只小游船,把船直向湖中心划去,再回过头来,看看这个建筑群,才会明白全部设计的用心处。因为排云殿后面隙地不多,山势太陡,许多建筑不免挤得紧一点。如东边的琼岛春阴转轮藏,西边的另一个小建筑群,都有点展布不开。正背后的佛香阁,地势更加迫促,虽亏得聪明的建筑工人,出主意把上佛香阁的路分作两边,作之字形盘旋而上,地势还是过于迫促。更向西一点的"画中游"部分建筑,也由于地面窄狭,作得格外玲珑小巧。必需到湖中看看,才明白建筑工人的用意,当时这部分建筑,原来就是为配合全山风景作成的。船到湖中心时向南望,在一平如镜碧波中的龙王庙和十七孔虹桥,都若十分亲切的向游人招手:"来,来,来,这里也很有意思。"从这里望万寿山,距离虽远了点,可是把那些建筑不合理印象也忽略了。

  第三部分就是湖中心那个孤岛上的建筑群,"龙王庙"是主体。连接龙王庙和东墙柳阴路全靠那条十七孔白石虹桥,长年卧在万顷碧波中,背景是一片北京特有的蓝得透亮的天空,真不愧叫作人造的虹。这条白石桥无论是远看,近看,或把船摇到下边仰起头来看,或站在桥上向左右四方看,都令人觉得满意。桥东岸边有一只铜牛,是两百年前铸铜工人的创作。

  第四部分是后山一带,建筑废址并不少,保存完整的房子却不多。很显明是经过历史事变的痕迹没有修复过来。由后湖桥边的苏州街遗址,到上山的一系列殿基,直到半山上的两座残塔,据传说也是在圆明园被焚的同时毁去的。目下重要的是有好几条曲折小山路,清静幽僻,最宜散步。还有好几条形式不同的白石桥和新近修理的赤栏木板桥,湖水曲折从桥下通过,划船时极有意思。

　　第五部分是东路以"谐趣园"为中心的建筑群,靠西上山有"景福阁",靠北紧邻是"霁清轩"。这一组建筑群和前山大不相同,特征是树木比较多,地方比较僻静。建筑群包括有北方的明敞(如景福阁)和南方的幽趣(如霁清轩)两种长处。谐趣园主要部分是一个荷花池子,绕着池子有一组长廊和建筑。谐趣园占地面虽不大,那个荷花池子,夏天荷花盛开时,真是又香又好看。欢喜雀鸟的,这里四围树林子里经常有极好听的黄鸟歌声。啄木鸟声音也数这个地区最多。夏六月天雨后放晴时,树林间的鸟雀欢呼飞鸣,更是一种活泼生机。地方背风向阳处,长年有竹子生长。由后湖引来的一股活水,到此下坠五公尺,因此作成小小瀑布,夏天水发时,水声哗哗,对于久住北方平地的人,看到这些事物引起的情感,很显然都是新的。"霁清轩"地位已接近园中后围墙,建筑构造极其别致,小院落主要部分是一座四面明窗当风的轩,一株盘旋而上的老松树,一个孤立的亭子,以及横贯院中的小小溪流。读过《红楼梦》的人,如偶然到了这个地方,会联想起当年书中那个女尼妙玉的住处。还有史湘云醉眠芍药茵的故事,也可能会在霁清轩大门前边一点发生。这个建筑照全部结构说来,是比《红楼梦》创作时代略早一点。有人到过谐趣园许多次,还不知道面前霁清轩的位置,可知这个建筑的布置成功处。由谐趣园宫门直向上山路走,不多远还有个"乐农轩",虽只是平房一列,房子前花木却长得极好。杏花以外丁香、梨花都很好。"景福阁"位置在半山上,这座"亚"字形的大建筑,四面窗子透亮,绕屋平台廊子都极朗敞。遇着好机会,我们可能会在这里看到一些面孔熟悉的著名文艺工作者、电影、歌剧、话剧名演员,……他们也许正在这里和国际友人举行游园联欢会,在那里唱歌跳舞。

  颐和园最高处建筑物,是山顶上那座全部用彩琉璃砖瓦拼凑作成的无梁殿。这个建筑无论从工程上和装饰美术上说来,都是一个伟大的创作。是近二百年的建筑工人和烧琉璃窑工人共同努力为我们留下的一份宝贵遗产。在建筑规模上,它并不比北海那一座琉璃殿壮丽,但从建筑兼雕塑整体性的成就说来,无疑和北京其他同类创作,如北海及故宫九龙壁、香山琉璃塔等等,都值得格外重视。上山的道路很多:欢喜热闹不怕累,可从排云殿后抱月廊上去,再从那几百磴"之"字形石台阶爬到"佛香阁",歇歇气,欣赏一下昆明湖远近全景,再从后翻上那个琉璃牌楼,就到达了。欢喜冒险好奇的,又不妨从后山上去。这一路得经过几层废殿基,再钻几个小山洞。行动过于活泼的游客,上到山洞边时,头上脚下都得当心一些,免得偶然摔倒。另外东西两侧还有两条比较平缓的山路可走,上了点年纪的人不妨从东路上去。就是从景福阁向上走去。半道山脊两旁多空旷,特别适宜于远眺,南边是湖上景致,北边园外却是村落自然景色,很动人。夏六月还是一片绿油油的庄稼直延长到西山尽头,到秋八月后,就只见无数大牛车满满装载黄澄澄的粮食向合作社转运。村庄前后也到处是粮食堆垛。

从北边走可先逛长廊,到长廊尽头,转个弯,就到大石舫边了。除大石舫外,这里经常还停泊有百多只油漆鲜明的小游艇出租。欢喜划船的游人,手劲大,可租船向前湖划去,一直过西峰腰桥再向南,再划回来。比较合式的是绕湖心龙王庙,就穿十七孔桥回来。那座桥远看只觉得美丽,近看才会明白结构壮丽,工程扎实,让我们加深一层认识了古代造桥工人的聪明和伟大。船向回划可饱看颐和园万寿山正面全部风景,从各个不同角度看去,才会发现绕前山那道长廊,和长廊外临水那道白石栏杆,不仅发生单纯装饰效果,且像腰带一样把前山建筑群总在一起,从水上托出,设计实在够聪明巧妙。欢喜从空旷湖面转入幽静环境的游人,不妨把船向后湖划去。后湖水面窄而曲折,林木幽深,水中大鱼百十成群,对小船来去既成习惯,因此也不大存戒心。后湖在秋天里在一个极短时期中,水面常常忽然冒出一种颜色金黄的小莲花,一朵朵从水面探头出来约两寸来高,花头不过一寸大小,可是远远的就可让我们发现。至近身时我们才会发现花朵上还常常歇有一种细腰窄翅黑蜻蜓,飞飞又停停。彼此之间似相识又似陌生。又像是新认识的好朋友,默默地又亲切地贴近时,还像有些腼腆害羞。一切情形和安徒生童话中的描写差不多,可是还要美丽一些,一时还没有人写出。这些小小金丝莲,一年只开花三四天,小蜻蜓从湖旁丛草间孵化,生命也极短暂。我们缺少安徒生的诗的童心,因此也难更深一层去想象体会它们生命中的悦乐处。见到这种花朵时,最好莫惊动采折。由石舫上山路,可经过"画中游",这部分房子是有意仿造南方小楼房式做成,十分玲珑精致,大热天住下来不会太舒服,可是在湖中却特别好看。走到"画中游"才会明白取名的用意。若在春天四月里,园中好花次第开放,一切松柏杂树新叶也放出清香,这些新经修理装饰得崭新的建筑物,完全包裹在花树中,使得我们不能不对于创造它和新近修理它的木工、瓦工、彩画油漆工,以及那些长年在园子里栽花种树的工人,表示敬意和感谢。

  颐和园还有一个地区,也可以作为一个游览单位计算,就是后山沿围墙那条土埂子。这地方虽若近在游人眼前,可是最容易忽略过去。这条路是从谐趣园再向北走,到后湖尽头几株大白杨树面前时,不回头,不转弯,再向西一直从一条小土路走上小土山。那是一条能够满足游人好奇心的小路,一路走去可从荆槐杂树林子枝叶罅隙间清清楚楚看到后山后湖全景。小土埂上还种得好些有了相当年月的马尾松,松根凸起处,间或会有一两个年青艺术家在那里作画。地方特别清静,不会有人来搅扰他的工作。更重要还是从这里望出去,景物凑紧集中,如同一个一个镜框样子。若是一个有才能的画家,他不仅会把树石间色彩鲜明的红领巾,同水上游人种种活动,收入画布,同时还能够把他们表示新生生命的笑语和歌声同样写入画中。

过节和观灯

端午给我的特别印象

说起过节和观灯,每人都有份不同的经验。

中国是世界上一个大国,地面广、人口多、历史长、分布全国各民族语言文化风俗习惯又不一样,所以一年四季就有许多种节日,使用不同方式,分别在山上、水边、乡村、城镇举行。属于个人的且家家有份。这些节日影响到衣食住行各方面,丰富人民生活的内容,扩大历史文化的面貌,也加深了民族团结的感情。一般吃的如年糕、粽子、月饼、腊八粥,玩的如花炮、焰火、秋千、风筝、灯彩、陀螺、兔儿爷、胖阿福,穿戴的如虎头帽、猫猫鞋、作闹龙舟和百子观灯图的衣裙、坎肩、涎围和围裙……就无一不和节令密切相关。较古节日已延长了二三千年,后起的也有千把年历史,经史等古籍中曾提起它种种来历和举行的仪式。大多数节日常和农事生产相关,小部分则由名人故事或神话传说而来,因此有的虽具全国性,依旧会留下些区域特征。比如为纪念屈原的五月端阳,包粽子,悬蒲艾,戴石榴花,虽然已成全国习惯,但南方的龙舟竞渡,给青年、妇女及小孩子带来的兴奋和快乐,就决不是生长在北方平原的人所能想象的!

大江以南,凡是有河流可通船舶处,无论大城小市,端午必照例举行赛船。这些特制龙船多窄而长,有的且分五色,头尾高张,转动十分灵便。平时搁在岸上,节日来临前,才由二三十个特选少壮青年,在鞭炮轰响、欢笑呼喊中送请下水。初五叫小端阳,十五叫大端阳,正式比赛或由初三到初五,或由初五到十五。沅水流域的渔家子弟,白天玩不尽兴,晚上犹继续进行,三更半夜后,住在河边的人从睡梦中醒来时,还可听到水面飘来蓬蓬当当的锣鼓声。近年来我的记忆力日益衰退,可是四十多年前在一条六百里长的沅水和五个支流一些大城小镇度过的端阳节,由于乡情风俗热烈活泼,将近半个世纪,种种景象在记忆中还明朗清楚,不褪色,不走样。

因此还可联想起许多用"闹龙舟"作题材的艺术品。较早出现的龙舟,似应数敦煌壁画,东王公坐在上面去会西王母,云游远方,象征"驾六龙以驭天"。画虽成于北朝人手,最先稿本或可早到汉代。其次是《洛神赋图卷》,也有个相似而不同的龙舟,仿佛"驾玉虬而偕逝"情形,作为曹植对洛神的眷恋悬想。虽历来当作晋代大画家顾恺之手笔,产生时代又可能较晚些。还有个长及数丈元明人传摹唐李昭道《阿房宫图卷》,也有几只装饰华美的龙凤舟,在一派清波中从容荡漾,和结构宏伟建筑群相呼应。只是这些龙舟有的近于在水云中游行的无轮车子,有的又和五月端阳少直接关系。由宋到清,比较著名的画还有张择端《金明争标图》,宋人《龙舟图》,元人王振鹏《龙舟竞渡图》,宋人《西湖竞渡图》,明人《龙舟竞渡图》,……画幅虽不大,作得都相当生动美丽,反映出部分历史真实。故宫收藏清初十二月令画轴五月端阳龙舟图,且画得格外华美热闹。

此外明清工人用象牙、竹木和剔红雕填漆作的龙船,也有工艺精巧绝伦的。至于应用到生活服用方面,实无过西南各省民间挑花刺绣;被面、帐檐、门帘、枕帕、围裙、手巾、头巾和小孩子穿的坎肩、涎围,戴的花帽,经常都把"闹龙舟"作主题,加以各种不同艺术表现,作得异常精美出色。当地妇女制作这些刺绣时,照例必把个人节日欢乐的回忆,作新嫁娘作母亲对于家庭的幸福愿望,对于儿女的热爱关心,连同彩色丝线交织在图案中。闹龙舟的五彩版画,也特别受农村中和长年寄居在渔船上货船上的妇孺欢迎,能引起他们种种欢乐回忆和联想。

记忆中的云南跑马节

还有特具地方性的跑马节,是在云南昆明附近乡下跑马山下举行的。这种聚集了近百里内四乡群众的盛会,到时百货云集,百艺毕呈,对于外乡人更加开眼。不仅引人兴趣,也能长人见闻。来自四乡载运烧酒的马驮子,多把酒坛连驮架就地卸下,站在一旁招徕主顾,并且用小竹筒不住舀酒请人品尝。有些上点年纪的人,阅兵点将一般,到处走去,点点头又摇摇头,平时若酒量不大,绕场一周,也就不免给那喷鼻浓香酒味熏得摇摇晃晃有个三分醉意了。各种酸甜苦辣吃食摊子,也都富有云南地方特色,为外地所少见。妇女们高兴的事情,是城乡第一流银匠到时都带了各种新样首饰,选平敞地搭个小小布棚,展开全部场面,就地开业,煮、炸、搥、钻、吹、镀、嵌、接,显得十分热闹。卖土布鞋面枕帕的,卖花边阑干、五色丝线和胭脂水粉香胰子的,都是专为女主顾而准备。文具摊上经常还可发现木刻《百家姓》和其他老式启蒙读物。

　　大家主要兴趣自然在跑马,特别关心本村的胜败,和划龙船情形相差不多。我对于赛马兴趣并不大。云南马骨架多比较矮小,近于古人说的"果下马",平时当坐骑,爬山越岭腰力还不坏,走夜路又不轻易失蹄。在平川地作小跑,钻子步走来匀称稳当,也显得满有精神。可是当时我实另有会心,只希望从那些装备不同的马背上,发现一点"秘密"。因为我对于工艺美术有点常识,漆器加工历史有许多问题还未得解决。读唐宋人笔记,多以为"犀皮漆"作法来自西南,系由马鞍鞯涂漆久经摩擦而成。"波罗漆"即犀皮中一种,"波罗"由樊绰《蛮书》得知即老虎别名,由此可知波罗漆得名便在南方。但是缺少从实物取证,承认或否认仍难肯定。我因久住昆明滇池边乡下,平时赶火车入城,即曾经从坐骑鞍桥上发现有各种彩色重迭的花斑，证明《因话录》①等记载不是全无道理。所谓秘密，就是想趁机会在那些来自四乡装备不同的马背上，再仔细些探索一下究竟。结果明白不仅有犀皮漆云斑，还有五色相杂牛毛纹，正是宋代"绮纹刷丝漆"的作法。至于宋明铁错银马镫，更是随处可见。云南本出铜漆，又有个工艺传统，马具制作沿袭较古制度，本来极平常自然。可是这些小发明，对我说来却意义深长，因为明白"由物证史"的方法，此后应用到研究物质文化史和工艺图案发展史，都可得到不少新发现。当时在人马群中挤来钻去，十分满意，真正应合了古人说的，"相马于牝牡骊黄之外"。但过不多久，更新的发现，就把我引诱过去，认为从马背上研究老问题，不免近于卖呆，远不如从活人中听听生命的颂歌为有意思了。

原来跑马节还有许多精彩的活动，在另外一个斜坡边，比较僻静长满小小马尾松林子和荆条丛生的地区，那里到处有一簇簇年轻男女在对歌，也可说是"情绪跑马"，热烈程度绝不下于马背翻腾。云南本是个诗歌的家乡，路南和迤西歌舞早著名全国。这一回却更加丰富了我的见闻。

这是种生面别开的场所，对调子的来自四方，各自蹲踞在松树林子和灌木丛沟凹处，彼此相去虽不多远，却互不见面。唱的多是情歌酬和，却有种种不同方式，或见景生情，即物起兴，用各种丰富譬喻，比赛机智才能。或用提问题方法，等待对方答解。或互嘲互赞，随事押韵，循环无端。也唱其他故事，贯穿古今，引经据典，当事人照例一本册,滚瓜熟,随口而出。在场的既多内行,开口即见高低,含糊不得。所以不是高手,也不敢轻易搭腔。那次听到一个年轻妇女一连唱败了三个对手,逼得对方哑口无言,于是轻轻的打了个吆喝,表示胜利结束,从荆条丛中站起身子,理理发,拍拍绣花围裙上的灰土,向大家笑笑,意思像是说:"你们看,我唱赢了",显得轻松快乐,拉着同行女伴,走过江米酒担子边解口渴去了。

这种年轻女人在昆明附近村子中多得是。性情明朗活泼,劳动手脚勤快,生长得一张黑中透红枣子脸,满口白白的糯米牙,穿了身毛蓝布衣裤,腰间围个钉满小银片扣花葱绿布围裙,脚下穿双云南乡下特有的绣花透孔鞋,油光光辫发盘在头上。不仅唱歌十分在行,大年初一和同伴各个村子里去打秋千,用马皮作成三丈来长的秋千条,悬挂在高树上,蹬个十来下就可平梁,还悠游自在若无其事!

在昆明乡下,一年四季早晚,本来都可以听到各种美妙有情的歌声。由呈贡赶火车进城,向例得骑一匹老马,慢吞吞的走十里路。有时赶车不及还得原骑退回。这条路得通过些果树林、柞木林、竹子林和几个有大半年开满杂花的小山坡。马上一面欣赏土坎边的粉蓝色报春花,在轻和微风里不住点头,总令人疑心那个蓝色竟像是有意摹仿天空而成的。一面就听各种山鸟呼朋唤侣,和身边前后三三五五赶马女孩子唱的各种本地悦耳好听山歌。有时面前三五步路旁边,忽然出现个花茸茸的戴胜鸟,蠢起头顶花冠,瞪着个油亮亮的眼睛,好像对于唱歌也发生了兴趣,征询我的意见,经赶马女孩子一喝,才扑着翅膀掠地飞去。这种鸟大白天照例十分沉默,可是每在晨光熹微中,却欢喜坐在人家屋脊上,"郭公郭公"反复叫个不停。最有意思的是云雀,时常从面前不远草丛中起飞,扶摇盘旋而上,一面不住唱歌,向碧蓝天空中钻去,仿佛要一直钻透蓝空。伏在草丛中的云雀群,却带点鼓励意思相互应和。直到穷目力看不见后,忽然又像个小流星一样,用极快速度下坠到草丛中,和其他同伴会合,于是另外几只云雀又接着起飞。赶马女孩子年纪多不过十四五岁,嗓子通常并没经过训练,有的还发哑带沙,可是在这种环境气氛里,出口自然,不论唱什么,都充满一种淳朴本色美。

大伙儿唱得最热闹的叫"金满斗会",有一次由村子里人发起举行,到时候住处院子两楼和那道长长屋廊下,集合了乡村男女老幼百多人,六人围坐一桌,足足坐满了三十来张矮方桌,每桌各自轮流低声唱《十二月花》,和其他本地好听曲子。声音虽极其轻柔,合起来却如一片松涛,在微风荡动中舒卷张弛不定,有点龙吟凤哕意味。仅是这个唱法就极其有意思。唱和相续,一连三天才散场。来会的妇女占多数,和逢年过节差不多,一身收拾得清洁索利,头上手中到处是银光闪闪,使人不敢认识。我以一个客人身分挨桌看去,很多人都像面善,可叫不出名字。随后才想起这里是村子口摆小摊卖酸泡梨的,那里有城门边挑水洗衣的,此外打铁箍桶的工匠,小杂货商店的管事,乡村土医生和阉鸡匠,更多的自然是赶马女孩子和不同年龄的农民和四处飘乡趁集卖针线花样的老太婆,原来熟人真不少!集会表面说辟疫免灾,主要作用还是传歌。由老一代把记忆中充满智慧和热情的东西,全部传给下一辈。反复唱下去,到大家熟习为止。因此在场年老人格外兴奋活跃,经常每桌轮流走动。主要作用既然在照规矩传歌,不问唱什么都不犯忌讳。就中最当行出色是一个吹鼓手,年纪已过七十,牙齿早脱光了,却能十分热情整本整套的唱下去。除爱情故事,此外嘲烟鬼,骂财主,样样在行,真像是一个"歌库"。(这种人在我们家乡则叫做歌师傅。)小时候常听老太婆口头语,"十年难逢金满斗",意思是盛会难逢,参加后才知道原来如此。

同是唱歌,另外有种抒情气氛,而且背景也格外明朗美好,即跑马节跑马山下举行的那种会歌。

西南原是诗歌的家乡,我听到的不过是极小范围内一部分而已。解放后人民自己当家作主,生活日益美好,心情也必然格外欢畅,新一代歌手,都一定比三五十年前更加活泼和热情。唱歌选手兼劳动模范,不是五朵金花,应当是万朵金花!

灯 节 的 灯

元宵节主要是观灯。观灯成为一种制度,比较正确的记载,实起始于唐初,发展于两宋,来源则出于汉代燃灯祀太乙[①]。灯事迟早不一,有的由十四到十六,有的又由十五到十九。"灯市"得名并

---

① 道教神名。

扩大作用，也是从宋代起始。论灯景壮丽，过去多以为无过唐宋。笔记小说记载，大都说宫廷中和贵族戚里灯彩奢侈华美的情况。

观灯有"灯市"，唐人笔记虽记载过，正式举行还是从北宋汴梁起始，南宋临安续有发展，明代则集中在北京东华门大街以东八面槽一带。从《东京梦华录》和其他记述，得知宋代灯市计五天，由十五到十九。事先必搭一座高大数丈的"鳌山灯棚"，上面布置各种灯彩，燃灯数万盏。封建皇帝到这一天，照例坐了一项敞轿，由几个得力太监抬着，倒退行进，名叫"鹁鸽旋"，便于四面看人观灯。又或叫几个游人上前，打发一点酒食，旧戏中常用的"金杯赐酒"即由之而来。说的虽是"与民同乐"，事实上不过是这个皇帝久闭深宫，十分寂寞无聊，大臣们出些巧主意，哄着他开心遣闷而已。宋人笔记同时还记下许多灯彩名目，"琉璃灯"可说是新品种，不仅在富贵人家出现，商店中也起始用它来招引主顾，光如满月。"万眼罗"则用红百纱罗拼凑而成。至于灯棚和各种灯球的式样，有《宋人观灯图》和《宋人百子闹元宵图》，还为我们留下些形象材料。由此得知，明清以来反映到画幅上如《金瓶梅》、《宣和遗事》和《水浒传》插图中种种灯景，和其他工艺品——特别是保留到明清锦绣图案中，百十种极其精美好看旁缀珠玉流苏的多面球形灯，基本上大都还是宋代传下来的式样。另外画幅上许多种鱼、龙、鹤、凤、巧作灯、儿童竹马灯、在地下旋转不停的滚灯，也由宋代传来。宋代"琉璃灯"和"万眼罗"，明代的"金鱼住水灯"，和用千百蛋壳作成的巧作灯，用冰作成的冰灯，式样作法虽已难详悉，至于明代有代表性实用新品种，"明角灯"和"料丝灯"，实物还有遗存的。历史博物馆又还有个明代宫中行乐图，画的是宫中过年情形，留下许多好看宫灯式样。上面还有个松柏枝扎成挂八仙庆寿的鳌山灯棚，及灯节中各种杂剧活动，焰火燃放情况，并且还有一个乐队，一个"百蛮进宝队"，几个骑竹马灯演《三战吕布》戏文故事场面，画出好些明代北京民间灯节风俗面貌。货郎担推的小车，还和宋元人画的货郎图差不多，车上满挂各种小玩具和灯彩，货郎作一般小商人装束。照明人笔记说，这种种却是专为宫廷娱乐仿照市上风光预备的。

新的时代灯节已完全为人民所有，作灯器材也大不同过去，对于灯的要求又有了基本改变，节日即或依旧照时令举行，意义已大不相同了。

古代灯节不只是正月元宵，七月的中元，八月的中秋，也常有灯事。解放后，则五一劳动节和十一国庆节，全国各处都无不有盛会庆祝。天安门前广场和人民大会堂的节日灯景，应说是极尽人间壮观。不仅是历史上少见，更重要还是人民亲手创造，又真正同享共有这一切。

关于天安门节日的灯火，已经有了许多好文章好报导。另外我记得特别亲切的，却是前后四个月施工期间，广场中那一片辉煌灯火。因为首都所有机关工作同志和万千市民，都曾经热情兴奋在灯火下，和工人、农民、解放军一道，为这个有历史性的广场和两旁宏伟建筑出过一把力。

从个人经验来说，解放以后另外还有许多灯景，也这么具有历史意义，给我以深刻难忘印象。比如十三陵水库大坝落成前夕的灯，就是其中之一。

在修建这个水库时，我和作家协会几个同志前后曾到过四次：第一次是初步开工，指挥所还设在山脚一个小村子里。第二次已开始在挖底，指挥所移到了大坝前小孤山。第四次是落成前一星期，大家正分别住在工地附近帐篷中，气候热得出奇。每天早晚除分别拜访劳动模范，照例必去工地看看工程进展。前一天还眼见各处是大小不一的土石堆，各处是搬运土石的车辆和人流，空中到处牵满了电线，地面到处有水管纵横。堤坝下边长链条的运石子机、拌和水泥机，和堤上压路机、起重机，轰轰隆隆的响成一片。大坝虽在不断增高，到处都似乎还乱乱的，不像十天半月能完工。这天晚上我和几个同志又去看看时，才大吃一惊，原来不过一天工夫，工地全部已变了样子。所有机器全都不见了，一切土石堆打扫得干干净净、平平整整像个公园一样。堤坝下空落落的，堤坝上也无一个人，整个环境静得出奇。天上星月嵌在宁静蓝空中，也像是大了近了许多。正当我们到达坝上时，忽然间大坝下广场里十二万盏五色电灯齐明，让我们仿佛突然进到一个童话仙境里一般。我们就浮在这个闪烁不定的星海上，直到半夜。这种神奇动人的灯景，实在不是任何另外一时其他灯景能够代替的。第二天晚上，正式举行庆祝落成典礼时，约有二十万工人、农民和解放军及三百来个专业文艺团体及其他民间文艺队伍参加，在灯光下进行联欢演出。我们先是在堤坝上看了许久，随后又到堤下人丛中各处挤去。灯光下种种动人景象，也是无从让别的灯景代替的。十多年来，国家基本建设在全国范围内进行，亿万人民在党领导下完成了数不清的水库、桥梁、工厂、学校、万千座高楼大厦，每次欢庆落成典礼时，都必然有同样热烈的庆祝大会在灯火烛天热闹光景下举行，身预其事的人，一定怀着和我们差不多的感情，留在记忆中的灯景，想忘记也忘记不了！

前年岁暮年末，我和作家协会几个同志，在革命圣地井冈山茨坪参观访问，正赶上青年干部下放参加山区建设四周年纪念日。这几百个年轻同志，都是四年前离开学校，响应党的号召、来自全国各地，上山建设新山区的新型知识分子，其中女性且占一半。此外还有井冈歌舞团全体，和来自瓷都景德镇的歌舞团全体。管理局朱局长，却生长在附近山村里，十多岁就参加了工农红军，跟随毛主席万里长征，现在又重新上山，领导青年建设新山区。八百多公尺高的茨坪，过去不到二十户人家，近来已有三十多座大小楼房。新落成的七层大厦，依山据胜，远望常在云雾中的井冈山顶峰，青碧明灭，变幻不测，近接群峰，如相互揖让。礼堂在革命博物馆附近，灯光下一个个年轻健康红润的脸孔，无不见出活泼中的坚韧，对于改变山区面貌，具有克服困难完成工作的信心。四年来这些青年和当地人民、解放军战士一道参加公路、水电站、及其他开荒生产建设取得的成就，和自我思想改造的成就，都十分显明。大会结束后，我们和歌舞团一群青年朋友回转招待所时，天已落了大雪，远近一片白濛濛。一面走一面想起红军刚上山来种种情形。在这种光景下,把国家过去、当前和未来贯串起来,一切景象给我的教育意义,真是格外深长。这种灯景也是我一生难忘的。

由于解放后有机会看到过这么一些背景各不相同壮丽庄严的灯景,从这些灯景中体会出国家在中国共产党的领导下,亿万人民真正当家作主后,通过有计划、有组织、有目的的长期劳动,如何在迅速改变整个国家的面貌。社会不断前进,而灯节灯景也越来越宏伟辉煌,并且赋以各种不同深刻意义。回过头来看看半世纪前另外一些小地方年节风俗,和规模极小的灯节灯景,就真像是回到一个极其古老的历史故事里去了。

我生长家乡是湘西边上一个居民不到一万户口的小县城,但是狮子龙灯焰火,半世纪前在湘西各县却极著名。逢年过节,各街坊多有自己的灯。由初一到十二叫"送灯",只是全城敲锣打鼓各处玩去。白天多大锣大鼓在桥头上表演戏水,或在八九张方桌上盘旋上下。晚上则在灯火下玩蚌壳精,用细乐伴奏。十三到十五叫"烧灯",主要比赛转到另一方面,看谁家焰火出众超群。我照例凭顽童资格,和百十个大小顽童,追随队伍城厢内外各处走去,和大伙在炮仗焰火中消磨。玩灯的不仅要气力,还得要勇敢,为表示英雄无畏,每当场坪中焰火上升时,白光直泻数丈。有的还大吼如雷,这些人却不管是"震天雷"还是"猛虎下山",照例得赤膊上阵,迎面奋勇而前。我们年纪小,还无资格参预这种剧烈活动,只能趁热闹在旁呐喊助威。有时告奋勇帮忙,许可拿个松明火炬或者背背鼓,已算是运气不坏。因为始终能跟随队伍走,马不离群。直到天快发白,大家都烧得个焦头烂额,精疲力尽。队伍中附随着老渔翁和蚌壳精的,蚌壳精向例多选十二三岁面目俊秀姣好男孩子充当,老渔翁白须白发也假得俨然,这时节都现了原形,狼狈可笑。乐队鼓笛也常有气无力板眼散乱的随意敲打着。有时为振作大伙精神,乐队中忽然又悠悠扬扬吹起"踹八板"来,狮子耳朵只那么摇动几下,老渔翁和蚌壳精即或得应着鼓笛节奏,当街随意兜两个圈子,不到终曲照例就瘫下来,惹得大家好笑!最后集中到个会馆前点验家伙散场时,正街上江西人开的南货店布店,福建人开的烟铺,已经放鞭炮烧开门纸迎财神,家住对河的年轻苗族女人,也挑着豆豉萝卜丝担子上街叫卖了。

有了这个玩灯烧灯经验底子,长大后读宋代咏灯节灯事的诗词,便觉得相当面熟,体会也比较深刻。例如吴文英作的《玉楼春》词上半阕:

茸茸狸帽遮梅额,金蝉罗剪胡衫窄,

乘肩争看小腰身,倦态强随闲鼓拍。

写的虽是八百年前元夜所见,一个小小乐舞队年轻女子,在夜半灯火阑珊兴尽归来时的情形,和半世纪前我的见闻竟相差不太多。因为那八百年虽经过元明清三个朝代,只是政体转移,社会变化却不太大。至于解放后虽不过十多年,社会却已起了根本变化,我那点儿时经验,事实上便完全成了历史陈迹,一种过去社会的风俗画。边远小地方年轻人,或者还能有些相似而不同经验,可以印证,生长于大都市见多识广的年轻人,倒反而已不大容易想象种种情形了。

一九六三年三月,北京

游二闸

到晚来,料不到的是天气会骤变,天空响了雷,催来了急雨。人坐在灯下,听到院中雷声雨声的喧闹,像是两人正在那里争持一种两可的意见,怀想着二闸及二闸一切,正因为有雨声雷声,人反而更觉寂寞了。

这时的二闸,是不是也正落着像有人在半空用瓢浇下的雨,是使人关心的事。无论雨是否落到了二闸,凡是日间在闸下,那些赤精了身体,钻到水瀑下面去摸游客掷下铜子的小孩,想来大概都全回家了。家中有着弟妹的,或者还正将着日间从水里摸到的铜子,炫耀给那弟弟妹妹看。弟妹伸手要,但不成,这是自己的,于是,抱在做母亲的手上更小的孩子哭了。于是,作母亲的赏哥哥一掌,于是大的也哭起来。从这种推想下,我便依稀听到一种急剧的短而促的孩子的哭声,深深悔我当时的吝啬。多掷下铜子数枚,在我不过少坐一趟车,在别人家庭,不是就可以免掉那不必起的争端么?也许其中还有那无父无母的孤儿,这时就正把从我们手下得来的铜子,向附近小铺子买了烧饼在那庙门下嚼吧。也许在这些孩子当中,有着那病瘫的母亲,其中孩子的一个,这时就正在他母亲炕前跪着呈奉那一枚铜子,领受那病人瘦手在脸部抚摩吧。也许有空手转家去的孩子,到家时,正为父亲责着,说是生来无用,抢不得一钱,挨着骂,低头在灶边吃窝窝头。也许还有用这钱供家中赎当。……在各式各样的想象下,都使我深悔不多给这些孩子一点钱。我且奇怪起我自己来,为什么当时明明见到这些人伸手,就能毅然不理,且装着滑稽口吻,向这些人连说:"回头见!"若这些孩子,这时还能想到游客中的我们,对我忙有所抱怨,也是自然而且应该的事情。

孩子们对这雷雨是喜悦还是忧愁,也使我关心。落了雨,闸下水瀑益大,来二闸玩看水瀑的人当益多,则可以从各种娱乐游客的技艺中多得些铜子,看来孩子们应当感谢这天气的骤变了。

然而一落雨,河里的水当更冷。天气已近到深秋,适宜于裸着身子在瀑下钻来爬去的时期似乎已过去。纵有多数游人乐于把钱掷到瀑里去,下水淘摸不已变成一件苦事么?并且,跟着这秋来的便是那能将一切凝成冰冻的冬天,到了瀑水溪河全结了薄冰以后,这些孩子们,又将什么来供游二闸人娱乐以自娱?推冰车冰船吧,这又不是一个不到十二岁的孩子们的事。如果这时我还有那往游二闸的兴趣,大概可以见着他们站在闸堤旁缩成一团很无聊的望那冬景了。住在二闸左右的人家,似乎没有一家称得起中产小康的。那萧条景色,到春天还没有能改变过来,这些孩子们,自然也不会有受教育机会了。运河恢复清以来旧观,已是本地人所不敢梦想的事。二闸纵有着一点空名,足以在春夏二季吸引一些好事的人的游踪,然二闸在天然淘汰下,亦只有日复一日萧条下去了!这些孩子,眼见的还有着那比自己更小的一辈,正在努力学着泅水学着打佘子①,以图来年夏季的发财。大一点的,将渐渐长大,若不去务农,总仍然是在划船赶骡两种职业上找到他的终身浪荡生活。但小一点的,到可以从高堤坎上翻觔斗下掷的年龄,又来供谁开心? 并且,那新补了父兄划船职业的纤手舵手青年男子,对于他的职业是不是还能像今天那掌舵汉子对于生活的乐观? 到那时,船上所载的,总不外乎粪肥、稻草、干柴、芦苇束之类,再要白脸新衣的学生,花两毛钱到这船上来嗅这微臭的空气,把船在这从北京流出的阳沟水面上缓缓的驶行,是办得到的事么?

从这个小小地方,想到国内许多人许多事业,在社会进化过程中消沉灭亡的情形,见到这一类人无可奈何的只能在这旧的事业、在这一小块土地上,艰难地度过他们的终生,心中为一种异样惨戚所浸溺,觉得这些人的命运,正和中国我所知道的大小城市乡村的孩子命运差不多,不会有什么前途可言。

到了二闸玩一天,要像许多许多人,记那一个城里人下乡的记录,且赞美着说是秋来天色草木如何如何美,这在我是不可能的事。北京的天气,不拘何时都很容易见到那种四望无边如同一块

---

① 打佘子:即潜水。

月蓝竹布天幕的。因为昨夜的雨把空气滤过一道,空中无灰尘,纵有微风,人也不难受。公寓中我住的是东屋,太阳早上晒不着,颇觉冷,一出城,则疑心这是春天刚完的初夏,背当着太阳,就渐渐的发热了。

沿着铁轨从崇文门到东便门,又沿着运河从东便门到了二闸,是步行去的。陪着我走的,有也频和他的同伴。这一次,算我们今年来走得最远的一次散步了。在另一个时期中,我能负背囊全套及子弹二十八排,另外加扛一支曼里夏五响枪,每日随到大队走八十里路,并且一连走六天,把我自己以及一个头等兵的家业从我本乡运到川东去。这事情,在近来谈及,不知不觉就要采用一点骄傲朋友兼自炫其英雄的口气了。因为自从来到北京后,我的生活只给了我在桌边尽呆的机会,按照那"一种能力久久不用便归消灭"的一条自然规律,我的行路本事在我自己看来就早已失去了。今天居然走到了二闸,腿膝又还似乎并不十分倦,我又觉得多少我还保留一些旧日的本领!

走到后,一切同前年,水同两岸的房子,全是害着病一样。若是单把这些破旧房子陈列在眼前,教人分不出时季。冬天这些门前也是有着那粪肥味与干草味,小小的成群飞着的虫子,似乎是在春夏秋三个节候里都还存在。光身的蹲在补锅匠的炉边看热闹的小孩子,见了人来就把眼睛睁得多大,来看这些不认识的体面的来客。船夫在我们身上做起小小的梦了。赶骡人在我们身上做起梦来了。孩子们有些本来披着衣服在闸上蹲着望水的,开始脱下一切沿着那堤坎旁边一株下垂的树跳下水去了。因了我们来此,至少有二十个人做着发"小洋财"的好梦。这些梦,在各人脸上,在各人和蔼的话语里,在一切叫嚷空气中,都可以看出。

在闸边稍呆一会,于是便有个很有礼貌的孩子挨到身边来,说有一毛钱,便可以从这三丈高的堤上下掷到水中。可我们并不需要瞧的。于是这孩子又致词,说是把钱掷丢到水瀑下去,哥儿们能找到。也频按照他的建议,试掷了一钱,即刻便为一个猴儿精小子把钱用口衔着了。再掷了一钱,便又见到这四个五个如同故事上所传海和尚一样的孩子钻进瀑下去即刻又出来。

"先生,你把你那银角子扔下去,呆会儿,大家就全下水了。"

全下水,总有二十个以上吧。一枚铜子有四人竞争,一枚银角便有二十人抢夺,从这里我可以了解钱在此地的意义。十个二十个人全下水,万一因抢夺不已,其中一个为水所淹没,怎么办?为了莫太使那大一点的狡猾的孩子得意,也频虽身边有钱也不掷了。但为了莫过分给那不中用的孩子失望,我故意把钱抛到较浅水中去,待到最小那一个口中也衔着一枚铜子时,我们跳上回头的船了。

我们还为他们带了一些欢喜来,这是我们先前所想不到的。但是像这种天气,能够从城中为二闸的人带些小小幸福来,人像是已越来越少了。因此到了那铁桥边遇到第二批四个男女学生模样的人时,我就为那些孩子高兴。

"怎么二闸这样荒凉地方也值得人称道?"

这疑惑，在我心上咬着，如同陶然亭一样，我真不明白。此时得我们的舵公给了一个详确解释了。

这老者，一面不忘用两手挡着那可怜舵把——舵把用"可怜"字样，不是我夸张，我总疑心那是别个人家废辘轳上一段朽木头。——他说道：

"先前几年，虽不算热闹，但并不荒凉，一年四季来这玩的人多着啦。"

"怎么来？"我问，想得到这原由。"说不定这又同三官庙、鹦鹉冢一样，因为是有着公主或郡主属于女子一类艳闻传说而来的。"我心想。

话匣子，先是只揭去封条，如今可为我给掀开盖子了。除了用一些话帮助他叙述下去以外，我们用手扶着船棚架子只是静静听。

从他口中我们才知道，以前运粮大船，长达十来丈。一些生长在北方的老乡，单为看船，也就有走到二闸一趟的需要了。那时内城既"闲人免入"，其他如戏场、市场、天桥又全不曾有什么玩的地方，所以把喝茶一类北方式的雅兴全部寄托到这运河最后一段的二闸，也是自然的结果。因此我们又才明白二闸赋予北京人的意义，且寓雅俗共赏的性质，比之陶然亭，单在适于新旧诗迷作诗却大不相同。

关于这运河，那老者说，这对清室也还有一种用意。粮食何必得拨来拨去？从通州到此还得拨粮五次才入京，比陆路更费。然而为了这里的闲人着想，使之既不至因无工作而缺食，又不至徒邀恩而懒废，故这条河在京奉路通车以后还有物可运。宣统皇帝退了位，就没有人想到此事了。这老者对于满人政治手段当然是同意，可没有说到这一批船户一批靠运河吃饭的人改业以后怎么样，但从靠接送游人的船生意萧条上看，也就可想而知，随了地方的衰败以后凋落不少门户了。我略一闭目，就似乎见到一只八丈九丈长的崭新运粮船从后面撑来，同我们的船并排前进，一支高高的桅子竖起，拉船是用一百个纤手。这些纤手多穿着新蓝布长衫，头上是红缨帽子，有些还能从容取出荷包里的鼻烟壶，倒出一小撮褐色粉末向鼻孔里按。又有一人，在船舷上站立，这人职位应属于游击、参将一类，穿的衣服戴的帽子都极其鲜明，手上还套了一个碧玉板指，这人便是我从书上知道的运粮官。又有一个人，穿戴把总衣帽，马蹄袖子翻卷起，口上轻轻骂着纯京腔的"混账忘八蛋"一类官场中的雅言督促着纤夫。这人是正两手把着舵（舵的把手当然雕刻的是犀牛、独角兽那类能够分水的怪兽的头）。这人脸相便是此刻我们船上这位老艄公脸相，不过年轻得多。河中的水也还清澄，可以见鱼鳖在水藻内追逐。……我倒记得分明我们船上也正有着一位同样好看品貌的"舵把子"时，微细的风送来一阵河水的臭味，那大的运粮船便消失了。

我心想，可惜这运粮船，也频和他的同伴都无缘能看见，独自己是俨然欣赏一番了，就不觉好笑，也许也频在虚空中所见到的是另一种式样的船吧。因为当那艄公在述及那大船来去时，也频的眼正微闭，似乎在他自己脑中用着艄公所给的材料，也建筑了一只合于经验的船啊!

　　用一些无所事事的小孩子,身子脱得精光,把皮肤让六月日头炙得成深褐,露着两列白白的牙齿,狡狯地从水中冒出头来讨零钱,代替了大批运粮船来去供人的观览,二闸的寂寞,在那艄公心上骡夫心上都深深的蕴借着!当我想到这些人,只在天气的恩惠下得一毛两毛钱,度着无聊无赖的生活,心上也就觉得有颇深的寂寞了。在今年,我们什么时候再能来到二闸玩玩?单是记着临下船时那一句"回头见"套话,似乎在最近一个月内我们还应重来一次。

　　"大通桥的鸭子——各分各帮。"

　　多给了二十枚酒钱,得到了二闸人奉赠的一句土话。在大通桥下的白色大鸭子,的确像是能够各找到各的队伍,到时便会从容分开的。我们同二闸也分开了。回到北京城来,在一些富人贵人得意男女队伍中驻足,我总是自觉人是站在另外一边样子的。二闸人倘若有那闲思想,能够想到今天日里来二闸玩的我们,又不知道要以为我们同他那里的世界距离有多远了。

　　在这雨声中,这一帮的人念到那一帮的人,同做不经常的梦一样。说不定有人也正把那充满善意的思念系在我们这一边!

　　　　　　　　　　一九二七年九月二十二日深夜作完

跋
一颗为现实光影而跳跃的心

□覃新菊

一个很偶然的机会,接到学校一个同事的电话,给我讲出版沈从文散文的书籍,并介绍与我对接的人,是"文汇·金散文"丛书的主编陈先法老师。过了几天,陈老师跟我联系,说明了这次编辑丛书的意图,是以全新的"主题化"的选编方式呈现给读者的"文汇·金散文"系列,做成当代散文史上的精品,比如贾平凹的"灵性散文"、张炜的"野趣散文"、叶辛的"知青散文"等。在准备沈从文散文的时候,他征求沈从文先生的长子沈龙朱的意见,沈老师说乡土散文的集子出得很多了,角度新颖一点吧,真正能够洞彻到沈从文散文的精髓。之所以推荐我,是因为他看了我十二年前出版的著作《与自然为邻——生态批评与沈从文研究》,觉得从"人与自然"的角度来完成这次选编,应该可以彰显出沈从文散文别样的内涵,陈老师采纳了沈老师的建议。于是,我们三人经过几个回合的沟通与交流，就把这事确定了下来。

一个寒假，冰冻的宣传效应似乎超出了大雪本身的能耐，这假也放了，雪呢，就是徘徊在湖南的上空，不知道到底该不该下，该下多大，愁死它了。我是做好了准备，卷起《沈从文全集》（11集、12集、14集）回到乡下老家，重新拜读起沈从文的珠玑纹理。

说实在话，当年通读《沈从文全集》的时候，功名利禄之心过重，为了评职称呀，写论文呀，出版所谓的学术专著呀，钻进字里缝间寻找自以为有用的东西，为此，不惜拼凑之力，生编硬造，舞文弄墨，以求达到一个自圆其说的效果。现在一打开文本，就被那静静的文字所触动，感受到流淌着的生命涓流，浸润到了心尖尖上。

> 为了我想听听那个人上船时那点推篷声音，我打算着，在一切声音全已安静时，我仍然不能睡觉。我等待那点声音。大约到午夜十二点，水面上却起了另外一种声音。仿佛鼓声，也仿佛汽油船马达转动声，声音慢慢的近了，可是慢慢的又远了。像是一个有魔力的歌唱，单纯到不可比方，也便是那种固执的单调，以及单调的延长，使一个身临其境的人，想用一组文字去捕捉那点声音，以及捕捉在那长潭深夜一个人为那声音所迷惑时节的心情，实近于一种徒劳无功的努力。（《鸭窠围的夜》）

读这样的文字，你得安静，你得独处，你得把尘世中的那些俗念丢到一边去,然后方能体味出其中的圣境。这种圣境一度让沈从文本人喑哑失语,觉得人类语言的贫乏。

> 河岸两旁黛色庞大石头上,在晴朗冬天里,尚有野莺画眉鸟,从山谷中竹篁里飞出来,休息在石头上晒太阳,悠然自得啭唱悦耳的曲子,直到有船近身时,方从从容容一齐向林中飞去。水边还有许多不知名水鸟,身小轻捷,活泼快乐,或颈脖极红,如缚上一条彩色带子,或尾如扇子,花纹奇丽,鸣声都异常清脆。白日无事,平潭静寂,但见小渔船船舷船顶站满了沉默黑色鱼鹰,缓缓向上游划去。傍山作屋,重重叠叠,如堆蒸糕,入目景象清而壮。(《白河流域几个码头》)

这么细腻的描写,必然拥有一颗细腻、敏感、鲜活的心!水的教育让这个湘西人走出去心里都是湿漉漉的,而来到"一个明朗华丽的海边","海既那么宽泛无涯无际,我对人生远景凝眸的机会便较多了些","海放大了我的感情与希望,且放大了我的人格"(《我的写作与水的关系》)。由此我们不难发现,他写自然景致,不是纯粹的景致观察,不动声色,似个观察员,而是静心体悟、生动描摹出景致的声音、色彩、形状、动态之后,尤为难得的是,与人的生命相融合,将身心灵融入这一片风景之中,写出了自然中生命的真趣与动感。

日头落尽云影无光时,两岸渐渐消失在温柔暮色里。两岸看船人呼喝声越来越少,河面被一片紫雾笼罩,除了从锣鼓声中尚能辨别那些龙船方向,此外已别无所见。然而岩壁缺口处却人声嘈杂,且闻有小孩子哭声,有妇女们尖锐叫唤声,综合给人一种悠然不尽的感觉。(《箱子岩》)

为了更加彰显人与自然的融合这一特色,在选编时,面对那些以人物故事与刻画为主的、同样精彩的散文如《一个戴水獭皮帽子的朋友》《一个多情水手与一个多情妇人》《虎雏再遇记》《辰河小船上的水手》之类,就只好割爱了。既然是人与自然,就有不一样的自然,为此,将笔墨所及之处分为两辑:"湘西记忆"与"南北行旅"。又因为沈从文的这类散文不是以写所见所闻、异域情趣而见长,而是重点在于生命的体悟与自然的教育,这一部分是他散文里的珍珠,我特地设计成一个专辑"生命菩提",并置放在中间最为重要的部分。是想告诉读者,沈从文的散文既可以各取所需,又是一个整体:

　　那么好看的云,教育了在这一片天底下讨生活的人,究竟是些什么? 是一种精深博大的人生理想? 还是一种单纯美丽的诗的激情!(《云南看云》)

想心灵释放,过一种单纯美丽的诗的生活的朋友,请看第一辑

"湘西记忆"。柔和温爱如《湘行书简》,率性童真如《从文自传》,山川人文博大辽远如《湘行散记》与《湘西》。这一方面的乡土书写早已载入史册,得到了圈内的认同与好评。现在,我们试从人与自然的角度重新拜读,依然会有惊喜。

顺手拈来,都是妙趣横生。小时候戏耍回来,"沿路有无数人家的桃树、李树,果实全把树枝压得弯弯的,等待我们去为它们减除一分担负;还有多少黄泥田里,红萝卜大得如小猪头,没有我们去吃它,赞美它,便始终委屈在那深土里!"(《我上许多课,却始终放不下那一本大书》)明明是偷食,被他写成是"减轻一分担负",不让红萝卜"委屈"在深土里,那种自然情趣是随时随处的流溢。最让人心灵柔软的莫过于《湘行书简》里的篇章了。

> 梦里来赶我吧,我的船是黄的。尽管从梦里赶来,沿了我所画的小镇一直向西走。我想和你一同坐在船里,从船口望那一点紫色的小山。我想让一个木筏使你惊讶,因为那木筏上面还种菜!我想要你来使我的手暖和一些。我相信你从这纸上可以听到一种摇橹人歌声的,因为这张纸差不多浸透了好听的歌声!(《致张兆和的信》)

何为人与自然?这就是人与自然。自然里有人的审美活动,自然里有人的生命启思,自然里有人与人的心灵沟通与对话,因此,在沈从文的生活里,读一本小书的同时,始终坚持在读自然这本大书。

想往生命的深处走去,不为俗世的衣食安危而操心,有时间有余力追求美好生活期待,寻求"一种精深博大的人生理想"的人们,可以好好精读一下第二辑"生命菩提"。细细的品读,你读透一点,就会收获一点,俗世的心就会超拔一点。

在"阳春烟景"里,"地上一切花果都从阳光取得生命的芳馥,人在自然秩序中,也只是一种生物,还待从阳光中取得营养和教育",于是,他只身带着两本书,来到海边:

> 我一面让和暖阳光烘炙肩背手足,取得生命所需要的热和力,一面却用面前这片大海教育我,淘深我的生命。时间长,次数多,天与树与海的形色气味,便静静的溶解到了我绝对单独的灵魂里。从默会遐想中,感觉到生命智慧和力量。心脏跳跃节奏中,即俨然有形式完美韵律清新的诗歌,和调子柔软而充满青春纪念的音乐。(《水云》)

这就是将自己的身心完全置放在大自然之中,做放松与释放,还不够,更有沉思与融入,这时,自己就会发现另一个自己,两个自我就在阳光下、大海边、空地上,展开对话。这是哲思的一种境界,这是心灵成长的必要环节,这时,大自然就是滋养,就是宝库,就是供人们洗心、静心的场所。也正如林语堂当年所说,大自然是人类的精神疗养院,真正达到了生态文明理念中所阐释的那样:如他所是,如我自然。所以,在大自然中,真正收获的是心灵的那份自然,那份本色。

> 夜梦极可怪。见一淡绿白合花,颈弱而花柔,花身略有斑点青渍,倚立门边微微动摇。在不可知地方好像有极熟习的声音在招呼:
> "你看看好,应当有一粒星子在花中。仔细看看。"
> 于是伸手触之。花微抖,如有所怯。亦复微笑,如有所恃。因轻轻摇触那个花柄,花蒂,花瓣。近花处几片叶子全落了。
> 如闻叹息,低而分明。(《生命》)

这是一个梦境。是写花呢还是写人呢?这是一个很微妙的生命状态,借花的美丽、脆弱,书写生命状态的瞬间变化与不可触摸。像这一类文字,如《潜渊》《七色魇》《烛虚》《生命》,集中出现在沈从文西南联大执教期间,我敢说,随着时月的洗礼,这批散文应该成为沈从文整个创作中与其他作家抗衡比肩的一笔资产。那时,沈从文正值壮年,一则通过写作实现了人生的逆转,破格成为名校的教授;二则成家了,已是两个孩子的父亲了,生活相对稳定了;三则比较系统的接受了西方柏格森生命哲学与弗洛伊德精神分析学的熏陶,因此,散文写作出现了文风的转变,这种转变的标志就是面对自然,彻悟人生,从人与自然的角度来解读,真的是很合适的。

而这一笔财富一直是沈从文研究领域中的一块弱门,一般读者说读不懂,研究散文的呢,多专注于湘西题材,将这一板块弃之一旁。而研究小说的要么聚焦于城乡对比,要么致力于民族志书写。现在好了,专力于自然中与自我的对话,保持"一颗能为一切现世光影而跳跃的心",拥有了这颗"为一切现世光影而跳跃的心",就是独自在学校旁一列梧桐树下散步,"太阳光从梧桐大叶空隙间滤过,光影印在地面上,纵横交错",也会"俨若有所契,有所悟,只觉得生命和一切都交互溶解在光影中"。这是我们每个人都需要自修的一门功课,通过自修,可以走出"少年时男女欲望受压抑,中年时权势欲望受打击,老年时体力活动受限制"的三大困惑。

第三辑"南北行旅",是沈从文湘西之外的足迹所至,昆明、青岛、北京。即使是被迫辍笔之后,难得的几篇作品,也能够见出他内在的那份祥和、安宁、细腻、鲜活。如《北平的印象和感想》:"我奇怪北平八年的沦陷,加上种种新的忌讳,居然还有成群白鸽,敢在用蓝天作背景寒冷空气中自由飞翔。"微风刷动路旁的树枝,卷起地面落叶,悉悉率率如对于我的疑问有所回答:"凡是在这个大城上空绕绕大小圈子的自由,照例是不会受干涉的。这里原有充分的自由,犹如你们在地面,在教室或客厅中……"正是这种自然的恩典,让他乱世中依然能够感受到"北平入秋的阳光,事实上也就可以教育人"。即使是《新湘行记——张八寨二十分钟》,也依然具有那颗为现实光影而跳跃的心:

我为了温习温习四十年前生活经验,和二十四五年前笔下的经验,因此趁汽车待渡时,就沿了那一列青苍苍崖壁脚下走去,随同那十几个乡下人一道上了小渡船。上船以后,不免有些慌张,心和渡船一样只是晃。临近身边那个船上人,象为安慰我而说话:

　　"慢慢的,慢慢的,站稳当点。你慌哪样!"

　　几个乡下人也同声说,"不要忙,不要忙,稳到点!"一齐对我善意望着。显然的事,我在船中未免有点狼狈可笑,已经不像个"家边人"样子。

　　这便是这片土地上的"人"。"惟将生命贴近土地,与自然相邻,亦如自然一部分的,生命单纯庄严处,有时竟不可仿佛。"(《绿魇》)你来,你只管来,我们湘西人都会善意的对你说:稳到点,稳到点,慌哪样!

2018 年 3 月 20 日,于吉首大学